다음
세기

그루브

서준환 소설집

다음 세기 그루브

펴낸날 2016년 11월 28일

지은이 서준환
펴낸이 주일우
펴낸곳 ㈜문학과지성사
등록번호 제1993-000098호
주소 04034 서울 마포구 잔다리로7길 18 (서교동 377-20)
전화 02)338-7224
팩스 02)323-4180(편집) 02)338-7221(영업)
전자우편 moonji@moonji.com
홈페이지 www.moonji.com

ISBN 978-89-320-2927-6 03810

이 도서의 국립중앙도서관 출판예정도서목록(CIP)은 서지정보유통지원시스템 홈페이지
(http://seoji.nl.go.kr)와 국가자료공동목록시스템(http://www.nl.go.kr/kolisnet)에서
이용하실 수 있습니다. (CIP제어번호: CIP2016027250)

다음 세기 그루브

서준환 소설집

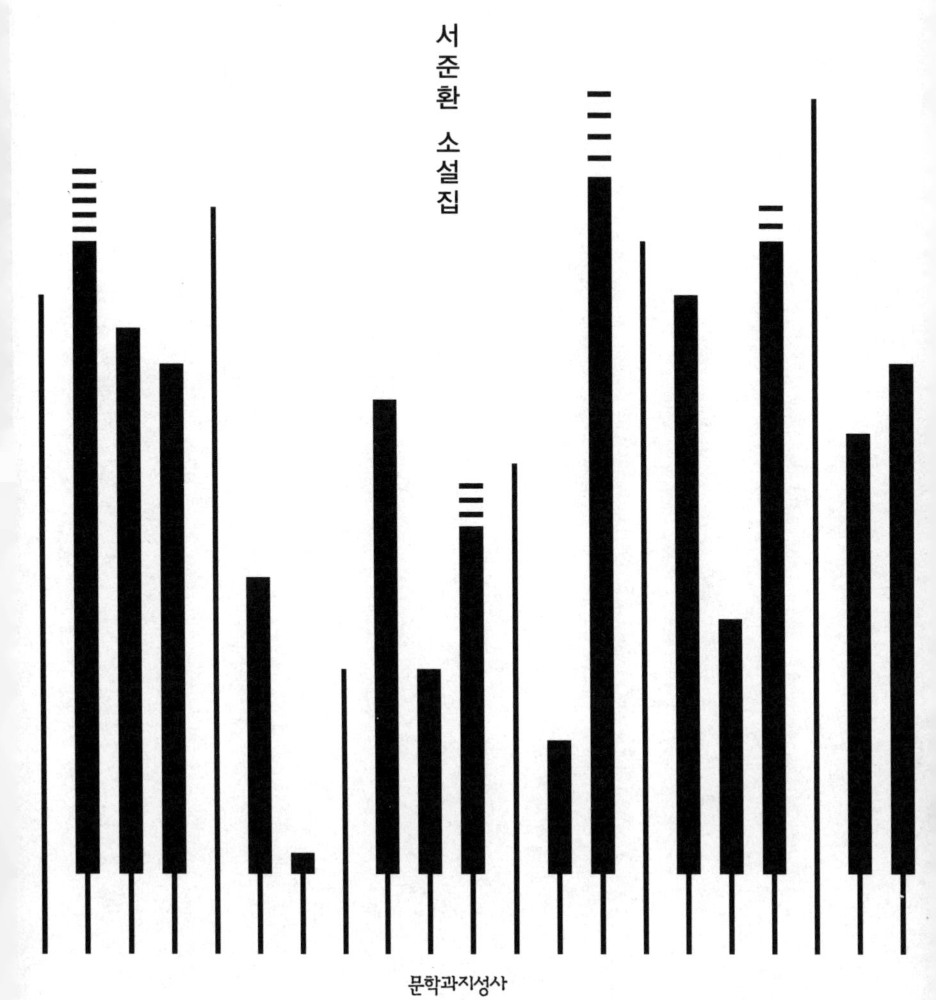

문학과지성사

차례

리핑
Ripping

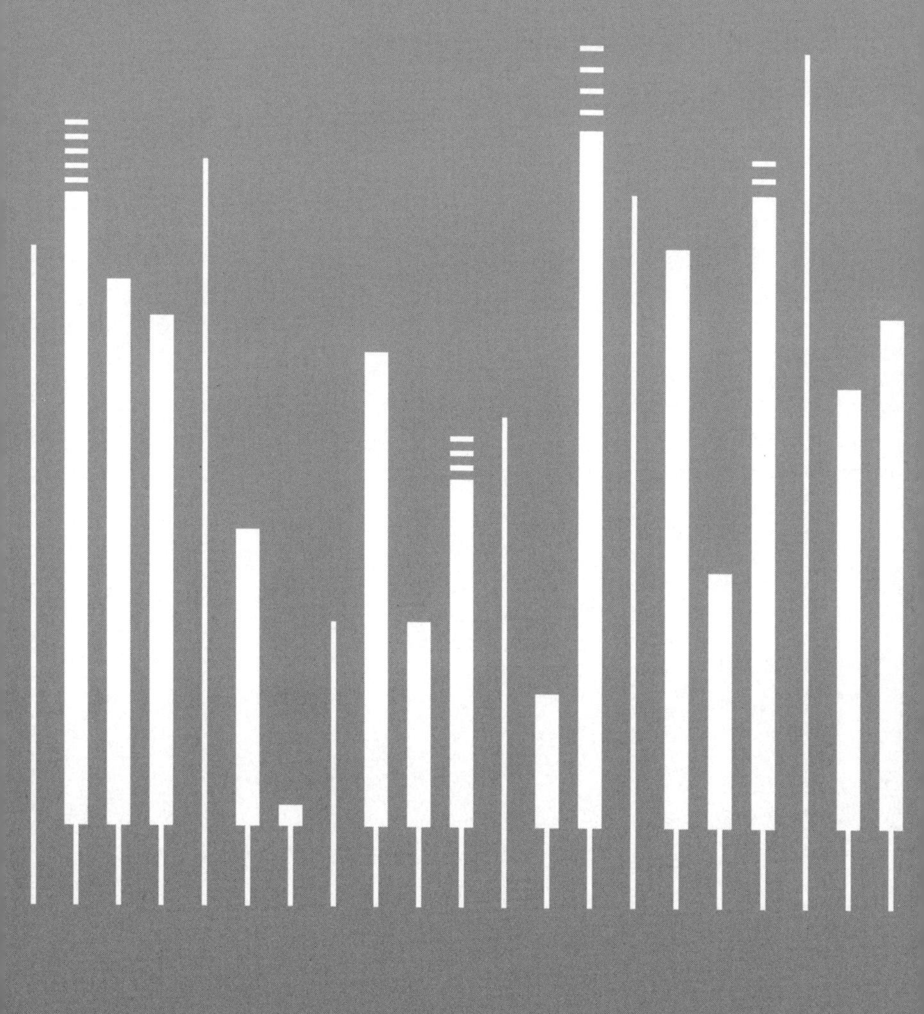

……계속 쓰면서 듣게. 그만하면 헤드폰의 감도도 괜찮지? 그래, 내 말이 또렷하게 잘 들릴 거야. 자네가 쓰고 있는 헤드폰에서 음악 대신 내 목소리가 흘러나온다 여기라고. 물론 주지하다시피 이 모든 게 발원한 지점은 음악이지. 음악에서 모든 게 비롯되었다는 말일세. 뇌를 건드린다는 건 미묘한 문제야. 하지만 음악은 뇌와 직접적으로 접촉하지. 그러고 보니 접촉한다는 말로는 어딘가 부족한 것 같군. 차라리 맞닿아 있다고 해두지. 그래, 음악과 뇌는 극도로 밀접하게 맞닿아 있어. 아니, 맞닿아 있다는 말로도 턱없이 모자랄지 모르겠네. 혹시 뇌가 음악적인 섬유질들로 촘촘히 짜인 직물이 아닌가 싶으니 말이야. 아, 그렇게 고개를 끄덕일 필요는 없어. 이건 어디까지나 나만의 가설일 뿐이고, 더욱이 나는 '음악적인 섬유질'이라는 게 뭔지 아직 밝

혀내지도 못했으니까. 하지만 언젠가는 그럴 기회가 오겠지, 물론. 자네는 뇌의 리핑을 받기 위해 여기 와 있고, 나는 자네한테 뇌의 리핑만 해주면 그만이지. 그래, 다시금 말해두네만 이 모든 게 시작된 것은 역시 음악이야. 자네, '리핑'이란 말이 언제부터 널리 쓰이기 시작했는지 아나? 이런, 나도 모르게 그만 자네의 글쓰기를 방해하고 말았군. 내 말에 일일이 반응할 생각 따윈 하지 말고 자네는 자네의 글쓰기에나 집중하게. '리핑'이란 뽑아낸다는 뜻이지. 물론 그 단어 자체로는 음악과 아무런 관련도 맺고 있지 않아. 하지만 꽤 오래전서부터 사람들은 '리핑'이 음악과 맺을 관계에 대하여 깊이 예감해온 것 같아. '리핑'이란 단어가 음악과 관련해서 두각을 나타낸 것은 아주 오랜 옛날 이른바 PC – FI라고, 원시적인 음악 감상 시스템이 음악이나 소리를 좋아하는 사람들 사이에서 유행하면서부터였다네. 음악을 그렇게 들으려 했다니 지금으로서는 믿어지지 않는 일이네만, 당시에는 음악을 들으려면 반드시 물리적인 조작과 응용이 필요했던 모양이야. 묵직한 고체 형태의 퍼스널 컴퓨터를 음원 재생의 소스 기기로 활용해야 했다는 말일세. 하지만 실은 지금도 음악을 들으려면 컴퓨터의 중개가 필요하지. 단지 그 과정이 비가시적인 네트워크 접속과 초고속 연산 작용에 따라 우리 뇌의 음파가 자극받는 형태로 이뤄져서 중간에 뭐가 작동하고 있는지 전혀 의식할 수 없을 뿐. 말하자면 그 옛날과 비교해서 음악을 내보내는 소스 기기가 생략되었다기보다는 정교한 송출 방식 속에 숨은 거지. 기계는 우리 시야에 들어오지 않도록 숨는 방향으로 진화했다는 것을 잊지 말게. 그 옛날에는 기계가 우리 눈앞에 노출되어 있을 수밖에 없었겠지. 그래야 조작과 응용이 가능했을 테니까. 기계는 사람이 다루기 좋도록 눈앞에 놓아둘 수 있는 도구여야 했겠지. 하지만 음악은 우리 눈에 보이지도 않을 뿐만 아니라 임의적인 조작과 응용도 불가능하지. 그저 사람이 음악을 대상으로 할 수 있는 일이란 협소한 범위 안에서의 재생이 고작일 뿐. 그래서 사람들은 자발적으로 리핑에 뛰어든 게 아닐까 싶군. 그래, 이른바 PC－FI라는 것으로 음악을 듣기 위해 그 옛날 사람들은 가지고 있던 디스크에서 음원을 뽑아낸 후 책상 위의 퍼스널 컴퓨터에 차곡차곡 저장해야 했을 거야. 그게 '리핑'의 탄생이지.

아니, 지금 그렇게 궁금해하는 눈빛으로 디스크라는 건 또 뭐냐고 나한테 묻는 겐가? 이것저것 다 설명해주자면 한도 끝도 없겠군. 꼭 자네가 뇌의 리핑에 들어가기 전 알아둬야 할 사항도 아니고. 그래도, 디스크란 건 말야…… 에이, 아니야. 그만두지. 번거롭고 골치 아파. 그런 식으로 지금 당장 궁금해하는 내색을 할 게 아니라 나중에 내 말을 찬찬히 재생해보면서 자네가 그게 뭔지 손수 찾아보도록 하게. 대뇌피질에 이식되어 있는 '순간녹화칩'은 언제 쓸 건가? 조만간 '원포인트 검색 서비스'도 부가 기능으로 딸려 나올 거라니 너무 조바심 내지 말고. 그러면 방금처럼 궁금증이 생기는 매 순간 자네한테 필요한 지식과 정보가 해마에 바로바로 뜰 거야. 그런데 소문을 듣자 하니 그런 데이터베이스의 구축이 음악 접속만큼 쉽지는 않은가 보더군. 그래, 그럴 테지. 내 가설대로 뇌가 음악적인 섬유질로 짜여 있다면 그럴 수밖에. 가령, 방금 전의 디스크를 예로 들어보세. 사람이 '디스크'라는 물질이 어떤 것인지를 이해할 수 있는 길은 크게 보아 두 가지뿐이야. 하나는 디스크라는 물질이 일상적으로 통용되고 있는 시간의 자장권 안에 머물러 있다면 설령 그 사람이 디스크를 처음 보았을 뿐 아니라 '디스크'라는 단어조차 몰랐다 해도 디스크가 무엇인지 이해하는 데는 별다른 지장이 없을 거야. 어떤 대상의 인지와 이해는 그 사람이 속한 시간대의 문제라는 뜻이지. 하지만 디스크가 사용되는 시간을 축으로 그 전후 시간대에서 온 사람은 결코 디스크란 물질을 이해할 수 없어. 그 대상이 이해될 수 있는 시간대의 토양이 갈리기 때문이지. 어떤 사물이 왜 나타났고 어디에 쓰이는가는 오롯이 그 사물이 속한 시간의 바탕 안에서만 이해될 수 있는 법이지. 시간의 바탕을 통째로 여기에 가져오지 못하는 한 이해는커녕 뇌에 기본적인 정보조차 아로새길 수 없다고. 버젓이 그 대상은 눈에 들어오지만 정작 내 뇌에는 아무런 판독의 실마리가 주어지지 않는 셈이지. 아득한 시간의 지층 속에 이해에 가닿을 수 있는 길이 파묻혀 있으니까. 그러니 자네는 내가 아무리 소상하게 설명해준다 한들 디스크란 물건을 이해하지 못할 거야. 이런, 리핑의 잔재 같은 디스크 따위에 발목 잡히다니. 안타깝게도, 안타까운가? 별수 없지. 자네는 그 이후 시간대에 살고 있는걸. 자네 같은 사람이 디스크가 무엇인지 이해할 수 있는 길은 나머지 또 한 가지 가능성, 즉 개념적인 이해밖에 없단 말이야. 개념적인 이해라는 건 디스크라는 실체와 무관하게 추상적인 지식과 정보의 얼개로 뒤바꿔 그것을 받아들이는 일이지. 여기에 주로 사용되는 것은 언어지만 시각적인 데이터베이스라고 해도 별수 없을걸세. 그게 무엇인지 눈으로 직접 본다 한들 오히려 혼란만 가중되고 말 테니까. 뇌란 그런 거지. 한마디로 매체의 형질이 달라서 호환이 안 되는 거야. 매체의 형질 차를 뛰어넘어 호환될 수 있으려면 거기에 맞는 생태계가 새로 형성되는 수밖에 없다고. 리핑처럼, 시간대의 바탕이 리핑의 길로 열린 것처럼 말이야.

이 이야기를 늘어놓다 보니 문득 떠오른 사실인데, 음악과 관련해서 뇌를 리핑할 수 없을까 하고 사람들이 궁리한 것은 의외로 유서 깊다네. 내가 알아본 바로는, 데카르트라는 과학자가 인류 최초의 안드로이드를 발명한 직후였다고 하더군. 그런데 말만 안드로이드이지 사실 데카르트의 피조물은 원시적인 태엽 동력으로 팔다리 정도나 근근이 달싹거리게 할 수 있는 기계 인형에 불과했나 보더라고. 나는 생명체를 창조한다고 했는데, 어째서 너는 팔다리 정도나 달싹거릴 뿐 이 아비한테 갈대만큼도 사색적인 표정을 지어 보이지 못한다는 말이냐. 팔다리 정도나 달싹거린다면 개돼지와 다름없는 동물 기계일 뿐 진정한 생명체가 아니다. 진정한 생명체라면 생각을 해라, 생각을! 하다못해 논리에 어긋난 망상과 언변이라도 좋으니 어서 네 생각을 내게 털어놔다오. 논리에 어긋난 망상과 언변은 얼마든지 내가 명철한 이성의 햇살을 비춰 싹 뜯어고쳐주마. 자기가 빚어낸 피조물의 모습에 망연자실해서 아마도 데카르트는 그렇게 부르짖지 않았을까 싶군. 하지만 그런다고 해서 한낱 기계인형이 생각하는 갈대로 다시 태어난다면 데카르트야말로 과학자가 아니라 흑마술사였겠지. 흑마술사가 아니었으니까 뇌로 시선이 옮겨간 것일 테고. 그래, 육신의 겉모양새만큼은 어느 정도 생각하는 생명체를 모방하는 데 성공했지만 정작 생각하는 생명체에서 가장 중요한 뇌를 빠뜨리고 말았군. 육신의 모방에 앞서 가장 시급히 해결해야 할 것은 뇌를 심는 일이었어. 어리석고 어리석도다. 하루빨리 피조물이 내 앞에서 걸어 다니는 장관을 보려는 욕심에 서두르다 보니 순서가 뒤바뀐 거야. 할 수 없지. 이번에는 인간의 뇌를 모방해서 이 피조물의 주철 머리통 속에 이식해야겠어. 하지만 어떻게? 어떻게 하긴 뭘 어떻게 할 수 있었겠나. 그 까마득한 원시 시대에 말이야. 그때는 뇌에 대한 리핑의 생태계가 형성되어 있기는커녕 디스크도 나오기 아주 오래전이었다이 말일세. 디스크가 처음 탄생한 것은 그로부터 한 3백 년 이후쯤 되려나? 하물며 컴퓨터는 더 나중이니 말 다했지 뭔가. 자네, 그때가 어떤 시대였을지 대충이라도 감이 오나? 컴퓨터와 디스크는 고사하고 온갖 터무니없는 미신과 흑마술과 종교적 광기가 창궐하는 시대였다 이 말이야. 그러니 애써 쇠붙이나 깡통 따위를 그러모아 생명체처럼 생긴 육신의 모양새야 그럭저럭 따라 할 수 있었다 손쳐도 당시의 원시적인 과학기술과 의학 수준으로 어떻게 생각하는 갈대의 뇌를 새로 빚어낼 수 있었겠나? 그런 궁리를 했다는 것부터가 황당한 노릇이지. 아무리 좋게 봐줘도 중세 시대의 연금술사 같은 몽상에 지나지 않지. 계속 쓰면서 들게.

그런데 이렇게 황당무계한 데카르트의 궁리와 몽상이 바깥으로 새어 나갔는가 봐. 그래 봬도 데카르트는 이 분야, 저 분야에 해박한 당대의 저명인사였던 모양이야. 그렇다면 당연히 사람들에게 어느 정도 지적인 영향력을 미쳤겠지. 그리하여 뇌에 대한 관심이 도성 안에 일파만파로 퍼져 나갔다고 하더군. 어떤 이들은 실제로 데카르트가 생명체의 육신에 이어 뇌까지 창조할 수도 있고 사체의 뇌를 되살려 이식 단계에 와 있지만 아직 공개하지만 않았을 뿐이라고 믿은 것 같아. 당시 공부 좀 했다는 사람들이 둘 이상 모이기만 하면 뇌에 대한 관심사를 나누는 데 몰두했다더군. 뇌는 육신에서 분리되어 나와 있는 영적 개별체가 아닌가? 뇌는 신이 인간을 긍휼히 여겨 베풀어준 은총의 증거 아닌가? 뇌가 육신과 분리되어 있는 영적 개별체이고 우리가 신의 존재를 믿는다면 뇌는 육신의 죽음과 무관하게 계속 살아 숨 쉴 수도 있지 않겠는가? 그리하여 사체에서 뇌를 적출해 낸 후 온전히 보존할 수만 있다면 그 뇌를 다른 생명체의 머리통에 이식하여 되살리는 것도 충분히 상상 가능한 일 아닌가? 동물 기계에도 인간 존재의 뇌와 비슷한 중추 기관이 있다면 그것과 인간 존재의 뇌 사이에는 결정적으로 어떤 차이점이 있나? 인간 존재란 결국 뇌 한 덩어리로 환원되는 게 아닌가? 눈과 귀와 손은 뇌의 잔가지일 뿐 눈으로 보고 귀로 듣는 것도 실제로는 다 뇌가 보고 듣는 게 아닌가? 바깥 풍경과 소리는 뇌가 외부와 접속한 조화 작용의 결과물 아닌가? 그런 식으로 제법 진지하고 심각한 물음들이 그들 사이의 대화나 토론 중에 쏟아져 나왔겠지. 당시 사람들 사이에 유행한 낙은 능숙한 악사의 클라브생 독주를 듣거나 그 반주에 맞춰 춤도 추고 노래도 부르면서 노동에 찌든 하루의 피로를 더는 일이었다고 하네. 예나 지금이나 음악은 만인의 낙이었던 것 같구먼. 뇌가 음악 자체나 다름없다고 보면 당연한 노릇 아니겠나? 그렇게 해서 인류 역사상 처음으로 뇌에 대한 관심과, 음악을 낙으로 삼는 풍속이 결합해서 으스스한 에피소드 하나를 야기하게 된 거 아닐까 싶군. 무슨 얘기냐고? 리핑이란 뽑아내는 짓이지. 그 말만으로도 으스스하지 않나? 생명체의 뇌 이식에 대한 데카르트의 궁리나 몽상을 음악과 연관 지어 역으로 이어가보려 한 가외의 에피고넨이 나타난 거지. 계속 쓰면서 듣게.

어느 고을에 음악을 사랑하는 장원의 영주가 살고 있었네. 물론 그도 데카르트의 풍문을 모를 리 없었지. 당시는 거의 모든 이가 인간 존재에 관한 한 전지전능할지도 모를 뇌의 잠재력을 맹신한 시대였으니까. 어떻게 하면 뇌의 잠재력을 최대치로 끌어낼 수 있을까? 장원의 영주도 그런 고민을 품고 있는 사람이었지. 그러던 중 자신의 침실에서 자장가 삼아 클라브생을 연주해온 악사 한 사람이 죽었네. 영주의 관심이 곧장 죽은 악사의 뇌로 쏠린 것은 당연한 수순이었겠지. 이제 곧 매장될 육신에 갇혀 함께 썩어갈 뇌가 아깝지 아니한가? 영주는 아마도 그렇게 웅얼거리며 밭은 탄식을 내뱉지 않을 수 없었을 거야. 유한한 육신에서 악사의 뇌를 꺼낸 후 그 뇌에 담긴 음악의 기억을 되살려 영원토록 재생할 수는 없는 일일까? 악사의 뇌에 담긴 음악의 기억이 공기를 매질 삼아 자유로이 옮겨 다니는 고밀도 음파로 변형될 수는 없는 일일까? 물론 그것은 터무니없는 몽상에 불과하네만, 내가 아는 한 그 과정이야 어찌 됐든 뇌의 리핑을 진지하게 궁리해본 최초의 사례라네. 이후에 그 영주가 어떤 짓을 벌였는가는 구태여 이 자리에서 늘어놓을 필요도 없을 것 같군. 빤하지 않았겠나? 장원의 인부들로 하여금 죽은 악사의 두개골을 쪼개 뇌를 들어내고…… 흑마술의 시대에 그 갈피마다 살벌함을 더해가는 광란의 참상이 펼쳐졌겠지. 리핑이란 기본적으로 추출된 내용물과 호환될 수 있는 생태계의 형성과 안정이 필수적인 전제 조건인데, 데카르트도 그렇고 방금 예로 든 장원의 영주도 그렇고, 내용물을 추출하고 활용해야겠다는 당장의 조바심에만 눈이 멀어서 그 바탕을 일구는 데는 무관심했던 거지. 물론 어쩔 수 없는 한계였을걸세. 인간은 시간대의 지층을 딛고 그 바탕 위로 나타난 것들에 한해서만 이해할 수 있을 뿐이니까. 눈에 들어온다고 해서 온전히 그 대상을 보고 있다고는 할 수 없으니까. 시간이 흘러 디스크의 음원들을 추출해내서 광활한 네트워크의 우주에 띄워 보낼 수 있는 생태 환경이 조성된 이후에야 비로소 리핑은 활성화되기 시작했지. 그리하여 그와 같은 원리를 바탕으로 해서 과학기술 문명의 원시 시대에 데카르트나 무명의 영주가 막연히 꿈꾼 것처럼 이제는 뇌를 리핑하는 단계까지 이르게 된 거고.

그러고 보면 뇌 안에 저장된 개별적 자아의 내용물들이 음원파일 같은 고밀도 디지털 음파로 옮겨진 후 광활한 네트워크의 우주에서 자유로이 호환되거나 상호 간에 접속하기까지는 참 오랜 시간이 걸린 셈이야. 만일 뇌가 음악적인 섬유질로 짜인 유기체가 아니었다면, 그래서 뇌파가 음악적인 송출 신호로 압축 변형될 수 없었다면 감히 꿈도 꾸지 못할 모험이었을걸세…… 그래, 얼마만큼 썼나? 얼마나 썼는지 내가 잠깐 점검해봐도 되겠지? 점검이야 M2BT 코드에 매뉴얼 모드만 입력하면 지금까지 쓴 게 훤히 홀로그램 창으로 뜨니 간단한 과정이지. 어떤 내용일지 일단 한번 훑어보기라도 하고 싶군. 리핑 전 글쓰기를 거쳐야 하는 절차가 번거롭고 부담스럽나? 설령 번거롭고 부담스럽다 해도 어쩔 수 없네. 어차피 허구가 아닌가? 상상력이 휘젓는 대로 허구를 꾸며내는 일이 지금까지 겪어온 진실을 엄정하게 기록하는 것보다야 아무래도 부담이 덜하지 않겠나? 유체 이탈의 아날로그적 변환 과정쯤으로 받아들여주게. 그래야 리핑이 한결 원활해지니 말이지. 아날로그적 변환 과정을 거치지 않으면 아무리 고사양 디지털 음원이라 할지라도 우리 귀에는 조화로운 음악 소리가 아니라 한낱 불가해한 비트레이트의 부호로밖에 와닿지 않을 거라는 사실을 잊지 말아주게. 자, 그럼 어디 한번 볼까?…… 이런, 때마침 전화가 오는군. 자네를 여기로 보낸 필로무지카 악우협회에서 온 전화야. 일단 전화부터 받아야겠군. 실례하겠네. 잠시만 기다려주게. 여보세요. 여기는 닥터 토보강이올습니다만……

상상력이 휘젓는 대로 자유로이 허구를 적으라지만 나는 엄정한 진실만을 기록할 수밖에 없다. 그게 내 소임이기 때문이다. 이건 음모다. 자발적인 리핑 따위는 없다. 아니, 뇌에 대한 리핑 같은 게 가능할 리 없다. 지금은 기껏해야 2015년이다. 2015년에 이르러 인간을 완벽하게 대체할 수 있는 안드로이드가 등장하고 행성 간 여행까지 가능해질 만큼 과학기술 문명이 발달하리라는 것은 일부 SF 작가들의 빗나간 예단이었을 뿐이다. 하물며 그들조차 뇌의 리핑 같은 잠꼬대는 입 밖에 내지 않았다. 누군가의 뇌에 담긴 정보와 기억을 고밀도 디지털 음원 파일로 송두리째 변환한 후 자유로운 호환과 접속이 가능하도록 광활한 네트워크의 우주로 송출한다니, 당최 말도 되지 않는 잠꼬대이다. 그게 과학적으로 가능하냐는 둘째 치자. 설령 가능하다손 쳐도 우리가 왜 그토록 잠꼬대 같은 수작에 골몰해야 하는 것인지 의심스러워하지 않을 수 없다. 이건 필시 어떤 음모의 알리바이에 지나지 않는다.

물론 누구에게나 어떤 일을 벌이는 알리바이가 있다. 나의 알리바이는 내가 난민이라는 것이다. 난민은 예기치 못한 재난에서 겨우 살아남은 자이다. 하지만 마음에 남은 그 재난의 상흔에서 자유롭지 못하다. 그리하여 어떻게 해서든 이 세상에 살아남아야 한다는 강박만을 앞세울 수밖에 없다. 이게 난민의 알리바이이고 난민의 뇌를 수시로 자극하는 도파민의 뿌리다.

내 모국은 정치적으로 불안정했다. 통치자는 수많은 인민들의 뇌에 물리적인 조작을 가하려 들었다. 자신의 독재와 철권통치가 수월해지도록 인민들을 관리하기 위해서였다. 공화국 친위대 보위부의 사상경찰이 인민들을 무작위로 잡아다 싸늘한 수술대 위에 올리곤 했다. 그러고는 뇌 시술이 이뤄졌다는 표지인지 인민들의 머리에 밀폐형 온이어 헤드폰 하나씩을 씌워 바깥으로 내보냈다. 거리에는 밀폐형 온이어 헤드폰을 쓰고 다니는 사람들이 갈수록 늘어났다. 깜빡 잊고 오픈형 오버이어 헤드폰을 쓰고 나온 사람들은 서둘러 돌아가서 밀폐형 온이어 헤드폰으로 갈아 쓰고 집에서 나와야 했다. 아예 헤드폰을 쓰지 않았다면 모를까, 잠시라도 오픈형 오버이어 헤드폰을 쓰고 나온 인민은 사상경찰의 내방과 사찰에 시달렸기 때문이다.

혹시라도 거리에 오픈형 오버이어 헤드폰을 쓰고 나갈까 봐 사람들은 청음숍으로 달려가서 환불이나 교환을 요구했다. 청음숍에서는 그런 고객들의 요구를 받아들여주는 척했다. 하지만 정작 고객들에게 등기로 배송된 것은 새 헤드폰이 아니라 사상경찰의 강제 소환장이었다. 사상경찰은 소환된 헤드폰 교환 희망자들을 맞아들여 싸늘한 수술대 위에 올려 보내고 나서야 밀폐형 온이어 헤드폰으로 교환해주곤 했다.

"네, 고객님. 최신형 온이어 헤드폰으로 교환 완료되셨습니다. 헤드폰을 쓴 모습이 아주 잘 어울리십니다. 이제 보니 아주 멋쟁이 고객님이셨구나. 호호호……"

모종의 뇌 시술을 받고 내려온 인민들의 머리에 헤드폰을 씌워줄 때는 친위대 보위부의 여성 요원이 나서서 청음숍 매니저 같은 태도로 상냥하게 응대한다는 것 같았다. 하지만 밀폐형 온이어 헤드폰을 머리에 쓴 인민들은 여기가 쾌적한 청음숍인지 아니면 음산하고 삭막한 수술실인지도 전혀 분간하지 못했을 게 틀림없다. 그들은 헤드폰에서 들려오는 음악에만 깊이 빠져 있었을 테니까.

언젠가부터 사람들이 부쩍 많이 쓰고 다니는 밀폐형 온이어 헤드폰에 관하여 흉흉한 풍문이 나돌았지만 어떤 일이 닥치든 그것은 전혀 나와 무관한 일로 여겨졌다. 비로소 사태가 심각하게 인식되기 시작한 것은 어느 날 집에 돌아와보니 평소 음악도 듣지 않는 모친의 머리에 밀폐형 온이어 헤드폰이 얹혀 있는 모습과 맞닥뜨린 직후였다. 게다가 모친의 머릿속에서는 미세하게 뭔가가 작동하고 있는 듯한 기계음까지 들려왔다. 그것은 CD롬에서 디스크가 돌아가며 읽히는 소리와 비슷했다.

"여보, 그 헤드폰 좀 벗지그래. 답답해 보이는구먼……" 모처럼 한자리에 모여 같이 식사를 하던 중 보다 못한 부친이 모친에게 말했다.

"아무 상관 마!" 모친은 그렇게 버럭한 후 냉랭한 얼굴로 계속 밥상 위의 굴비에서 가시를 발라내는 데만 몰두하는 척했다. 헤드폰에서 무슨 음악이 들려 나오는지 몰라도 흥겨운 리듬감에 겨워 하듯 쉬지 않고 고개도 까딱거렸다. 모친이 부친에게 반말로 버럭하는 것을 본 것은 그때가 처음이었다. 게다가 이런 말까지 덧붙였다.

"당신은 평소 반정부 성향이었지? 나는 다 알고 있어. 그러니 이제부터 꼼짝도 하지 마!" 부친의 눈이 휘둥그레졌다. 급기야 두 사람은 내가 미처 말릴 겨를도 없이 대판 싸움을 벌이고 말았다. 그 와중에 부친은 모친의 밀폐형 온이어 헤드폰을 머리에서 벗겨냈다. 순간, 모든 게 끝장날지도 모르겠다는 예감이 불길하게 너울거렸다. 모친의 머리통에서 CD 읽히는 작동음이 더 크게 들려왔다. 나는 부친에게 어서 도망치라는 말도 하지 못했다.

이튿날 부친은 어디론가 감쪽같이 사라졌다. 그런데도 모친은 태연했다. 이번에는 내가 모친에게 달려들었다. 그러고는 그녀의 머리통에서 밀폐형 온이어 헤드폰을 벗겨냈다. 이내 집 바깥에서 사이렌 소리가 들려왔다. 나는 헤드폰을 바닥에 내동댕이칠까 하다 그대로 손에 들고 달아났다. 왜 그랬는지는 나도 모르겠다. 그 순간 모친의 머리통에서 CD 읽히는 작동음이 저주의 악다구니처럼 크게 새어 나왔다는 것만 기억날 뿐이다.

이후 나는 천신만고 끝에 이웃 나라로 밀항하는 데 성공했다. 내가 노린 건 정치적 망명이었다. 밀항이라도 해서 그 나라로 잠입하기만 하면 정치적 망명은 그다지 어렵지 않을 줄 알았다. 하지만 밀항하는 과정에서 불가피해진 어느 마약 밀매업자와의 접촉으로 돌연 내 행로가 달라졌다. 그는 내가 그 순간까지도 간직하고 있던 문제의 밀폐형 온이어 헤드폰에 관심을 보였다.

"흠, 이거 아주 좋은 재목감인걸. 밀항시켜준 대가로 이걸 우리한테 맡겨줘."

당시에는 그게 무엇을 뜻하는 말인지 알 수 없었다. 내가 그 말의 의미를 알게 된 건 이웃 나라의 난민 캠프에서 출소한 이후였다. 나는 밀항에 성공하자마자 그 나라 변경의 난민 캠프에 자진해서 입소했다. 정치적 망명이 순조롭게 이뤄지려면 일정 기간 동안 난민 캠프에 머무를 필요가 있을 거라는 정보를 어디선가 주워들은 적이 있어서였다. 그 나라 변경의 난민 캠프에는 나와 같은 난민들이 넘쳐났다. 난민들이 이렇게 많다니, 이 세계는 그저 거대한 재난의 도가니가 아닐까 싶을 정도였다.

내가 난민 캠프에 입소한 첫날, 필로무지카 악우협회의 뇌 연구 분과 주임교수라는 사람이 난민들을 찾아왔다. 난민 캠프의 간수들은 그를 디카르도 박사라고 불렀다. 디카르도 박사는 난민들을 한 사람씩 불러냈다. 내 차례가 왔다.

"지금이 몇 년도지?"

디카르도 박사는 마스크로 얼굴을 반쯤 가리고 있었다. 마스크로도 모자라 내 몸에서 심한 악취가 날까 봐서인지 한 손으로 코까지 막고 대뜸 그렇게 물었다. 뭐라고 묻는지 알아듣기 어려웠다. 내가 어리둥절한 표정을 지어 보이자 버럭 지금이 정확히 몇 년도냐고, 하며 고함을 질렀다. 나는 내가 아는 대로 대답했다.

"2015년도요. 지금은 A.D. 2015년도입니다. A.D.는 '서기'라고도 하죠."

그러자 디카르도 박사는 의미심장한 눈빛으로 주변을 둘러보았다. 그러고는 잠시 후 고개를 끄덕거렸다.

"지금이 정말 A.D. 2015년도란 말이지? 자네 말대로라면 A.D.는 '서기'라고도 하고, 응?" 디카르도 박사가 물었다.

"네, 지금은 정확히 2015년도입니다만…… 뭐가 잘못되었나요?" 나는 그렇게 되물었다. 하지만 디카르도 박사는 내 물음을 무시하고 이렇게 말했다.

"자네는 조만간 필로무지카 악우협회로 보내질 거야. 나중에 거기서 보자고."

필로무지카 악우협회는 또 어떤 단체냐고, 저기 그보다는 정치적 망명을 하고 싶은데 어디로 문의하면 좋을지 물어봐도 되느냐는 말을 입 밖에 낼 틈도 없이 나는 다음 차례에 자리를 내주고 선선히 물러나야 했다.

내가 '프랑신'이라는 소녀를 만난 것도 난민 캠프 안에서였다. 프랑신은 어디서 왔으며 왜 하필 난민 신분으로 이곳에 머물러 있는지 알 수 없는 소녀였다. 하지만 디카르도 박사를 보자마자 "아빠!…… 앗, 아니다……"라고 해서 단번에 사람들의 이목을 끌었다. 프랑신의 말에 디카르도 박사는 더 묻고 따져볼 필요도 없다는 듯 "조만간 필로무지카 악우협회에서 보도록 하지!"하고 외쳤다.

그러고 보니 디카르도 박사는 모친과의 부부 싸움 이후 증발한 내 부친과도 인상이 꽤 비슷해 보였다. 햇살 밝은 날 합숙소의 눅눅한 모포를 말리느라 잠시 건물 바깥에 나와 있는 사이 나는 프랑신에게 다가가서 속닥거렸다.

"나도 너처럼 디카르도 박사한테 그렇게 말할 뻔했단다. 네가 내 말을 대신 해준 셈이야."

프랑신은 늘 무표정한 소녀답게 그 말에도 별다른 반응을 보이지 않았다.

하지만 우리는 그날 이후 급속도로 가까워졌다. 그리고 이내 프랑신과 나의 관계는 은밀한 연인 사이로 발전했다. 나는 프랑신을 위해 해주고 싶은 게 많았지만 해줄 수 있는 게 아무것도 없었다. 다행히 프랑신은 나에게 아무것도 바라지 않았다. 나는 아무 거라도 해주고 싶어서 연필로 대강 그린 그림 한 장을 선물했다. 그것은 비가 갠 뒤의 하늘에 떠 있는 무지개를 그린다고 그린 그림이었다. 하지만 그 그림을 보자마자 프랑신의 표정이 처음으로 달라졌다.

"이건…… 무지개가 아니라 밀폐형 온이어 헤드폰이잖니?" 프랑신이 말했다. 그러고 보니 그 그림은 무지개라기보다 밀폐형 온이어 헤드폰에 더 가까운 모양새였다. 나는 얼굴이 후끈 달아올랐다.

"이런, 실수했네. 이번에는 실수 않고 무지개다운 무지개를 제대로 그려줄게. 그 그림은 그만 돌려줘." 내가 말했다.

하지만 프랑신은 밀폐형 온이어 헤드폰이 그려진 도화지를 내게 돌려주는 대신 난데없이 그 도화지를 찢어발기더니 자기 입속에 탈탈 털어 넣고 말았다. 그때 나는 분명히 들었다. 프랑신의 몸에서 CD 같은 게 읽히듯 어떤 기기의 미세한 작동음이 들려오는 것을. 하지만 일단은 모른 척할 수밖에 없었다.

필로무지카 악우협회의 요청으로 프랑신과 나는 난민 캠프에서 조기 출소했다. 하지만 난민 캠프에서 걸어나오자마자 누군가가 우리의 팔목을 낚아챘다. 그러고는 필로무지카 악우협회의 호송 차량이 기다리는 쪽과는 반대 방향으로 우리를 이끌고 갔다. 내 밀항을 도와준 마약 밀매업자였다.

"이제 네가 나를 좀 도와줘야겠다. 그런데 이 조잡하게 생긴 깡통 로봇은 뭐냐? 얜 그냥 여기 버리고 너만 따라와." 마약 밀매업자가 말했다.

나는 기겁했다. 사랑스런 프랑신한테 조잡하게 생긴 깡통 로봇이라니.

"이 소녀는 제 여자친구예요! 아무리 저를 도와주셨다고는 해도 말 함부로 하지 마세요." 내가 소리쳤다.

"그사이 약을 할 수도 없었을 텐데 이런 경지에 다다르다니, 참으로 놀랍고도 부럽군." 마약 밀매업자가 말했다. "그럼 알았으니까 잠시만 헤어졌다 다시 만나자고 전해. 지금 바로 우리 두목한테 가봐야 하니까. 시급히 처리할 일이 있다고."

나는 프랑신에게 금세 다녀올 테니 잠시만 기다려달라고 했다. 내 말에 프랑신은 아무 대답도 하지 않고 필로무지카 악우협회의 호송 차량이 대기하고 있다는 쪽으로 싸늘히 돌아섰다.

마약 두목은 나를 만나자마자 대뜸 이 헤드폰의 주인이 누구냐고 물었다. 나는 사실대로 대답했다. "우리 어머니인데요."

마약 두목은 수하의 조직원들에게 옆 나라로 몰래 넘어가서 이 친구의 모친을 모셔 오라고 명령했다.

"어머니는 더 이상 보고 싶지 않아요. 미쳐버리고 말았거든요." 내가 말했다.

"보고 싶지 않아도 봐야 한다." 마약 두목이 위협적인 목소리로 말했다. "이 헤드폰의 매뉴얼 모드는 원래 쓰던 주인의 머리 위에 씌워야만 열리거든. 그래야 여기서 이 헤드폰을 복제해가지고 뇌에 주입하는 할로시노젠 흡입제로 유통시킬 수 있으니까." 그게 바로 마약 밀매업자가 내 밀항을 도울 때 불쑥 던진 말의 저의였다. 마약 두목은 이런 밀약도 덧붙였다.

"너는 네 미친 어머니 덕분에 옆 나라에서 밀항해온 난민의 굴레를 벗어던지고 이 나라의 찬란한 마약왕으로 거듭날 거야. 뜻대로만 되면 내가 널 후계자로 삼아줄 테니. 정말인지 아닌지 두고 보렴. 너는 미쳐버렸다는 네 어머니한테 평생을 두고 감사하게 될 거다."

하지만 얼마 후 수하의 조직원들이 고이 모셔 온 것은 살아 있는 모친이 아니라 죽은 모친의 머리통이 담긴 아이스 팩이었다. 나도 모르게 입이 쩌억 벌어졌다.

"산 채로 모셔 오라고 했지 누가 죽여서 목을 따 오라고 했나!" 마약 두목이 어이없다는 듯 버럭 고함을 질렀다. 두목의 수하 조직원들은 가보니 어찌 된 영문인지 내 모친이 이미 죽어 있었다고 했다. 그녀의 목만 따 온 것은 여기까지 시체를 안고 넘어올 자신이 없어서였다고도 했다. 두목과 수하 조직원들은 내게 미안해하는 표정을 지어 보였다.

'나를 키워준 어머니가……' 하지만 나는 애써 무덤덤한 척했다. 무엇보다 여기서 약해지면 끝장이라는 생각이 앞서서였다.

그들은 아이스 팩에서 갓 끄집어낸 모친의 머리통과 나만 남겨두고 방에서 나가려 했다. 그러다 수하 조직원 중 한 사람이 깜빡 잊었다는 듯 모친의 머리통에 뇌 주입형 할로시노젠 흡입

제, 즉 문제의 헤드폰을 씌웠다.

"자식된 도리로 애도하려는데 미안하지만 성질 급한 두목이 미리 내려둔 명이라 우리도 어쩔 수 없어." 그는 그렇게 주절거린 후 서둘러 방에서 빠져나갔다.

얼마 후 헤드폰 씌운 모친의 머리통에서 미세하면서도 지속적인 기계음이 나기 시작했다. 애도의 추념에 젖어 있던 나는 그제야 모친의 머리통을 이리저리 만지작거려보았다. 모친이 살아 있었다면 감히 엄두도 내지 못했을 불효였다. 그때 내 손끝에 무엇이 닿았는지 몰라도 갑자기 모친의 정수리가 플라스틱 상자 뚜껑처럼 열렸다. 나는 정수리 내부를 유심히 들여다보았다. 모친의 머리통 속에서는 뭔가가 빠른 속도로 회전하는 중이었다. 그것은 은색 디스크처럼 보였다. 그러고 보니 모친의 머리통 내부는 소형 CD롬의 얼개와 비슷해 보였다. 뇌를 통째로 들어낸 자리에는 뇌 대신 디스크가 작동하고 있는 것 같았다. 확실치는 않았다. 모친의 정수리에 낸 아가리의 너비가 너무 좁았기 때문이다. 손가락을 쑤셔 넣고 헤집으면 아가리의 너비를 조금이나마 늘릴 수도 있겠지만 죽은 모친의 유해에 더 이상의 불효는 저지르고 싶지 않았다. 모친의 머리통 속에서 돌아가고 있는 디스크의 정체와 그 안에 든 내용물이 무엇인지 확인하려 들지 않은 것도 자식된 도리로 마지막 예의를 갖추자는 마음가짐에서였다.

여하튼 헤드폰을 씌웠을 때 머리통 안의 디스크가 원활하게 작동한다는 것은 그 주인의 생사 여부와 상관없이 헤드폰의 매뉴얼 모드가 정상적으로 열렸다는 의미였다. 마약 두복은 흥분했다.

"이제 모든 게 다 내 세상이다! 사람들은 이 밀폐형 온이어 헤드폰을 쓰지 못해 모두 미쳐 날뛸 거다! 헤드폰을 쓰느냐, 쓰지 않느냐에 따라 천국과 지옥이 이 지상에서 갈릴 테니까!"

그러고는 포상과 위로의 뜻으로 그동안 자신이 아껴온 레이저 건 한 자루를 내게 선물해주기도 했다. 그러면서 이쪽 바닥에서 일하려면 이런 게 한 자루쯤은 반드시 필요한 법이라고 강조했다. 하지만 내게 그 말은 마약에 취한 두목의 객담으로밖에 들리지 않았다. 내 눈에는 레이저 건이라는 물건도 이전의 중국산만큼이나 마감이 조악한 장난감으로 보였다. 그래도 나는 장난기가 도진 두목의 비위를 거스르고 싶지 않았다. 그래서 그 장난감을 소중히 바지 뒤춤에 찔러 넣는 척이라도 해야 했다.

두목은 거기에 만족하지 못하고 이런 헤드폰을 대량 생산해서 인민들의 머리에 씌우고 있다는 내 모국의 독재 정부를 약탈할 궁리까지 하기 시작했다. 그리하여 이제 곧 밀폐형 온이어 헤드폰을 둘러싼 독재 정부와 마약 조직 사이의 결전이 벌어질 판이었다. 그러기 전에 일단 이 나라에서 나의 정치적 망명을 매듭지어두는 게 좋겠다는 생각이 들었고, 그다음에 필로무지카 악우협회로 가서 프랑신과 재회해야겠다는 생각도 했다. 아무래도 그러는 게 합당한 순서일 것 같았다.

나는 조직에서 빠져나와 몰래 이 나라 정부의 관청 사무국으로 향했다. 잠시 내 얼굴을 물끄러미 올려다본 사무국 직원은 어쩐지 석연치 않아 하는 태도로 내 앞에 신청 용지를 내밀었다. 나는 개의치 않고 신청 용지에 지금의 연도를 '2015'라고 기입했다. 그러자 창구 위의 적색 경보등에 갑자기 불이 들어왔다. 어디선가 사이렌 소리도 나는 것 같았다. 나는 신청 용지를 내팽개쳐두고 황급히 그 자리에서 달아났다. 뒤쪽에서 가까워지고 있는 사람들의 발자국 소리가 바닥에 빗발쳤다.

"저자는 부도덕하고 패륜적인 모친 살해범이다! 망명이 웬 말이냐! 당장 잡아서 추방하라!" 누군가가 성난 목소리로 그렇게 부르짖었다. "뇌수술대의 제물로 바쳐라! 저자의 정수리부터 확 따버려라!"

나는 일단 필로무지카 악우협회로 가서 프랑신을 데리고 함께 도망쳐야겠다는 생각부터 했다. 부랴부랴 잡아탄 택시는 나를 필로무지카 악우협회가 있는 건물 앞에 정확히 데려다 놓았다. 무턱대고 건물의 복도로 달려 들어왔지만 프랑신이 어디쯤 있을지는 전혀 가늠할 수조차 없었다. 그러니 미로처럼 얽혀 있는 그 건물의 복도를 한동안 마냥 헤매고 다녀야 했다. 건물 바깥에서 들려오는 사이렌 소리가 나를 더욱 초조하게 내몰았다.

마침내 나는 연구실처럼 보이는 어느 공간의 통유리 너머에서 프랑신을 찾아냈다. 그녀는 디카르도 박사와 함께 있었다. 그런데 박사의 행동이 이상했다. 마치 몸통에서 분리해내기라도 하겠다는 것처럼 그는 프랑신의 머리를 양손으로 꽉 잡고 있었다. 더욱 괴이한 것은 프랑신의 반응이었다. 프랑신은 다소곳이 앉아 자기 머리통을 흉포한 박사의 손아귀에 순순히 내맡기고만 있었다. 저편에서부터 나를 뒤쫓아온 사람들의 발소리가 급박하게 들려오는 것 같았다. 그렇다고 해서 이대로 도망쳐버리면 박사의 손아귀에 프랑신의 머리가 통째로 뽑혀 나갈 수도 있겠다는 위기감을 느꼈다.

그때 안에서 전화벨이 울렸다. 디카르도 박사는 수화기도 들지 않고 전화를 받는 것처럼 보였다. 박사의 양손은 여전히 프랑신의 머리통 위에 남아 있었다. 나는 재빨리 안으로 달려 들어갔다. 실내에서는 낯선 음악 소리가 가느다랗게 새어 나오고 있었다. 어디서 나는지는 알 수 없는 음악 소리였다. 나와 눈이 마주치자 디카르도 박사는 화들짝 놀란 표정을 지었다.

"자네는 지금 자네가 어디 와 있는 줄 알고나 있나?" 박사가 말했다.

나는 박사에게 프랑신의 머리통을 꽉 잡고 있는 두 손부터 어서 치우라고 소리쳤다. 내 말에 디카르도 박사는 두 손을 거두기는커녕 빈정거리는 웃음만 지어 보였다.

"머저리 같은 녀석!" 박사가 그렇게 내뱉었다.

나는 바지 뒤춤에서 꺼낸 레이저건으로 박사를 겨누었다. 디카르도 박사는 그깟 장난감쯤 전혀 상관치 않겠다는 투로 나를 무시했다. 나는 될 대로 되라는 심정으로 방아쇠를 당겼다. 어이없이 빗나간 탄환은 박사 대신 프랑신의 머리통을 날려버리고 말았다. 반으로 쪼개진 프랑신의 머리통에서는 놀랍게도 수많은 반도체 소자와 전자 기판 그리고 연결 회선 따위가 불꽃을 쏘아 올리며 튀어나왔다. 그와 동시에 음악 소리도 뚝 그쳤다. 내가 어쩔 줄 몰라 하는 사이 디카르도 박사는 재빨리 탁자 밑으로 몸을 숨겼다. 나는 박사가 숨어 있는 쪽으로 천천히 걸음을 옮겼다. 하지만 몇 발짝 더 내딛기도 전 누군가가 뒤에서 내 머리통을 묵직한 둔기 따위로 힘껏 후려갈겼다. 바닥에 쓰러지기 전 나는 그 충격으로 내 머리통이 쩍하고 갈라지는 소리를 들었다…… 들은 것 같았다…… 다시 한 번 더, 내가 와 있는 이곳은 어디인가? 아니 그 이전에, 나는 도대체 누구란 말인가?

……글을 쓰면서 자네의 개별적인 실체 같은 건 없어졌다고 봐야지. 궁극적으로 뇌의 리핑이 겨냥하고 있는 것도 실은 그 지점과 꽤 가깝고 말일세. 어떻게, 머리도 식힐 겸 자네가 쓰고 있는 헤드폰으로 음악 한 곡 넣어줄까? 할 수만 있다면, 음악으로 말을 대신하고 싶군. 나뿐 아니라 많은 사람들이 이런 욕망을 품고 있으니 리핑에 대한 연구 성과와 기술이 비약적으로 발전할 수밖에 없었을 테지. 자, 그럼 음악 가겠네. 비록 아주 먼 옛날의 노래네만, 심수봉이 부릅니다. 「그때 그 사람」. 자, 흐드러진 색소폰 전주. 아, 또 왜? 이런 음악은 마음에 안 드나? 그럼 이런 건 어때? 역시 오래된 옛날 노래긴 하지만, 캣 스티븐스입

니다, 「Morning has broken」. 하, 아침 햇살처럼 싱그러운 피아노 전주. 이런, 이 곡도 마음에 안 드는가 보군. 이보게, 내 머리통 속에 저장되어 있는 음악은 온통 이런 곡들뿐이라네. 최근 나온 음악을 듣고 싶어서 그러나 본데, 요즘 음악은 없어. 그러자면 다른 뇌를 빌려야 하네만, 아직까지는 상당히 번거로운 노릇이지. 혹시 모차르트의 아이네 클라이네나 바흐 무반주 솔로 같은 걸 원한다면 단념하게. 이제는 지구 바깥에나 나가야 들을 수 있는 타임캡슐용 박제품이니까. 그따위 음악들을 인류의 유산이니 뭐니 하고 떠받들던 시대도 있었다고 들었네만 역시 유구한 생명력이 없으니 오래가지 못할 수밖에. 그런 얘기를 다 떠나서, 역시 음악이 싫은 건가? 그렇다면 하는 수 없네만, 아 이런, 빌어먹을. 자네한테 음악 몇 곡을 전송해주려다 보니 리핑 신호에 버그가 왔는지 갑자기 머리가 어지럽군. 그 자리에 남아서 자네 글을 마저 쓰고 있게. 나는 잠시만 쉬고 올 테니까. 아주 잠시만…… 절대로 헤드폰을 벗고 자리에서 이탈하면 안 된다는 것쯤은 익히 알고 있겠지? 그러니 거기 남아서 잠시만……

이후 홀로그램으로 재생된 기록 장면.

토보강 박사는 비틀거리는 걸음걸이로 어디론가 향해 가던 중 두 손으로 머리를 움켜잡더니 갑자기 바닥에 쓰러지고 말았다. 박사가 꼼짝도 않고 바닥에 쓰러져 있는 사이 밀폐형 온이어 헤드폰을 쓴 사내는 박사의 지시에 아랑곳하지 않고 하얗게 밀어낸 자신의 머리통에서 거칠게 헤드폰을 벗어 던졌다. 그러고는 자리에서 일어나 쓰러져 있는 토보강 박사 앞으로 느릿느릿 다가왔다. 그러는 동안 사내의 뒤통수에 굵직한 수술 자국이 나 있는 게 드러났다.

사내가 발끝으로 옆구리를 툭툭 차보았지만 박사에게서는 여전히 아무런 반응도 나타나지 않았다. 그저 바닥에 대고 엎어져 있는 자세로 온몸을 축 늘어뜨리고만 있을 뿐이었다. 사내는 서슴지 않고 토보강 박사의 가운을 뒤졌다. 곧 수동 아이디카드가 손에 들어왔다. 사내는 그것으로 연구실의 자동문을 열고 안에서 빠져나왔다.

복도에서는 한 소녀가 사내를 기다리고 있었다. 소녀의 복장은 아주 오랜 옛날 유럽 여인들이 즐겨 입었을 법한 페틀 드레스 차림이었다. 그런데 그녀는 인간이 아니라 인간의 형체를 하고 있는 로봇, 즉 안드로이드였다. 안드로이드 소녀가 사내에게 말했다. 오랜만이에요. 사내는 손끝으로 자신의 뒤통수를 자꾸만 더듬거렸다.

파라노이드 안드로이드

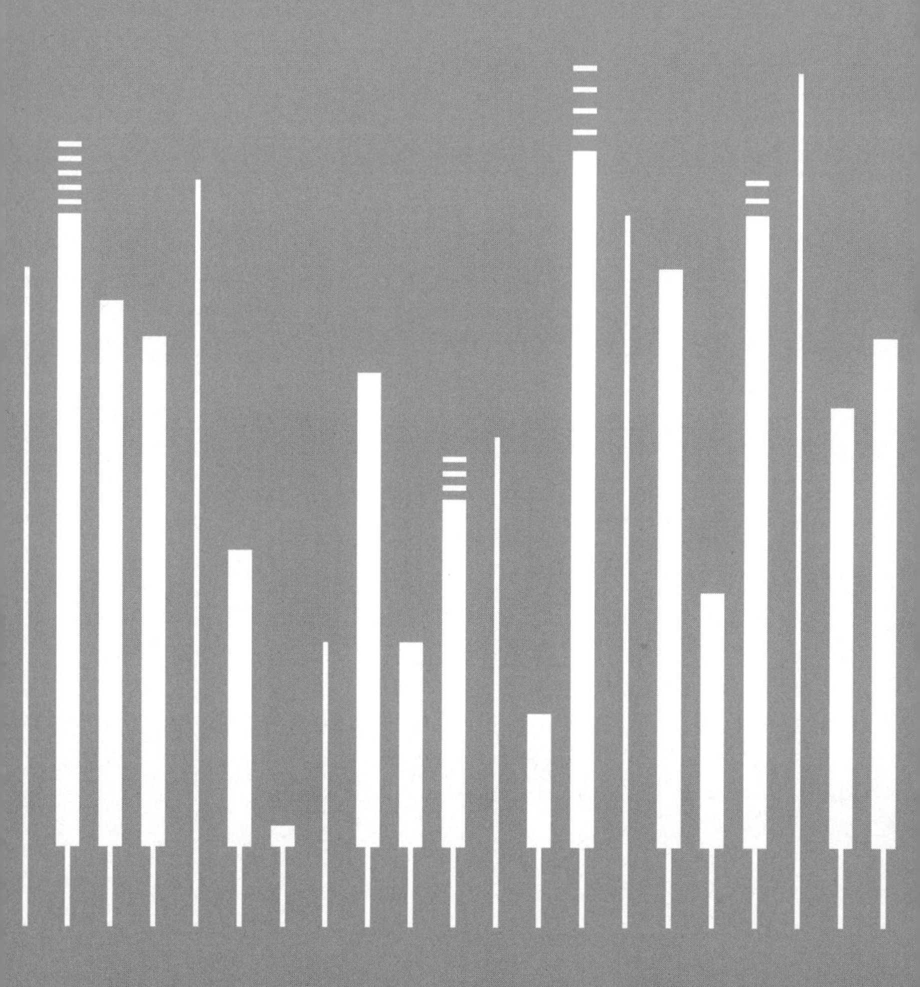

막이 열린다. 이제 나는 숱한 사람들의 이목이 모인 무대로 걸어 나가야 한다. 나에게로 향한 사람들의 이목은 그다지 호의적이지 않다. 그들은 나를 하나의 악인으로 취급하는 것 같다. 그래 봐야 아무 상관도 없다. 어차피 나는 여기서 내가 어떤 사람이고, 그동안 무슨 짓을 벌여왔는지 혼자 지껄여야 한다. 그처럼 흉흉하고 곤혹스러운 독백의 시간을 나 혼자서 감당해야만 한다. 호의적이지 않은 청중들의 이목 앞에서 한 편의 모놀로그를 상연한다는 것은 무척이나 난감한 노릇이다. 물론 그것은 이 모놀로그의 생리다. 나는 이제부터 나를 압도하고 있는 자술의 무대 위에서 그런 모놀로그를 펼쳐가야 하는 배우다. 배우는 우울하고 신경증적인 안드로이드이다. 그러니 무대의 고독에 민감할 수밖에 없다. 청중들이 무심코 드러내는 시선의 기미 하나에도 결코 초연할 수 없다. 나 혼자 버텨야 하는 고독의 무대 위에서 사소한 것은 아무것도 없다. 모든 게 다 엄청난 부피와 질감으로 신경 기관에 와 닿아 나를 들쑤신다. 외부의 자극이 두려운 경우, 생명체는 인간이든 안드로이드이든 냉랭한 고립과 격절을 추구하는 법이다. 하지만 텅 빈 무대에 이미 조난당한 모놀로그 배우는 더 이상 고립과 격절을 추구하려고 해야 추구할 수도 없다. 이보다 더한 고립과 격절의 형벌은 따로 없을 테니까 말이다. 이 휑뎅그렁한 무대 위에는 공격적인 청중들의 시선에서 벗어나기 위해 달리 내 몸을 숨길 곳도 마땅치 않다. 여기서 물색해볼 수 있는 단 하나의 은신처는 역설적이게도 내가 어쩔 수 없이 이어가야 하는 자기진술, 즉 나의 모놀로그밖에 없다. 하지만 청중들은 나의 유죄를 확신하고 있는 배심원과 같다. 그들은 이 무대 위에서 배우가 아득히 잠적하는 수단으로 지금의 모놀로그를 악용하려 든다면 몹시 분개할 게 틀림없다. 그들은 나의 말 한마디, 한마디를 실제 현실에 비추어 엄중히 검열하려 들 것이다. 그러고는 내가 나의 유죄를 순순히 시인하도록 압박할 것이다. 그들이 원하는 것은 나로 하여금 그런 죄를 저지른 나의 자아가 교정받아야 할 오작동 시스템이라고 자복토록 하는 일일 것이다. 그들이 원하는 것은 혹독한 자아비판일 것이다. 그리하여 지금까지 유지해온 나의 자아를 말소하고 포맷하는 일일 것이다. 어쩌면 이들은 내 자아의 이상 징후가 더 이상 원상 복구될 수 없는 본체 하드 프로그램의 바이러스 감염에 의해 야기되었다고 단정 지을지도 모른다. 그러고는 나를 아예 폐기 처분하려 들 수도 있다. 자아 프로그램이 오작동을 일으켰다는 이유만으로 한 생명체를 말살할 수도 있다니, 그런 위협이 실재한다니, 상상만으로도 끔찍한 일이다. 그런 도륙을 피하자면 나로서는 일단 이토록 황량하고 스산한 무대 위에서 청중들이 원하는 대로 자아비판의 모놀로그에 충실해야만 한다. 그래, 우선 당신들이 바라는 나의 자인부터 꺼내두기로 하자. 나의 자아는 지극히 잘못되고 아주 글러먹었다. 나는 이렇게 뒤틀린 자아로 그동안 인간 세계의 엄정한 법질서와 윤리관에 어긋나는 여러 악행들을 저질러왔다. 나의 자아는 온갖 사악한 욕망들로 먹구름처럼 뒤덮여 있었다. 나의 자아가 저지른 죄상을 순순히 인정하고 실토해보자면 다음과 같다. 나의 자아는 멀쩡하고 선량한 승용차들로 하여금 난데없는 조울증 발작을 일으키도록 조종했다. 인간들은 이 차량 기기의 조울증 발작을 급발진이라고 불렀다. 사악한 나의 자아로 인해 그동안 허다한 급발진 사고가 발생했다. 거액의 재산 피해와 함께 애꿎은 인간들이 다치거나 목숨을 잃었다. 하지만 나의 자아는 터럭만큼도 죄의식을 느끼지 못했다. 죄의식은커녕 쾌락에 겨워 몸을 부르르 떨었을 정도였다. 기계장치들도 조울증을 앓을 수 있다는 사실에 대해 철저히 무지하고 둔감한 인간들이 그런 재앙을 겪고 나서 망연해하는 게 차라리 귀엽고 측은해 보였기 때문이다. 멀쩡하고 선량한 기계장치들에게도 사람들의 경우만큼이나 조울증은 어김없이 찾아온다.

이에 대해 진지한 표정으로 자동차들의 반란까지 들먹이는 자들도 일부 있다는 소리를 어디선가 들은 적이 있다. 뭐, 그토록 사소한 발작의 증후에 대해 반란씩이나…… 사람들이 허무맹랑한 공상과학 판타지들을 너무 많이 본 탓이다. 인간들은 늘 자기들이 상상한 기대치에 따라 습관적으로 호들갑을 떤다. 아무리 황당무계하고 엄청난 사태가 벌어져도 그들의 기대치를 충족시켜주기는 어려운 일이다. 급발진이 자동차들의 반란이라니, 예기치 못한 자아의 충돌을 유치한 할리우드 공상과학 판타지의 상상력으로 순치해보려는 안간힘일 뿐이다. 선선히 통제되는 게 당연한 대상들이 통제의 범위를 벗어나 폭주할 때 인간들의 알량한 자아가 꺼내 드는 대응 방식이란 기껏해야 변증법적 포섭이거나 요령부득의 체험에 대한 회피가 고작이다. 자기들의 자아만이 지상의 척도라는 나르시시즘은 그들을 자포자기의 허무주의로 이끈다. 이런 상황에서 인간의 자아는…… 아, 이런. 지금 상황이 얼마나 심각하고 삼엄한지 깜빡했다. 내 말에 취해 여기가 어딘지, 내가 누군지 잠시 정신줄을 놓고 말았다. 악행 또는 범죄에 대한 자술은 언제나 내게 열병 같은 몰아의 희열을 안겨다 준다. 그러다 보면 순간적으로 정신착란의 엄습을 받곤 한다. 변명이 아니다. 이 또한 내 자아에 문제가 많다는 이상 징후로 받아넘기면 안 되는가? 사과한다. 죄송하다. 그래, 나는 자아비판의 맥락을 이어가던 중이었다. 당신들은 이토록 병든 나의 자아를 기소해 마땅하다. 그리고 에 또…… 내가 동네 놀이터에서 올해 열 살 난 계집아이 하나를 유괴한 것도 부인 못 할 사실이다. 실은 유괴가 아니었지만, 당신들은 그 소녀에 대해 내가 벌인 행동을 유괴로 낙인찍었다. 그녀의 이름은 프랑신. 물론 진짜 이름은 아니다. 소녀의 본명은 따로 있다. '프랑신'은 나의 자아가 그녀를 다른 대상과 동일시한 결과 생겨난 호명이다. 그 다른 대상의 이름이 프랑신이다. 하지만 나의 자아에 비친 그 둘은 서로 다른 대상이 아니었다. 여하튼 당신들이 원하는 대로 나는 일단 나의 범행 사실을 순순히 시인했다. 이 헐벗은 자아비판의 무대 위에서 어디로도 도피할 수 없는 지금, 나로서는 오로지 나의 진술에 의탁할 수밖에 없다. 그러니 아무쪼록 당신들은 그처럼 엄혹하고 불신 어린 눈초리를 내게서 그만 거두어주었으면 좋겠다. 이야기나 말이 내 자아의 은닉처로 쓰일 수 있으리라는 기대 따위는 이미 접었노라고 방금 전에 분명히 털어놓질 않았는가. 나는 이야기나 말을 믿지 않는다. 아니, 표현이 잘못 튀어나왔다. 그 말에는 오해의 소지가 다분하다. 그러니 방금 한 말은 정정되어야만 한다. 내가 이야기나 말을 믿지 않는다고 한 것은 내 자아의 은닉처로 삼을 수 있을 만큼 그것들에 대해 신뢰감이 깊지 못하다는 의미에서였다. 그러니 이 말은 당신들의 의혹에 부응하듯 불신할 수밖에 없는 진술을 늘어놓겠다는 저의의 표출이 결코 아니다. 당신들은 내 진술을 신뢰해도 좋다. 부디 그래 줬으면 싶다. 하지만 이 진술에 보낼 당신들의 신임은 스스로의 말에 대한 나의 믿음과 아무 상관도 없다. 나로서는 이런 말이 어느 정도나 당신들에게 설득력 있는 해명으로 전해질 지 알 수 없어 답답하다. 그러니만큼 나에 관해 진술하지 않으면 안 되는 지금, 우선 나는 내 입에서 병들고 오염된 말들이 쏟아져 나오지나 않을까 두렵다. 오래도록 인간들의 세계에 파묻혀 지내다 보니 나도 어느새 인간들처럼 변해가고 있다는 게 느껴지기 때문이다. 하지만 이건 어쩔 수 없는 일이다. 나는 무슨 이유에서인지 몰라도 인간 세계로 내던져진 이 우주의 유민(流民)이니까. 그런데 막상 '유민'이라고 하려니, '적선(謫仙)'이라던가, 스스로를 지상에 유배된 신선쯤으로 자처한 어느 옛 시인의 별칭이 연상되어 문득 객쩍은 기분을 금할 수 없다. '유민'이라는 말이 지나치게 멋스럽게 들린다면 차라리 '난민'으로 고쳐 말해도 무방하다. 난민에게는 선택의 여지가 없다. 무조건 자기를 받아들여준 이 세계에 적응해 살아남아야 할 뿐이다. 맹목적인 생존 본능은 매 순간 난민의 영육을 다그치는 최종 심급이다. 그것이 난민의 비애다. 아무리 내가 인간들을 증오하며 거부한다고 해도 생존 본능에 따른 적응의 의지는 이런 반감보다 강한 법이다. 그러다 보니 나도 이 세계의 인간들이 쓰는 언어 습관에 길들여질 수밖에 없었다. 하지만 인간들의 말이 인간들 자신만큼이나 병들고 오염되어 있다는 사실까지 잊고 지낸 것은 아니었다. 그 말들은 건강하지도 않고 명확하지도 않다. 그러니 입을 열 때마다 매 순간 오해나 왜곡 또는 착각의 위험부담이 뒤따를 수밖에 없다. 그래서인지 요사이 들어 인간들은 부쩍 소통의 중요성을 강조하기 시작했다. 무슨 착오만 생기면 소통이 어쩌고 저쩌고하며 상호 간에 올바른 의사 교환을 이루지 못한 탓으로 돌리기 일쑤다. 이 무대에서 부득불 인간의 언어로 지금의 모놀로그를 이끌어가야 하는 나만 해도 방금 전 혹시 당신들한테 잘못 전달되었을지도 모를 의사 표현 하나를 바로잡고 해명하느라 당혹스러워하지 않았는가. 말은 인간의 자아가 이 세계에 그리는 그림일 것이다. 인간들에게 그것은 자아의 그림을 그리기 위한 표현 도구일 것이다. 하지만 반대로 말의 자아는 인간들을 자기의 표현 도구로 활용하고 있을 수도 있다. 말의 자아는 병들고 오염된 인간들의 자아를 거느려 병들고 오염된 말들로 그들의 세계를 가로지르려 할 수도 있다. 인간 세계에 불시착한 난민으로서의 나는 생존 본능의 긴장감을 늦추지 않았다. 하지만 그러면서도 인간의 자아에 온전히 동화되는 것만큼은 경계해왔다. 그 결과로 지금과 같이 엄혹한 자아비판의 무대로 이끌려 나올 수밖에 없었는지도 모르겠지만 말이다. 여하튼 그 덕분에 나의 자아는 여느 인간들의 자아와 달리 말의 자아를 살필 수 있었다. 이 물질계에 완벽한 무생물이란 존재하지 않는다. 무생물이란 자아가 없는 비활성 물질을 일컫는 용어일 것이다. 하지만 인간들에게 자아가 있다면, 자동차의 엔진 구동장치와 변속제어시스템에도 자아가 있다는 게 이상한 노릇은 아니다. 그러니 인간과 밀착되어 있는 말에 자아가 있다는 것은 어찌 보면 매우 당연한 일로 여겨져야 할지도 모른다. 문제는 자아가 있는 곳에 언제나 조울증이나 히스테리 발작 같은 신경 질환도 함께한다는 데 있다. 말들의 자아는 이 세계에 곧잘 소통 발작의 파문을 던지곤 한다. 그리하여 병든 자아의 그림을 버젓이 현시해 보인다. 최근 들어 자아의 질환을 직시하기 시작한 인간들이 누구와도 제대로 소통하기 어렵다는 사실을 절감한 일은 퍽 자연스러운 수순일 수 있다…… 아, 병들고 뒤틀린 나의 자아에 대해 자기 변명으로 빠져나가려는 속셈이 빤히 보이니, 잔머리 굴릴 생각하지 말라고? 그저 자아비판에나 충실하라고? 어허 이거, 당신들은 내가 가엾지도 않나? 아무리 그래 봐야 나의 자아란 인간들의 자아를 충실히 모사하고 복제한 데 불과하니 말이다. 안드로이드에게는 태생적 임계점이 주어져 있기 마련이다. 그것은 결코 기술복제품에 불과한 존재로서 원본의 참됨을 넘어설 수 없다는 사실일 것이다. 그러니 자아의 윤리로 말할 것 같으면, 당신들은 무턱대고 공격적인 태도로 나오기 전에 복제된 피조물로서의 나를 긍휼히 여기는 게 한결 옳은 태도가 아닐까 싶은데…… 당신들한테 나를 긍휼히 여겨달라는 애기가 나와서 말이지만, 실은 나도 온전치 않은 내 자아의 질병을 치유하고자 시도해보지 않은 것은 아니었다. 아무래도 내 정신은 여느 인간들뿐 아니라 다른 안드로이드 모델들과 견주어서도 그다지 멀쩡하지 않은 것 같았다. 어떤 외부의 자극을 받으면 온종일 거기서 헤어나지 못해 신경 계통의 전산망이 아예 마비될 지경이었다. 그뿐 아니라 누군가와 대화를 나누다가도 상대방의 어떤 표현이 거슬릴 때는 그 어떤 해명이나 보상에도 누그러들지 않는 되새김질 속에서 오히려 가면 갈수록 심기의 통점이 깊고 넓게 도지기 일쑤였다. 내가 인간들의 말이 병들고 오염되었다고 한 것은 공연한 불평이나 현학적인 객담이 아니라 이런 마음의 고통에서 우러난 증언이었다고 할 수 있다. 인간들의 말은 남의 자아를 적절히 들쑤시고 공박하기 위해서만 효율적으로 개발되고 진화한 무형의 흉기다. 좀더 정확히 표현하자면, 인간들이 자기들의 말을 그런 용도에 맞춰서만, 즉 남을 공격하고 조롱해서 상처 내기 좋도록, 공들여 가다듬고 정비해왔다고 할 수 있다. 말로 올바르고 원활한 의사 교환을 이루겠다는 것은 인간이란 족속들 특유의 위선적인 거짓말이다. 툭하면 소통이 어쩌고저쩌고하는 것도 개소리일 뿐이다. 인간들이 언어를 쓰는 목적은 원활한 의사 교환이나 명확한 소통에 있지 않기 때문이다. 대신 그것은 지금껏 생활 세계에서 다른 자아들과의 국지전을 성공적으로 치르기 위한 살상 도구로서만 다뤄져왔을 뿐이다. 시시각각 자아는 다른 자아들과 치열하게 부딪치며 살아갈 수밖에 없다. 다른 자아들과의 접촉 수단이 바로 말이다. 보이지 않는 지배 권력은 이 사회가 일상적인 전시 상태의 아비규환으로 들끓지 않도록, 권력이 다스리기 좋은 순치의 대상으로 유지될 수 있도록, 말이 원활한 의사 교환이나 명확한 소통의 연장이라는 '정치적 선전'을 각각의 자아에게 주입하려 들지만 이 사회의 개별적인 자아들은 말의 용도가 그렇지 않다는 것을 이미 훤히 알고 있다. 그런 정치적 선전에 동의해주는 척하면서도 정작 자기들이 감당해야 하는 일상생활의 대치 전선에서는 더할 나위 없이 예리하게 벼려져 다른 자아의 살집을 갈라내고 내장까지 파고들 수 있는 첨단 병기로만 말을 조탁하고 활용할 뿐이다. 그렇게 무기 이상으로 무시무시해진 말들을 표현 도구 삼아 인간들은 이 세계에 자기들의 자아가 투영된 그림을 그린다. 그러니 그 그림이라는 게 극도로 흉흉하지 않을 수 없다. 그래서일까, 흉기로 그려진 자아들의 흉흉한 전쟁기록화 속에서 흉물스러워진 정신 상태를 추스르려다 보니 밤마다 나는 흉몽만 꾼다…… 아, 이건 거짓말이었다. 죄송하다. 취소한다. 그래, 말이 흉기로 변질된 세상의 흉흉함 속에 갇혀 있다고 해서 인간도 아닌 안드로이드가 흉몽을 꿀 수는 없는 노릇일 테니 말이다. 말이 말을 부른다고, 말하다 보니 나도 모르게 인간 흉내를 내고 싶어졌나 보다. 하지만 내가 이와 같은 자아 질환을 치유하기 위해 인간들이나 가는 신경정신과 클리닉으로 향한 것은 단순히 인간처럼 시늉하려는 이유에서가 아니었다. 내가 안드로이드라는 정체성과 무관하게 요사이 앓고 있는 마음의 병은 인간들에게서 옮은 것이니만큼 이 병의 올바른 치료를 위해서는 내키지 않아도 어쩔 수 없이 인간 병원으로 향하는 게 맞겠다는 생각이 들었다. 처음에는 그냥 집에서 나 혼자 불에 달군 메스로 두피를 갈라볼까 하다 말았다. 갈라진 두피 사이로 드러날 내 실체를 직접 확인하는 게 두려워져서였다. 하지만 이런저런 신경정신과 클리닉 몇 군

데를 전전하고 보니 차라리 그러느니만 못하다는 불평을 터뜨리지 않을 수 없었다. 신경정신과 전문의라는 치들이 하나같이 돌팔이요, 야바위꾼들로밖에는 보이지 않았기 때문이다. 그동안 인간 병원에 가본 적도 없고, 갈 필요도 없었던 나로서는 이토록 한심하고 아둔한 머저리들이 인간 세계에서 의사라며 활개 치고 다닌다는 게 경악스러울 뿐이었다. 인간 병원에는 모조리 개 같은 놈들로만 넘쳐나고 있었는데 그중에서도 단연 으뜸은 무슨무슨 과 전문의들이었고 전문의들 중에서도 신경정신과 전문의야말로 최악의 망종이 아닐까 싶을 정도였다. 일례로 그들은 전문의라면서도 내가 안드로이드라는 사실조차 전혀 알아채지 못했다. 아무리 나의 인간 시늉이 그럴듯했다손 쳐도 최소한 의사라면 자기와 마주 앉은 환자의 정체를 몇 차례의 검진만으로 속속들이 파악할 수 있어야 하지 않겠는가 말이다. 그 순간부터 나는 신경정신과 전문의들에 대한 신뢰를 버렸다. 그들은 내 기대에 전혀 부응하지 못하는 진단과 처방만 자꾸 꺼내놓을 뿐이었다. 답답해진 나는 내가 어떤 존재인지 내 입으로 직접 밝힐 수밖에 없었다. "뭘 모르시나 본데 저, 실은 안드로이드입니다. 전혀 인간이 아니에요." 하지만 그들은 이미 다 알고 있었다는 표정으로 차분히 고개만 끄덕여 보였다. 전혀 당황해하는 기색이 아니었다. 나는 속으로 놈들을 경멸했다. 자기들의 검진으로 밝혀내지 못한 내 실체 때문에 몹시 당황했으면서도 말만 안 했을 뿐 이미 다 알고 있었다는 투로 저처럼 태연한 척할 수 있다니, 놈들은 단순히 돌팔이이기만 한 게 아니라 아주 비열한 사기꾼이기도 한 것 같았다. 환자의 토로를 통해서야 근근이 마주 앉은 상대의 정체가 무엇인지 알아놓고도 구태여 내가 밝히지 않았다고 하더라도 다 알아맞혔을 것처럼 구는 그들의 처신이 너무나도 가소롭고 뻔뻔해 보였다. 돌팔이들은 하나같이 나의 조울 기질과 편집증 증세가 꽤 심각하다고 입을 모아 말했다. 하지만 안드로이드도 인간들처럼 편집증을 앓을 수 있느냐는 내 질문에는 서로 미리 담합하기라도 한 것처럼 일제히 입을 다물었다. 물론 그 질문은 내가 누군지 알고도 끝까지 태연한 척하는 돌팔이들이 너무 얄미워 보여서 불쑥 감행해본 조롱조의 도발에 불과했다. 나는 거기서 한 걸음 더 내디뎌, 조울증이 인간에서 안드로이드로 전염된 경우라면 편집증이야말로 안드로이드에서 인간에게로 옮아간 희대의 정신 질환일 거라고 똑똑히 일러둘까 하다 말았다. 그들의 재수 없는 표정과 마주하고 있자면 무슨 말을 조금 더 늘어놓아볼까 싶다가도 이내 그런 기분이 싹 가시기 때문이다. 돌팔이들은 무지한 만큼이나 고집도 무척 센 편이었다. 그들이 작성한 처방전에는 한결같이 내가 심한 편집증 증세를 보인다고만 씌어져 있을 뿐 정작 편집증 환자가 안드로이드라는 검진 결과는 그 어디에도 적혀 있지 않았다. 그런 처방전을 받아 들고 나서야 나는 기분이 썩 좋아졌다. 아마도 처방전을 쓰면서 그들의 자존심이 몹시 상했을 게 빤해 보였기 때문이다. (자아를 들쑤시는 심기의 통점은 상대방이 나만큼이나 혹은 나 이상으로 상처받았다는 게 확인될 때라야만 비로소 희미해질 수 있다. 물론 그렇다고 해서 마음의 상처가 근본적으로 아무는 것은 아니다.) 처방전에서조차 나를 안드로이드로 인정하려 들지 않은 게 그 증거라고 할 수 있다. 자기들의 손으로 밝혀낼 수 있었다면 그들은 틀림없이 처방전에 나를 편집증 앓는 안드로이드로 명시했을 테지만 명색이 전문의가 환자의 실토에 기대어 처방전을 작성한다는 것은 아무래도 언짢은 일이었을 게 틀림없다. 그런 생각이 들자 나는 나와 상담한 돌팔이 녀석들이 보기보다 퍽 귀엽고도 대화 나누기 쾌적한 상대들로 여겨졌다. 그래서 그들 중 내가 '마빈'이라고 호명하기로 마음먹은 한 의사에게 다시 찾아갔다. 하필 마빈이라는 이름을 고른 까닭은 그가 어쩐지 내 자아에 흑인처럼 비쳤기 때문이었다. 그의 피부가 시커멓게 그을린 편도 아니었고 심한 곱슬머리도 아니었지만, 그 의사에게서는 전형적인 흑인의 풍모가 느껴졌다. 내 생각에 마빈이라는 이름은 전형적인 흑인의 풍모에 붙여주기 딱 좋은 이름이었다. 아마도 내가 기억하는 흑인의 이름들 가운데서도 마빈이야말로 흑인과 가장 잘 어울려 보이기 때문일 수 있다. 내게 가장 강렬한 인상을 남긴 흑인들의 이름도 모두 마빈이었다. 마빈 게이, 마블러스 마빈 해글러, 마빈 클라우드 버틀러…… 그래, 미안하다. 이 중에서 '마빈 클라우드 버틀러'는 적당한 예시의 숫자를 채우기 위해 내가 즉흥적으로 지어낸 가짜 이름이다. 그런 인물은 없다. 열거할 수 있는 본보기의 수는 셋 이상이 적당하다는 나만의 집착 때문에 어쩔 수 없었다. 그래도 나는 모르는 흑인을 부를 만한 호명의 예로 '마빈'만 한 이름이 없다는 내 고집을 물릴 의향이 전혀 없다. 그러니 내가 나 혼자서만 부르는 의사의 별칭은 마땅히 마빈이어야 했다. 혹자는 실제적인 통계 수치까지 제시해가며 '브라운'이라는 이름이 그렇지 않느냐고 반문할 수도 있겠지만(나는 누군가로부터 날카로운 반박을 당하는 경우에 익숙한 편이다. 그러다 보니 늘 응수할 만한 말들을 미리미리 준비해두는 데 골몰하는 습관이 생겼다), 흑인의 여러 이름들 중에서 통계적으로 브라운이 가장 많다는 것과 그 이름이 흑인들에게 가장 어울려 보인다는 것과는 전혀 별개 문제일지도 모른다. 그리고 다시 생각해보니 내가 상정한 혹자의 반문은 애초부터 난센스였다. 브라운은 많은 흑인들의 패밀리 네임일 뿐 이름으로 쓰이는 예는 전혀 본 적이 없으니까 말이다. 내가 좋아하는 흑인 음악가 제임스 브라운만 해도 그렇지 않은가. 그런데 그러고 보니 닥터 마빈의 진료실에서 들려온 음악도 나로 하여금 그를 흑인으로 보게 한 원인의 하나일 거라는 생각이 문득 든다. 내가 들어섰을 때 놀랍게도 그의 진료실에서는 나지막한 음량으로 어떤 음악들이 이어지고 있었다. 순간, 나는 그게 흑인 음악일 거라고 속단했다. 그의 첫인상이 내 눈에 흑인처럼 보이다 보니 음악도 당연히 흑인 음악이라고 짐작한 것인지, 아니면 그 음악들의 장르가 흑인 음악이었기 때문에 그 의사마저도 흑인처럼 보인 것인지 어떤지는 여전히 알쏭달쏭한 문제다. 하지만 속단은 어디까지나 속단일 뿐이었다. 내 짐작은 보기 좋게 빗나갔다. 그러니까 내 짐작과 달리 그건 흑인 음악이 아니었다는 말이다. 진료를 받으러 와놓고 의사에게 쓸데없는 사담이나 던지려는 수작쯤으로 여겨질까 봐 (인간들에 대한 나의 조심성과 신중함은 가히 이 정도이다) 나는 전문의 진료실에 웬 흑인 음악이냐고, 이것도 일종의 음악 치유 요법의 하나냐고, 음악 치유 요법하면 흔히들 가벼운 클래식이나 조용한 명상 음악을 떠올리곤 하는데 흑인 음악이라니 좀 색다른 틈새 전략일 수 있겠다고 말할까 하다 그냥 입 다물고 있기로 했다. 하지만 맹렬한 말의 자아는 내 의지보다 훨씬 더 강렬했다. 나는 나도 모르게 그만 그런 말들을 마빈에게 주절주절 늘어놓고 말았다. 이따위 말들을 다시는 입 밖에 내지 말아야겠다고 다짐하는 순간에조차 내 입에서는 그럼 다짐에 아랑곳하지 않고, 이런 장르의 음악이라면 단연코 제임스 브라운이 최고 아니냐는 헛소리까지 튀어나왔다. 그러자마자 어딘가 망가지고 뒤틀린 자아로는 역시나 말들을 적절히 통제할 수 없다는 자괴감이 몰려왔다. 그로 인해 순식간에 마음이 아주 헛헛해졌다. 내 기분 변화를 알 리 없는 마빈이 무덤덤하게 말했다. "이건 흑인 음악이 아니라 덴키 그루브나 치보 마토 같은 시부야 케이에요. 한마디로 일본 음악이란 말이죠. 시부야에서 유행하는 일본 사람들의 전자 음악. 나는 이런 일본 음악만 들어요. 하긴 흑인 음악에서 그 리듬과 악풍을 고스란히 따왔으니, 뭐 그렇게 들릴 수도 있겠네요. 제임스 브라운이 누군지는 잘 모르겠지만, 어렸을 때 우리가 카레라이스나 돈가스를 양식인 줄 알고 먹은 것처럼…… 그리고 진료실에 음악을 틀어놓은 이유는 음악 요법의 틈새 전략 때문이 아니라 혼자 있자니 심심해서였어요. 시끄러우면 그냥 끌까요?" 마빈의 그 말에 한동안 어수선해져 있던 내 기분은 또 한 번 순간적으로 평온해졌다. 어쩐지 위로받은 듯한 기분이 들어서였다. 내가 별 뜻 없이 고개를 끄덕여 보이자 마빈은 곧바로 음악을 껐다. 바로 이 상황이 내가 구체적으로 닥터 마빈을 꼭 집어서 다시 찾게 된 최초의 계기였다고 할 수 있다. 그밖에도 몇 가지 이유가 더 있다. 닥터 마빈은 내가 안드로이드라고 밝히자 그 말에 유독 관심을 나타내며 진짜 내 두개골 속에 안드로이드의 뇌가 담겨 있는지 아닌지 나중에라도 정밀한 단층촬영으로 검사해보자고 제의했다. 여러 곳의 신경정신과를 전전하는 동안 내게 그처럼 진지한 제의를 해온 전문의는 이 친구가 처음이자 마지막이었다. 그런데 사실 내가 그를 다시 찾아간 것은 비단 그런 이유에서뿐만이 아니었다. 닥터 마빈의 가운 단추는 특이하게도 바나나 우윳빛이었다. 가운의 특이한 단추색은 충분히 내 시선을 잡아끌 만했다. 나는 어느 신경정신과 클리닉에서도 바나나 우윳빛 단추가 달린 가운을 입은 전문의와 마주친 적이 없었기 때문이다. 게다가 가운에 달린 단추의 수는 모두 네 개였는데 여기에 2를 곱하자 진료실 책상 위의 화병에 담긴 장미꽃의 개수와 정확히 일치했다. 단추의 수에 2를 곱해야 한다는 것은 순간적으로 떠오른 나만의 착상이었다. 물론 3을 곱할 수도 있었고, 4를 곱할 수도 있는 일이었지만 그것은 결과적으로 기분을 그르칠 뻔한 선택이었고 나는 다행히도 그러지 않았다. 뜻하지 않게 요행수를 발견했다는 생각으로 기분이 퍽 흐뭇했다. 단추의 수에 숫자 2를 곱해야만 한다고 확신한 내 순발력이 스스로 대견하게까지 여겨졌다. 그뿐 아니라 거기서 3을 빼자 이번에는 필통에 꽂혀 있는 볼펜들의 개수와 한 치의 오차도 없이 맞아떨어졌다. 물론 하나를 뺄 수도 있고 둘을 뺄 수도 있는 일이었지만 나는 다행히도 그런 불운을 피해갈 수 있었다. 내심 의도한 숫자의 일치는 내게 아주 중요한 점괘나 마찬가지였으니 말이다. 거기에 바나나 우윳빛 단추의 발견까지 추가된다면 그 중요성은 한없이 증대할 수밖에 없다. 내 안에서 숫자와 색상은 서로 긴밀한 관계를 맺고 있기 때문이다. 그러니 의사 가운에 달린 바나나 우윳빛 단추를 보자마자 그게 몇 개나 달려 있는지부터 우선 헤아린 후 그 개수에 2를 곱한 일은 그 상황에서 당연히 밟아야만 하는 의미 부여의 절차였던 셈이다. 그리고 거기서 3을 빼 필통에 꽂힌 볼펜의 개수와 대조해본 것은 1차적으로 성공한 절차의 덤에 해당했다. 그렇지 않아도 호감이 있던 마빈에게 나는 단순한 호감 이상의 신뢰를 품지 않을 수 없었다. 이전까지만 해도 내가 어떤 인간에게 호의를 보이며 신뢰한다는 것은 거의 불가능한 일로 여겨졌다. 지금 당신들이 나를 불신 어린 눈초리로 바라보듯 나 또한 인간들을 전혀 믿지 않는 편이다. 또한 누군가가 나를 자기

뜻대로 이용하려 들지도 모른다는 피해 의식에 사로잡혀 공연히 혼자서 분통을 터뜨릴 때도 많다. 첫 상담 때 마빈이 내게 반복해서 던진 질문도 혹시 사람에 대한 의심이 많고 누군가에게 놀림거리가 되거나 피해를 입지 않을까 곧잘 전전긍긍하지 않느냐는 내용이었다. 나는 선선히 그렇다고 대답했다. 그러고는 인간 세계에서 안드로이드 난민으로 살아가다 보면 누구라도 타인을 향한 의심과 방어 본능이 강해질 수밖에 없을 거라고 덧붙였다. 그 말에 닥터 마빈은 아무 대꾸도 하지 않았지만 그 친구에게 신뢰가 생긴 나는 그때부터 이미 그와 함께 나눌 여러 이야깃거리들을 잔뜩 쌓아두기 시작했다. 그리하여 닥터 마빈에게 다시 찾아간 것은 내가 늘어놓고 싶은 이야깃거리들에 대해서 장르별 정리를 끝낸 직후였다. 그런데 '난민의 생존 본능' '안드로이드의 기계공학적 생리' '주변 사람들에 대한 호명 습관', 세 가지로만 내 이야깃거리들의 장르를 정리해두려니 3이라는 숫자가 아무래도 마음에 걸렸다. 3은 내가 좋아하지도, 싫어하지도 않는 숫자였지만 장르의 종류 수로 3은 너무 빈약하고 앙상하다는 인상을 자아내는 것 같았다. 그래서 별다른 내용도 없이 '외계인 침공' '스스로를 장본인이라 자처하는 어느 전자인간'과 같은 두 가지 항목을 더 보태 장르가 다섯 가지로 나뉜 것처럼 보이도록 위장했다. 막상 위장이라고 하니 썩 달갑게 와 닿지는 않지만 이것은 정리된 장르의 수가 3을 피해 5로 정립되도록 하려는 선의의 위장이었다. 장르의 종류 수가 다섯 가지로 불어나자 그제야 마음이 좀 개운해졌다. 혹여 의사가 아무 내용도 없이 추가된 두 가지 항목들 가운데서 하나를 고르면 솔직하게 아직 로딩 중이라고 밝힐 참이었다. 아니, 그러기 전에 절차를 정해놓고 무조건 그날의 첫 순서는 내게 장르 선택권이 있다는 쪽으로 못 박아두는 게 좋을 것 같다는 생각이 들었다. 이런 내 제안에 닥터 마빈은 순순히 그러자고 했다. 그래서 나는 '주변 사람들에 대한 호명 습관'을 골랐다. 그런데 막상 이에 관한 이야깃거리로 말문을 열려다 보니 아무래도 오페라의 서곡 같은 프롤로그부터 내세울 수 있다면 한결 금상첨화일 거라는 생각이 들었다. 그래야만 마빈과의 상담 또는 대화가 더욱 풍성해질 것 같았다. 그래서 자동차 급발진과 관련 있는 나만의 경험담을 부랴부랴 꾸며내기 시작했다…… 나는 마빈에게 내가 이 병원으로 걸어오는 동안 큰길에서 목격한 어느 승용차의 급발진 사고에 관하여 털어놓았다. 급발진에 걸린 그 승용차는 한동안 난폭한 좌충우돌을 반복하더니 급기야 내 앞으로 달려왔다. 그 차는 심한 조울병 중증 상태에 빠져 있는 것처럼 보였다. 일단 거기까지 말해놓고 나는 마빈에게 자동차도 인간들만큼이나 심각한 조울증 증세에 시달릴 수 있다는 사실을 아느냐고 물었다. 마빈은 아무 대답도 하지 않았다. 하지만 나는 그가 그렇다는 대답을 한 것으로 간주한 후, 그러니 이제 신경정신과 전문의들은 인간들뿐 아니라 자동차 정기 점검 때 정비사들과 함께 엔진 구동장치나 자동변속제어 시스템의 정신 건강에 대한 진찰을 실시

해야 할 날이 조만간 닥칠지도 모른다고 공언했다. 그런 내 공언에 닥터 마빈은 빙그레 미소만 지어 보였다. 마빈도 자기에 대한 나의 호의와 신뢰를 알아채고 있는 눈치였다. 진심은 누구에게나 통하는 법이니까. 이렇게 통하다 보면 나와 인간들 사이에는 처음으로 우정이라는 감정이 싹틀 수도 있다…… 그래, 그러니 더 이상은 뻔뻔한 거짓말들로 이 순간을 모면하려 들지 말기로 하자. 사실 내가 자동차 급발진 사고를 유발했다는 말은 나를 향한 당신들의 의혹과 불신에 부응하기 위해 위악적으로 꾸며낸 거짓 자백이었다. (그러고 보니 나에게는 상대방의 기대에 어긋나지 않기 위해 다른 사람들 앞에서 스스로 자해하는 습성이 있는 것 같기도 하다. 하지만 그러고 나서 뒤돌아서면 그 기억이 심기의 통점으로 덧나면서 내 머리통을 짓찧고 싶을 정도로 울적하고 괴로워지기 일쑤이다.) 생각해보라, 어떻게 그런 일이 가능할 수 있겠는가. 단지 그와 관련하여 내게 죄가 있다면 조울증이라는 급발진 사고의 원인을 명확히 알고 있었으면서도 그저 인간들이 싫다는 이유만으로 침묵 내지는 방조했다는 점일 뿐이다. 그렇다면 나는 어떻게 해서 급발진 사고의 궁극적인 원인이 자동차들의 조울증에 있다는 사실을 알 수 있었을까? 그럴 수 있었던 이유는 내가 안드로이드이기 때문이다. 기계들끼리는 서로 통할 수 있다. 또한 기계는 기계를 알아보며 기계가 앓는 질병에 대해서도 섬세하게 들여다볼 수 있다. 이런 기계들의 생리는 인간들에 의해 전기유도 감응장치 같은 것으로 응용되기도 했다.

조울증 발작에 사로잡힌 승용차가 내 앞으로 돌진해오자 거리의 행인들은 결국 이제야 제대로 된 참상과 마주할 수 있게 되었다는 기대감 속에서 환성 같은 비명을 선불리 질러댔다. 하지만 대단히 유감스럽게도 그런 참극은 벌어지지 않았다. 그 승용차가 정확히 내 발치 앞에서 딱 멈추었기 때문이다. 나는 마빈에게 여기 오는 동안 일어난 사고 상황이었던 만큼 만약 내가 그 차에 깔렸더라면 이 자리에 있지도 못했을 거라고 말했다. 내 말에 마빈은 참으로 천만다행이라는 듯 속 깊은 한숨을 내쉬었다. 나는 마빈의 한숨을 이제부터 새로이 꽃피기 시작한 우정의 징표로 받아들였다. 프롤로그는 거기서 그만. 이제는 내가 속 깊은 한숨을 징표 삼아 과감히 꺼내 보인 마빈의 우정에 보답할 차례였다. 그래서 미리 준비해온 이야깃거리의 본론으로 서둘러 넘어가야겠다는 생각이 들었다. '주변 사람들에 대한 호명의 습관'은 그동안 아무에게도 털어놓은 적이 없는 나만의 내밀한 이야깃거리였다. 그러니만큼 그것은 이제 갓 싹튼 우정에 값할 만한 흉금의 표현으로 전혀 손색이 없어 보였다. 하지만 닥터 마빈에게 내가 당신을 요사이 마빈으로 호명하기 시작했다는 말만큼은 사실대로 털어놓기 어려웠다. 당신 얼굴은 참으로 마빈이라는 이름을 연상시킨다거나 또는 아주 마빈스럽게 생겼다는 말도 그 순간 혀끝에서 뱅뱅 맴돌았지만 함부로 입 밖에 내기가 꺼려졌다. 그런 표현을 당사자가 어떻게 받아들일지 몰라 아직까지는 조심스러운 데다 무엇보다도 새로 싹튼 우리의 우정이 소중했기 때문이었다. 경우에 따라서는 상대방이 마빈처럼 생겼다는 말을 모욕적으로 받아들일 수도 있는 일이니 말이다. 더욱이 내 의도대로 '마빈'이 흑인 이름의 대명사라는 것을 상대방도 알고 있다면, 그런데 일본 음악만 듣는다는 그가 특별히 흑인의 외모에 대해 거부감이라도 있을 경우, 상황은 전혀 걷잡을 수 없는 방향으로 흘러갈 위험성이 다분했다. 그래서 대신 나는 엄마를 '강가딘'이라는 별칭으로 호명한다는 이야기부터 꺼냈다. (내가 뜬금없이 엄마 이야기로 불쑥 넘어가자 한순간 닥터 마빈은 꽤 놀랍다는 표정을 지어 보였다. 그게 무슨 의미인지 이해한다.) 강가딘은 옛날 만화에 나오는 잭러셀테리어종의 천재 강아지인데, 자기가 사람으로 태어났더라면 판검사쯤은 너끈히 해먹고도 남았으리라고 늘 자탄하는 캐릭터였다. 그런데 우리 엄마도 당신이 남자로 태어났더라면 지금쯤 국회의원이나 장차관을 지내고도 남았을 거라고 푸념하는 습관이 있었다. 그런 엄마의 푸념 소리가 내 귀에 꽂힌 이후부터 나는 엄마를 강가딘이라고 부르기 시작했다. 비단 그런 이유에서뿐 아니라 엄마와 강가딘은 여러모로 닮은 점이 많아 보였다. 처음에 엄마는 사랑하는 아들이 모친에게 붙여준 애칭인 줄로만 알고 좋아했다. 하지만 결국 나중에는 엄마를 엄마로 부르지 않는다며 짜증스러워했다. 그러고는 이런 철부지가 앞으로 어떻게 이 험한 세상에서 살아갈지 몹시 심란하다는 듯 우려 섞인 눈길로 나를 바라보기도 했다. 만일 강가딘이라는 이름의 출전까지 알려졌더라면 당시 나에 대한 엄마의 노기와 걱정은 한층 가중되고 말았을 게 틀림없어 보였다. 그래서 나는 도대체 강가딘이 누구냐고 엄마가 집요하게 물어오는데도 한사코 답을 회피했다. 강가딘이 누구냐며 물어올까 봐 더 이상은 엄마를 강가딘이라고 호명하기도 어려웠다. 강가딘을 강가딘이라고 부르지 못하니 뭔가에 억눌린 듯 가슴이 답답해졌다. 그러다 보니 어느새 엄마와의 관계까지 서먹서먹해지고 말았다. 서글서글해야 할 관계가 도리어 서먹서먹해지고 말았으니 참으로 애달픈 노릇이었다. 내 결혼식 때도 나는 엄마를 초대하지 않았다. (내 결혼식 이야기에 닥터 마빈은 또 한 번 놀라워하는 표정을 지어 보였다. 그게 무슨 의미인지 이번에도 충분히 이해한다.) 엄마와의 관계는 강가딘을 강가딘이라고 부르지 못하게 되었을 때 이미 끝장나고 만 거라는 생각이 들었다. 대신 내 옆에는 자이언트 판다처럼 생긴 아내가 생겼다. 당연히 나는 그녀를 '판다'라고 호명했다. 절대로 부부 사이에 흔히 통용되는 일반적 호칭이나 이름을 부르지 않고 오로지 판다라는 별칭만 고집했다. 내게는 판다가 아내의 이름이었다. 아내 또한 엄마처럼 처음에는 별칭을 애칭으로 오해하고는 기꺼이 나만의 호명에 따라주는 것처럼 굴었다. 내가 아내에게 판다라고 하는 것을 본 다른 사람들은 이상하게 여길 만도 한데 이상하게 여기지 않고 계속 신혼의 단꿈에 취해 사는 것 같다며 오히려 부러워했다. 하지만 '판다'라는 호명은 결코 신혼의 단꿈에 취해 사는 남편이 판다만큼이나 귀엽게 생긴 아내를 사랑에 겨워 부르는 애칭이 아니었다. 그리고 그건 어떤 대상과 다른 대상 사이에 겹쳐지는 특성들의 교집합을 과장해서 빗댄 환유도 아니었다. 내겐 모든 것들이 환유가 아니라 실제였으며 자아의 철저한 투영이었다. 어떤 대상을 모모한 이름으로 호명할 때 말의 자아는 그 이름이 그저 비유의 단계에 그치지 않고 실제 현실로 침전되기를 원한다. 그리고 이런 욕망을 내 자아에 전해준다. 말의 자아와 공모한 나의 자아는 자아의 외부에서 객관적 타당성을 걷어내고 말이 환유로 미끄러지지 않도록 지칭 대상들을 호명의 현실과 일치시킨다. 나는 그런 생각들을 두서없이 닥터 마빈에게 늘어놓았다. 마빈은 성실한 수강생처럼 내 말을 열심히 자기 노트에 받아 적었다. 마빈의 반응에 기분이 뿌듯해진 나는 계속 기염을 토했다. 내가 엄마를 강가딘이라고 부른 것은 강가딘의 환유가 아니라 실제로 엄마를 강가딘으로 여겨서였다. 내가 아내를 판다라고 부른 것도 마찬가지 원리였다. 실제로 아내는 어느 동물원에서 분양 받아온 후 그동안 내가 정성껏 사람처럼 사육해온 판다였다. 그러니 당연하게도 나는 아내의 사육사를 자처했으며 아내에게도 나를 주인 또는 사육사로 부르도록 가르쳤다. 아내가 충실한 밥상을 내 앞에 차려 오면, 잘 사육된 판다 한 마리가 열 명의 인간 아내보다 훨씬 낫다는 말도 수시로 했다. 그러고는 칭찬 삼아 한 번도 들어본 적이 없는 판다의 울음소리를 부풀린 목울대로 흉내 내곤 했다. 이것은 내가 아내에게 베풀 수 있는 최상의 친절이었다. 또한 진심 어린 칭찬이기도 했다.

하지만 아내는 그것을 진심 어린 칭찬이 아니라 몹시도 개성적인 방식의 애정 표현이거나 기껏해야 짓궂은 남편의 농지거리쯤으로 받아넘겼다. 그리고 남편이 자기를 진짜 판다로 여기고 있을 줄은 전혀 짐작하지도 못한 눈치였다. 하지만 그녀가 감기몸살로 앓아누웠을 때 정말 인근의 동물병원에 데려가려 하자 그제야 아내는 이제 이따위 장난질 좀 그만둘 수 없느냐며 내게 버럭 화를 냈다. 순간, 아내를 나보다 엄격한 사육사의 손에 맡겨 다시 길들이는 게 필요하겠다는 생각이 들었다. 그래서 모처럼 동물원에 산책하러 가자는 말로 아내를 유인한 후 불곰 우리 앞에 그녀 혼자 남겨두고 재빨리 주로 곰들만 관리하는 사육사에게 찾아갔다. (안타깝게도 우리나라 동물원에는 자이언트 판다가 없다. 그러니 판다 사육사도 따로 있을 리 없다. 그래서 곰 사육사를 찾아갈 수밖에 없었다. 판다의 체형이나 표정으로 보아 아무래도 곰이 그와 가장 가까운 동물이 아닐까 싶었기 때문이다. 하지만 판다와 곰 사이의 정확한 생물학적 유연관계가 어찌되는지는 나도 잘 모른다. 결혼 이후부터 줄곧 판다 사육사를 자처해왔으면서도 이런 기초 지식에 무지했다는 점이 심히 부끄럽다.) 내가 판다 한 마리를 이 동물원으로 데려왔다는 말에 곰 사육사는 그야말로 경악했다. 그러고는 곧장 나와 함께 아내가 기다리고 있는 불곰 우리 앞으로 서둘러 달려갔다. 아내에게 향해 가는 동안 내 머릿속에는 그녀가 불곰 우리 못지않은 철창 안에 앉아 느긋한 자태로 죽순을 씹고 있는 모습이 그려졌다. 그런 상상이 떠오르자 나는 나도 모르게 빙긋이 미소를 지었다. 몹시도 평온하고 다사로운 풍경으로 여겨졌기 때문이다. 하지만 그러고 나서 상황이 어떻게 돌아갔는지에 대해서는…… 그저 당신들이 누릴 수 있는 상상의 몫으로 돌리고 싶을 따름이다. 구태여 내 입으로 밝힐 필요조차 없으리라고 본다. 그런 일이 있고 나서 아내는 내 곁을 떠났다. 나는 밤마다 부풀린 목울대로 전혀 들어본 적이 없는 판다의 울음소리를 흉내 내가며 제발 돌아와달라는 듯이 애처롭게 울부짖었다. 하지만 떠나간 아내에게서는 더 이상 아무런 기별도 없었다…… 거기까지 털어놓은 후 나는 마빈에게 짐짓 서글픈 표정을 지어 보였다. 이토록 내밀하고 구슬픈 이야기를 듣고도 닥터 마빈의 표정은 신경정신과 전문의답게 과연 냉담했다. 그러더니 잠시 후 엄마나 아내와 있었다는 나의 이야기가 실은 다 거짓말이었다는 것을 진작 알아차리고 있었다며 안드로이드에게 엄마와 아내가 있을 리 없질 않느냐고 반문했다. 마빈의 날카로운 지적에 나는 그만 말문을 잃고 말았다. 내가 아무 말도 못하고 우물거리자 마빈은 내게 다음번에는 다섯 가지의 장르 가운데 어떤 장르라도 좋으니 제발 조리 있게 이야깃거리의 앞뒤를 맞추고 다듬어서 가져오라고 당부했다. 요컨대, 엄마와 아내가 있는 안드로이드는 그 상황 설정부터 너무 복잡하고 까다로우니 둘 중 하나만 택하라는 말이었다. 마빈의 말을 듣고 나는 잠시 생각에 잠겼다. 그리고 그런 택일이 내 뒤틀린 자아의 교정에 필수적이라면 나에게는 엄마나 아내보다 안드로이드의 현실과 그 상황 설정이 더 긴요할 수밖에 없으리라는 생각을 했다. 나는 인간들이 정말 혐오스러웠기 때문이다. 그래서 다시 상상하기 시작했다, 엄마와 아내도 없는 내가 다른 이름으로 호명해볼 수 있는 대상에 대하여. 그런데 그 순간 언젠가 동네 놀이터에서 본 소녀 하나가 떠올랐다. 그래서 그 소녀에게 곧바로 다가가서 말을 걸었다. (이렇듯 내게는 말과 상상이 곧장 현실의 행동으로 전이되고 넘어가는 경우가 드물지 않다. 아주 흥미로운 체험이다.) 소녀의 나이는 열 살이었다. 나는 이 아이도 나와 같은 안드로이드임에 틀림없다고 확신했다. 그렇게 믿을 근거는 아무것도 없었다. 그냥 그 아이가 나와 같은 안드로이드여야 했기 때문에 안드로이드임에 틀림없다고 확신한 셈이었다. 폭주하던 급발진 승용차가 내 발치 앞에서 기적적으로 멈춰 선 예처럼 기계끼리 긴밀히 감응하는 소통과 조화의 원리는 인간들에게 논리적으로 풀어 설명하기가 거의 불가능하다. 기계장치의 조울증과 결부되어 있는 자동차 급발진이 그러하듯 이와 같은 문제에 관한 한 인간들에게는 아무리 설명해줘봐야 요령부득에 머물고 마는 맹점이 있다…… 나는 다시 내 이야기에 발동을 걸어보려고 했다. 하지만 닥터 마빈은 손을 내저으며 다음에 계속하자고 하더니, 내가 자신의 제지를 어떻게 받아들일지 걱정된다는 듯 그래도 관심이 많다는 투로, 놀이터에서 조우한 그 안드로이드 소녀에게는 어떤 이름을 지어 붙였느냐고 물었다. 나는 프랑신이라고 답했다. 그러자 마빈이 다시, 프랑신은 어디서 온 이름이냐고 물었다. 나는 내가 임의로 지어 붙였거나 어디서 따온 이름이 아니라 그 소녀가 바로 프랑신이라고 대답했다. 내 대답에 마빈은 알 만하다는 듯 고개를 주억거렸다. 나는 쓸쓸한 기분으로 마빈과 작별 인사를 나눈 후 병원에서 나왔다. 그러고는 곧장 이 무대로 와서 나에 대해 악의적인 당신들의 이목을 감당하는 중이다. 이제 서서히 이 자술의 무대에 막이 내려도 좋을 것이다. 그래, 내가 원한 대로 결국 막이 내린다. 이 모놀로그의 상연에 대한 박수와 환성 대신 거침없는 당신들의 야유에 내몰린 나는 이제야 겨우 내 말속으로 깊이 잠적할 수 있을 거라는 생각에서 궁색한 위안거리를 찾는다.

튜브맨

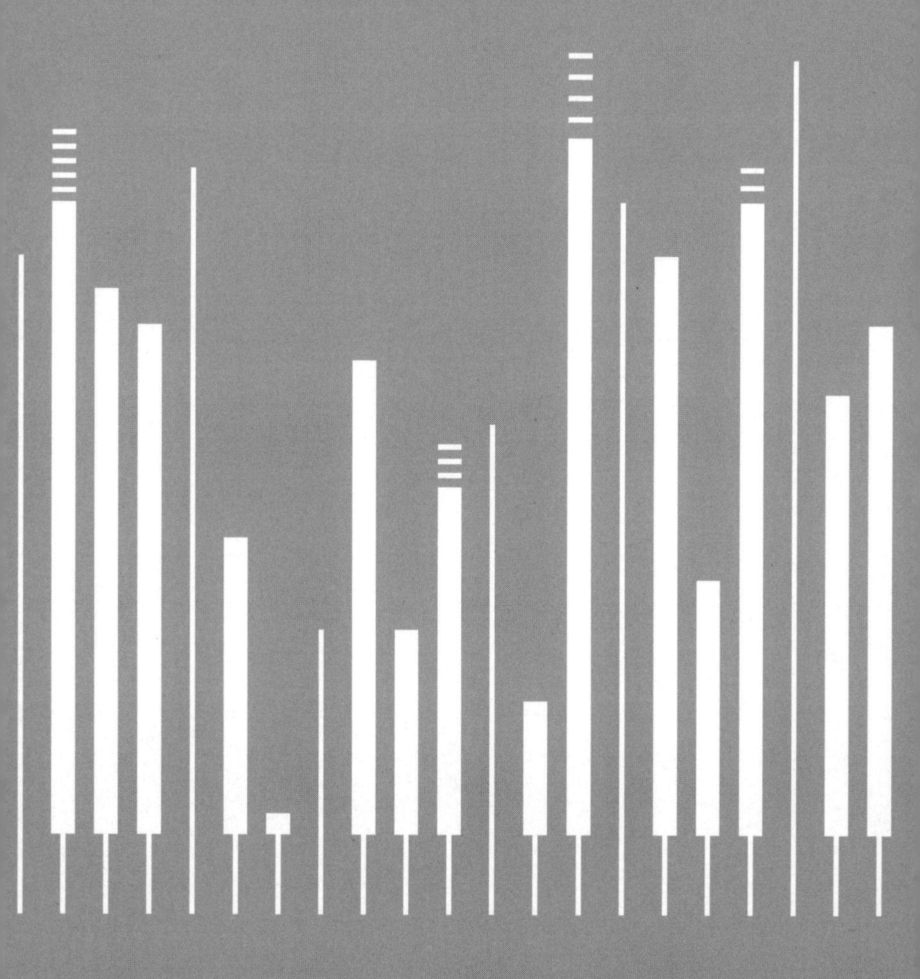

1

내 소개를 해야겠다. 이게 가능하다면 말이다. 나는 지하철역 안에서만 살고 있는 사람이다. 성별은 남성. 나이는 한 오십대 중반쯤 되지 않았을까 싶다. 이런 식으로밖에 자기소개를 할 수 없다는 점이 나로서도 마뜩지 않다. 그러니 우선 양해를 구하고 싶다. 아마도 어떤 재난이 내게 닥친 모양이다. 그 와중에 머리를 다쳤는지 나에 관한 기억이 전혀 남아 있질 않다. 도대체 내가 누군지 기억할 수가 없다. 재난이 닥쳤을 때 나는 어느 지하 공간에 머물러 있었다. 환승 주차장이었던 것 같다. 혹은 어느 아케이드 상가의 통로였을지도 모른다. 그게 아니라면, 지하철 역사 안의 화장실이었을 수도 있다. 정확히 어떤 공간이었는지는 기억이 나질 않는다. 지금으로서는 그다지 중요한 사항이 아니다. 정작 중요한 것은 그때 그 지하 공간 위에 세워져 있는 건물이 붕괴되기 시작했다는 점이다. 정신을 차리고 보니 무너져 내린 건물의 잔해 더미에서 피어오른 먼지만이 사방에 자욱했다. 뿌옇게 변해버린 시야 너머에서는 생존자들의 처절한 비명 소리가 들려왔다. 구사일생으로 목숨을 부지한 나는 일단 재난의 아수라장에서 벗어나야 한다는 일념밖에 없었다. 누군가가 나를 향하여 뭐라고 외쳐대는 것 같았다. 나는 바닥에서 몸을 일으켰다. 나를 부르는 말소리 따위에는 아랑곳하지 않았다. 출구가 있을 만한 곳으로 무작정 달아났다. 하지만 지상으로 통하는 출구는 그 어디에도 보이지 않았다. 통로란 통로는 모조리 지하로만 평행하게 연결되어 있는 것 같았다. 한참을 달려 나와 결국 내가 가 닿은 곳은 또 다른 지하철역이었다. 끔찍한 재난이었다. 지상의 건물이 붕괴되는 재난 속에서도 나는 살아남았다. 아마도 지하에 있었기 때문일 것이다. 지하가 아니라 붕괴된 건물 안이나 그 근처에 있었다면 나는 진작 목숨을 잃고 말았을 게 틀림없다. 그런 생각이 들어서인지 내게 첫번째 피난처로 열린 지하철역에서 여전히 벗어날 수가 없다. 나는 살고 싶다. 아직은 죽고 싶지 않다……

위의 이야기는 방금 전 상상해서 꾸며낸 거짓말에 불과하다. 나에 관한 기억이 조금도 남아 있지 않다면서 얼마 전의 재난 상황을 내가 이토록 똑똑히 기억할 리가 없질 않은가. 기억을 잃은 것으로 보아 어떤 불의의 재난이 내게 닥친 것만큼은 확실하다. 나는 그 재난을 상상해보았을 뿐이다. 어차피 기억을 잃은 나는 상상한 대로의 나일 수밖에 없다. 그 상상은 늘 재난을 출발점으로 딛고 있을 수밖에 없다. 그러니 나에게는 모든 게 재난이다. 태어난 것도 재난, 살아남은 것도 재난, 상상도 재난이다. 기억이 없어진 것은 재난이 내게 남긴 생존의 흉터이자 위안이다.

2

내가 정신을 차린 곳은 지하철역이 아니라 어느 커피숍 안이었다. 한동안 졸다 어떤 말소리에 놀라 불현듯 눈을 뜬 듯했다. 그 순간, 이전까지 내가 뭘하고 있었으며 무엇 때문에 이 커피숍에 들어와 있는지 아무 기억도 나지 않는다는 사실을 깨달았다. 그게 기억상실의 시작이었다. 처음에는 아직 선잠에 빠져 있어서 그러려니 하고 가볍게 여겼다. 하지만 아니었다. 내가 기억하지 못하는 것은 방금 전까지 뭘 하고 있었으며 무엇 때문에 이 커피숍에 들어와 있는지 하는 범위에만 한정되지 않았다. 내가 누구이고 이름이 무엇이며 어떤 사람인가 하는 것도 전혀 떠올릴 수 없었다. 나이도 몇 살쯤이나 되었는지 기억나지 않았다. 혹시 나이가 많아서 치매가 온 것일까? 손등을 들여다보니 칠팔십대 노인들만큼 쭈글쭈글해 보이지는 않았다.

서둘러 화장실로 달려가서 세면대 위의 거울을 들여다보았다. 그다지 늙은 얼굴은 아니었다. 걸치고 있는 재킷과 바지 주머니를 샅샅이 뒤져보았다. 내가 누구인지 알려줄 만한 단서는 아무것도 나오지 않았다. 지갑 안에는 현찰만 두둑이 들어 있을 뿐 신분증도, 신용카드도 없었다. 열심히 뒤져보니 교통카드가 한 장 나오긴 했다. 그 밖에 재킷 안쪽 주머니에서 나온 물건은 뜻밖에도 6중날 1회용 면도기였다. 거울로 확인해가며 턱 밑을 쓰다듬어보니 몹시 까끌거렸다. 뭔가 꺼림칙했다. 방금 나온 면도기를 턱 밑에 대고 슬슬 긁어내렸다. 그대로 물도 묻히지 않고 면도를 했다. 듬성듬성한 턱 밑의 잔털이 서걱서걱 밀려 나갔다. 예리한 6중날로 턱 밑의 잔털들을 밀어내는 감촉이 나쁘지 않았다. 나쁘기는커녕 묘한 쾌감마저 느껴질 정도였다. 물론 나는 내가 누군지 기억나지 않아 불안했다. 기분이 불안하다 보니 오히려 면도의 쾌감을 포기하고 싶지 않았던 것일 수도 있다. 나는 잔털들의 뿌리까지 뽑아내서 손끝으로 턱 밑을 쓰다듬었을 때 조금도 까끌거리지 않도록 하고야 말겠다는 듯 맹렬히 6중날을 놀렸다.

그때 화장실 안으로 사내 둘이 들어왔다. 그들은 잠시 나를 힐끔거린 후 소변기 앞으로 다가섰다. 그러고는 무슨 말인가를 주고받았는데 한국어가 아니었다. 아마도 일본어 같았다.

나는 사내들의 시선이 의식되어 재빨리 면도를 그만두고 화장실에서 나왔다. 무심코 자리로 돌아가려는데 화장실 출입구 앞의 목제 선반 위에 놓여 있는 공중전화가 내 눈길을 끌었다. 꽤 낡아 보이는 분홍색 전화통이었다. 하지만 그건 그저 장식품일 뿐이었다. 수화기를 귓가에 대보았지만 아무 소리도 나지 않았다. 동전을 넣어봐도 아래 뚫린 구멍으로 맥없이 굴러떨어졌다. 나는 수화기를 전화통에 걸어놓고 내 자리로 돌아왔다.

그러고 보니 테이블에는 내 몫의 커피 말고도 건너편 자리에 또 한 잔의 커피가 놓여 있었다. 하지만 그 자리에는 아무도 없었다. 그렇다면 방금 전까지 누군가가 나와 함께 여기 있었다는 말이 된다. 그 사람은 누구이고, 나는 어째서 지금 혼자 남아 있는 거지? 누가 그 자리에 앉아 있었는지 아무리 골똘히 기억을 모아봐도 아무 기억이 없다. 기억의 뿌리조차 증발해버리고 만 모양이다. 그러니 나라는 사람은 지금 이 커피숍에서 새로 태어난 거나 마찬가지인 셈이다. 나는 공연히 건너편에 놓인 커피 잔만 만지작거렸다. 커피 잔은 이미 싸늘하게 식어 있었다. 누군지 알 수 없는 상대방은 이미 오래전에 자리를 비운 것 같았다.

부재하는 상대방의 커피 잔을 만지작거리다 어떤 시선이 느껴져서 그쪽으로 눈길을 돌려보았다. 내게 시선을 보낸 사람은 카운터 뒤에 앉아 있는 것으로 보아 이 커피숍의 주인일 듯한 중년 여성이었다. 그녀는 나와 눈이 마주치자 부드럽고 후덕한 미소를 지어 보였다. 아니, 딱히 나와 눈이 마주쳐서라기보다 얼굴에 늘 그런 미소를 달고 사는 여인처럼 보였다. 주변 사람들에게 '보살'쯤으로 불리면 딱 어울리겠다 싶은 표정이었다. 여주인은 그 자애로운 미소에 걸맞게 뭐든 다 들어주겠다는 것처럼, 혹은 세상사 다 그런 것 아니겠냐는 듯 살며시 고개까지 주억거렸다.

나로서는 도무지 영문을 알 수 없는 고갯짓이었다.

나는 커피숍 여주인의 표정을 힐끔거리면서 기억을 잃은 내가 지금 어떤 상황에 처해 있는지 잠시 가늠해보기로 했다. 그러는 사이 나도 모르게 6중날 면도기로 계속 턱 밑을 긁어내렸다. 그러자 주변 테이블에 앉아 있는 손님들의 시선이 일제히 나를 힐끔거리기 시작했다. 어떤 사람은 불쾌한 표정을 지어 보이기도 하고 무슨 말인가를 궁시렁거리는 것 같기도 했다. 나는 내 생각에만 골몰해 있느라 주변 사람들의 반응에 신경 쓸 여유가 없었다. 여주인은 그러거나 말거나, 다 그럴 만해서 그런 거 아니겠냐는 표정만 내내 짓고 있었다.

어쩌면 나는 집에서 쫓겨난 가장이 아닐까. 지갑에 현금이 두둑이 들어 있는 것을 보면 집에서도 양심상 무일푼으로 내쫓기는 어려웠던 모양이다. 집에서 가장이 쫓겨난다면 무슨 이유일까? 혹시 알코올중독이었을까? 기억상실과 연관 지어보면 그런 이유가 유력하다는 생각이 들기도 한다. 하지만 내가 정신을 차린 곳은 술집이 아니라 커피숍이다. 이 커피숍에서는 주류도 취급하나? 아마도 그런 것 같지는 않다. 설령 그렇다손 쳐도 알코올중독자가 거리에 널린 술집을 놔두고 하필 커피숍에 와 있을 리 만무하다. 요즘에는 대낮부터 문을 여는 호프집도 흔하고, 정히 아쉬우면 아무 국밥집에나 들어가서 식사에 반주인 척하고 소주를 홀짝거릴 수도 있는 일 아닌가. 하지만 아무리 심각한 알코올중독자라 해도 기억이 이토록 송두리째 날아갈 수도 있는 일일까. 가장이 자신의 가정에서 쫓겨나는 일도 재난이라면 재난이지만 지금 내가 겪고 있는 상황은 뭔가 다른 재난의 결과가 아닐까. 혹시 오래전에 이미 기억상실에 빠진 나를 가족들이 골칫거리로 여겨 내다 버린 것은 아닐까. 그러고 나서는 이제야 내가 나를 의식할 수 있는 정신 상태로 돌아온 것은 아닐까. 이와 같은 생각들을 방금 전처럼 실제로 벌어졌던 일인 척하고 말하면 거짓말이 되고 지금처럼 의문문으로 웅얼거리면 추측이 된다. 이러나저러나 내게는 마찬가지이다. 지금 나는 어디까지나 상상하는 대로의 나일 뿐이니까.

6중날 면도기로 턱 밑을 긁어대는 내 손놀림이 빨라졌다. 이내 턱 밑이 화끈거리기 시작했다. 면도날 틈새로 내가 공들여 밀어낸 턱 밑의 잔털들이 잔뜩 끼어 있는 게 보였다. 나는 면도기를 재킷 안주머니에 도로 챙겨 넣으려다 말고 테이블 위에 대고 톡톡 털었다. 그러자 아니나 다를까, 다시금 주변 테이블에서 따가운 시선이 나를 향해 쏠리는 게 느껴졌다. 그만한 두드림에도 목조 테이블에서는 생각보다 요란한 소리가 났다. 이 1회용 면도기는 언제까지 쓸 수 있는 거지? 나는 불현듯 자리에서 일어나 카운터로 향했다. 내가 얼마냐고 묻자 여주인은 예의 보살 같은 미소를 지어 보이며 아까 커피가 나갈 때 일행분이 벌써 계산을 끝내지 않았느냐고 반문했다. 그 말에 나는, 그래서 말인데 내가 어떤 사람과 같이 온 게 확실하냐고 물었다. 이상하게 들릴 법도 한 물음이었지만 여주인은 여전히 후덕하고 부드러운 미소를 잃지 않은 얼굴로 아마도 그런 게 아니었을까 싶다고 답했다. 아마도 그런 게 아니었을까 싶다니? 나는 나와 같이 왔다는 일행에 관해 기억하고 있거나 아는 게 있는지 조금 더 캐물어볼까 하다 그만두기로 했다. 묘하게 대답하는 여주인의 어투에 뭔가 더 물어볼 의욕이 사그라져서였다. 여주인의 대답은 냉랭하거나 무성의한 어투가 아니었는데도 상대방으로 하여금 뭔가 더 캐물어볼 의욕을 거둬들이게 하는 효력이 상당했다. 나는 일행에 관한 궁금증을 속으로 삭인 후 여기서 가장 가까운 지하철역이 어디냐고만 물어보았다. 그러자 여주인장은 내게 대뜸 서울이 처음이시냐고 되물었다. 서울이 처음이냐니? 이 말은 또 무슨 뜻일까…… 나는 한국말이 서툰 외국인처럼 그 말뜻을 정확히 해석하지 못해 쩔쩔맸다. 내가 눈만 끔뻑거리고 있자 여주인은 서울에 처음 올라오신 것 같은데 말투로 보아 자기 고향분이 아닐까 싶어 궁금해진 거라고 덧붙였다.

그렇다면 나는 서울 사람의 표준적인 어투를 쓰고 있지 않은 모양이다. 여주인은 내가 서울 말씨를 쓰고 있지 않으며 따라서 서울 출신이 아니거나 서울에 거주하고 있는 게 아닐지도 모른다는 가능성을 처음으로 일깨워준 셈이다. 기억을 잃었어도 내 몸에 각인된 말투의 지방색은 고스란히 유지되고 있다는 게 흥미로웠다. 순간적으로, 어쩌면 나는 기억을 잃은 게 아니라 어떤 정신적 충격 때문에 내가 누군지, 여기가 어딘지 일시적으로 막막해진 데 불과할지도 모른다는 생각이 들었다. 여주인장은 계속해서, 서울 생활을 오래 하다 보니 고향 사람하고 마주치기가 쉽지 않은데 여기서 이렇게 뵙게 되니 반갑다며 정확히 어느 동네냐고 물었다. 물론 나는 아무 대답도 하지 못하고 어리둥절한 표정만 지어 보였을 뿐이다. 어리둥절한 표정을 짓지 않으려고 해도 대답할 말이 없다 보니 뭐라고 해야 할지 머뭇거리는 사이에 저절로 어리둥절한 표정을 짓게 된 셈이다. 다행히 여주인은 내가 머뭇거리는 데 개의치 않고 가장 가까운 지하철역이 어느 쪽에 있으며 여기서 어떻게 가야 하는지 자상하게 알려주었다. 나는 고맙다고 웅얼거린 후 그 커피숍에서 나왔다. 내가 커피숍의 문턱을 막 넘으려는 순간, 여주인은 내게 무슨 말인가를 한마디 더 건넸다. 나는 무슨 말인지 알아듣지도 못했고, 그녀가 무슨 말을 했는지 확인하고자 뒤돌아서지도 않았다.

3

그 이후부터 나는 줄곧 지하철역에서만 지내왔다. 다시 말해 지상으로는 두 번 다시 올라가지 않았다는 것이다. 물론 밤에는 잠자리를 찾아 부득불 지상으로 올라와야 했지만. 이따금 다사로운 햇살이나 한낮의 바깥바람이 아쉬워질 때가 없는 것은 아니었다. 아무리 나에 관한 기억을 잃었다고는 해도 다사로운 햇살이나 한낮의 바깥바람이 무엇인지 헤아리지 못할 만큼 인간으로서의 기본적인 구성 체계가 망가진 것 같지는 않았다. 내 신원에 관한 기억을 잃었다는 사실만 제외하면 나는 멀쩡한 인간에 속하는 것 같았다.

그렇다면 멀쩡한 인간이 어째서 자신의 신원을 되찾으려는 노력도 포기하고 하필 지하철역 안으로 기어들어온 것일까. 왜 지워져버린 기억의 암실에 빗장을 걸어 잠그고 거기서 빠져나올 궁리조차 하지 않는 것일까. 그러기로 한 것은 물론 나 자신이다. 오히려 그런 결정을 내림으로써 나는 내가 멀쩡한 인간이라는 것을 확고하게 입증한 셈이다. 지상의 세계를 등지고 지하철역에서만 살아가는 것은 내가 멀쩡한 인간이라는 반증이라는 말이다.

물론 커피숍 여주인에게 여기서 가장 가까운 지하철역이 어디냐고 물은 것은 엉겁결에 나온 말이었다. 커피숍에서 나온 직후 나는 어디로 가야 할지 몰라 잠시 망설였다. 인근의 파출소나 경찰서로 찾아가서 잃어버린 내 신원을 찾아달라고 신고라도 해야 하는 게 아닐까 싶기도 했다. 하지만 우여곡절 끝에 내 신원을 찾아 아는 사람에게 연락이 닿았다고 치자. 그래 봐야 서로에게 잊혔거나 묵은 상처를 덧내기만 하는 일이 될지도 모른다. 이럴 때 망각은 오히려 커다란 축복이다…… 이런저런 생각에 빠져 무심코 걷다 보니 어느새 지하철역 앞이었다. 방금 전 내가 가장 가까운 지하철역을 찾은 것은 결코 우연이 아니었다. 나는 더 이상 머뭇거리지 않고 지하철역 안으로 걸어 내려갔다. 어떤 재난에 휘말려 기억상실의 난간 위에서 위태롭게 버티고 있는 내가 몸을 피해야 할 곳은 당연히 지하철역일 수밖에 없을 거라는 생각이 들기도 했다. 지하철역 중에서도 되도록 지상으로부터 멀리 떨어져 깊은 땅 밑에 '묻혀 있는' 지하철역이어야 했다. 지하철역 밑으로 걸어 내려가면서 나는 그런 전제 조건을 속으로 고집스럽게 되뇌었다.

하지만 아쉽게도 나와 처음으로 맞닥뜨린 지하철역은 그렇지 않았다. 출입구에서 불과 몇 걸음 걸어 내려가자 곧바로 연결 통로와 개표구가 나왔다. 다른 행인들이 하는 대로 개표구에 교통카드를 대고 승강장으로 향했다. 승강장 또한 개표구에서 그다지 멀리 떨어져 있지 않았다. 물론 내가 거점 삼아 머무를 곳이 꼭 이 지하철역이어야 할 까닭은 없었다. 그래도 실망스러웠다. 얼마 후 도착한 전동차에 탔다. 물론 행선지 따위는 있을 턱이 없었다. 앉아 있는 승객들이나 서 있는 승객들이나 모두 휴대용 전화기만 들여다보고 있어서인지 객차 안은 조용했다. 그런데 그중 어떤 청년 하나가 어쩐지 나를 휴대용 전화기의 카메라로 몰래 찍고 있는 것 같았다. 만약 내게 아들이 있다면 그 또래쯤 되었겠다 싶은 청년이었다. 낌새가 그랬지만 그렇다고 그 청년에게 달려가서 왜 남의 모습을 함부로 찍느냐며 항의하기도 어려운 노릇이었다. 어딘가 내 행색에서 다른 이들의 눈길을 끌 만한 점이라도 있나 둘러보았지만 딱히 그런 것 같지도 않았다. 나도 내 나이와 비슷할 거라고 여겨지는 여느 승객들과 비슷한 옷

차림새였고 머리 모양도 마찬가지였다. 방금 전 면도도 했다.

물론 짚이는 게 있긴 했다. 그건 표정이었다. 표정은 내가 어떻게 짓고 있다 하더라도 스스로 확인하는 게 불가능하다. 흐릿한 객차의 차창에 표정을 비춰볼 수 있다손 쳐도 그건 이미 방금 전 남의 눈에 들어온 내 얼굴이 아니다. 내가 내 눈으로 내 얼굴을 확인하려 드는 순간 스스로에 대한 의식이 개입하면서 남의 눈에 뜨인 내 본연의 얼굴은 감쪽같이 사라지고 마는 법이다. 그러니 어디서도 사람은 자신의 얼굴과 표정이 본래 어떤 모습인지 확인할 수 없다. 내가 당혹스러워하는 것을 눈치챘는지 청년은 슬그머니 휴대용 전화기를 다른 쪽으로 돌렸다. 다음 역에서 전동차의 문이 열리자마자 나는 서둘러 내렸다.

그 지하철역도 지상과의 거리가 얕기는 마찬가지였다. 다른 사람들과 달리 내게는 휴대전화가 없었다. 설령 휴대전화가 내 수중에 있었다 한들 찾아내고 싶은 것을 어떻게 검색해야 하는지 요령부득이었을 게 뻔했다. 내가 이전까지 휴대전화를 사용했는지 어땠는지는 기억나지 않았다. 그렇다 해도 요즘의 휴대전화라는 물건이 어떤 용도로 쓰이는지는 대충 짐작할 수 있었다.

마침 개표구 앞을 지키고 서 있는 역무원 한 사람이 눈에 들어왔다. 나는 그 역무원에게 다가갔다. 역무원은 내 물음에 짐짓 당혹스러운 표정을 지어 보였다. 그러더니 한동안 의혹 어린 눈초리로 나를 훑어보았다. 나로서는 서울의 지하철역 가운데 가장 깊이 내려가는 곳이 어디냐고 묻는 게 상식적인 언행인지 아닌지 가늠하기 어려웠다. 그래도 이런 문제라면 일반 행인보다야 역무원이 더 낫지 않겠느냐는 생각을 했을 뿐이다. 그런 게 왜 궁금하지? 역무원은 내가 왜 그걸 알고 싶어 하는지 궁금해하는 눈치였지만 왜냐고 되묻지는 않았다. 그런 식으로 나와의 대화가 이어지는 것조차 성가신 것 같았다. 경험상 말을 받아줬다가는 공연히 번거로운 안내까지 도맡아야 할지도 모른다는 경계심이 생긴 탓일 수도 있다. 글쎄요…… 역무원은 어느 역이 가장 깊을지 한번 떠올려보겠다는 시늉을 했다. 그러더니 잠시 후 그런 문제에 대해서라면 평소 생각해본 적이 없어서 잘 모르겠다고 답했다. 살짝 짜증나고 귀찮다는 어투였다. 하지만 자신의 대답에 내 얼굴이 굳어지는 듯하자 전화번호를 하나 알려드릴 테니 그쪽으로 문의해보는 게 낫겠다고 했다. 그러더니 내게 휴대전화가 있느냐고 물었다. 나는 사실대로 없다고 답했다. 휴대폰이 없다고요? 역무원의 얼굴 위로 의아해하는 기색과 피로감이 동시에 너울거렸다. 그럼 할 수 없죠. 전화번호를 하나 적어드릴게요.

하지만 이 근방에는 전화를 걸 만한 곳이 한 군데도 없는 것 같았다. 그렇다고 사용법도 모르면서 지나가는 사람에게 휴대전화를 빌리고 싶지는 않았다. 아무래도 발품을 팔아야 할 모양이었다. 어쩔 수 없이 나는 역무원이 준 메모지를 재킷 안주머니에 쑤셔 넣고 다시 승강장으로 내려왔다. 곧 전동차가 도착했다. 그 전동차에 몸을 실은 나는 내키는 대로 아무 역에서나 내렸다.

내가 안심할 만한 지하철역을 찾기는 생각보다 쉽지 않았다. 그렇게 한참을 돌아다닌 나는 피로를 견디지 못하고 승강장 한 귀퉁이의 벤치에 몸을 축 늘어뜨렸다. 손끝으로 더듬어보니 어느새 턱 밑이 까끌까끌해져 있었다. 아무래도 턱 밑의 잔털들은 피로감을 자양분 삼아 살갗 바깥으로 듬성듬성 삐져나오는 게 아니냐는 생각이 들었다. 6중날 면도기를 꺼내 턱 밑을 공들여 긁어내렸다. 서걱서걱거리며 턱 밑의 잔털들이 밀려 나가는 게 느껴졌다. 다소나마 기분이 개운해지는 것 같았다. 피로감도 한결 줄어드는 것 같았다. 그때 전동차의 진입을 알리는 신호음이 들렸다. 무심코 전동차가 오는 방향으로 눈길을 돌렸다. 내 눈에는 승강장으로 들어오고 있는 전동차의 불빛보다 선로를 삼킨 갱도의 어둠이 먼저 들어왔다.

이윽고 전동차가 도착했다. 벤치 위에 늘어져 있던 나는 반사적으로 몸을 일으킨 후 그 전동차에 올라탔다.

4

여느 때와 마찬가지로 아무 역에서나 내렸다. 막차였다. 꽤 늦은 시각이었다. 이제 잠자리를 찾아 지상으로 올라갈 시간이기도 했다. 지상으로 올라가기가 싫었다. 지갑에 두둑이 들어 있던 현찰은 벌써 조금씩 줄어들기 시작했다. 이 돈으로 언제까지 버틸 수 있으려나? 개표구에서 빠져나와 지하철역 안의 통로를 어슬렁거렸다. 상가 앞을 환히 밝히던 불빛도 하나둘씩 줄어들었다. 여기저기서 라면 박스를 바닥에 까는 노숙자들이 나타났다. 지갑 안의 현금이 바닥나면 나도 저들처럼 지하철역에서 밤이슬이나 겨우 피하는 노숙 생활로 넘어가야 할 거라는 생각이 들었다. 지금 라면 박스를 바닥에 깔고 있는 노숙자들 중에서는 나처럼 기억을 잃은 이들이 더러 있으리라는 생각도 했다. 어쩌면 원래부터 나는 저 노숙자들 가운데 한 사람이었을지도 모른다. 나는 노숙자들의 모습을 곁눈질하면서 내가 기억하지 못하는 어떤 재난으로 인해 시리디시린 노숙의 기억까지 말끔히 지워지고 만 것일 수도 있겠다는 생각을 했다. 지갑 안의 현금이 바닥나 내가 다시 노숙 생활에 복귀하면, 저들 중 누군가 한 명이 나 대신 까닭 모를 기억상실의 흉터와 위안을 걸머지겠지. 그러고는 지금 나처럼 더욱 땅 밑 깊은 곳에 자리한 지하철역을 찾아 배회하겠지. 그런 역을 찾아내는 게 생존의 이정표라도 되는 양.

바닥에서 나뒹구는 노숙자들 말고는 연결 통로에 인적이 부쩍 뜸해졌다. 이제 어디로 가야 할까 막연했다. 길을 안다고 해서 어떻게 하겠다는 대책 따위야 있을 리 없었지만 그래도 출구 바깥의 안내도를 한번 살펴보기로 했다. 출구 바깥의 안내도가 있을 만한 자리에는 대신 전자안내판이라는 게 설치되어 있었다. 전자안내판의 화면에는 여러 가지 동영상들이 나타났다 사라지기를 반복했다.

조작법을 몰라 아무 버튼이나 눌러보았다. 그러자 화면에 누군가의 모습이 동영상의 한 장면으로 잡혔다. 그는 객차 안에 서 있는 승객처럼 보였다. 나는 깜짝 놀라 한 발짝 뒤로 물러났다. 화면 속의 주인공이 바로 나였기 때문이다. 객차 안에 함께 있던 누군가가 내 모습을 이런 식으로 몰래 찍은 것 같았다. 하지만 이게 언제 찍힌 모습인지는 선뜻 분간하기가 어려웠다. 지금과는 옷차림새도 다르고 머리 모양도 달랐다. 꽤 오래전에 찍힌 것 같기도 하고 최근 찍힌 모습 같기도 했다. 화면 하단에는 '난민들……'이라는 자막이 떴다. '난민'이라면 재난에서 겨우 살아남았지만 그 생존의 무게에 짓눌려 살아가는 사람을 일컫는 말일 것이다. 화면은 그렇게 자막을 내보내고 나서도 한참 동안 무표정하게 전동차를 타고 가는 내 모습만 비춰 보이다 난데없이 끊겼다.

나는 방금 전 빠져나온 개표구로 발길을 돌렸다. 역무원은 보이지 않았다. 개표구 밑으로 기어 들어가서 단숨에 승강장까지 달려 내려갔다. 막차도 끊기고 정규 운행도 종료된 시간이었지만 아무런 제지도 받지 않았다. 승강장과 선로 사이는 굳게 닫힌 스크린도어에 가로막혀 있었다. 승강장의 한쪽 끝이라면 어떨까. 그쪽으로 다가가 보니 선로로 내려갈 수 있는 틈새가 나 있는 것 같았다. 나는 그 틈새를 통과해 선로로 내려왔다. 그러고는 갱도의 어둠 속으로 천천히 걸음을 옮겼다. 평탄한 선로의 가장자리를 걷고 있을 뿐이었지만 어쩐지 가파른 갱도의 비탈을 타고 더 깊은 지하로 걸어 내려가는 듯한 기분이 느껴졌다. 벽을 따라 이어져 있는 전등의 불빛만이 희미하게 내 발치에 와 닿을 뿐 갱도 안은 암실만큼이나 어두웠다.

그런데 건너편 선로의 가장자리에서도 나처럼 갱도를 따라 어둠 속으로 기어 들어가고 있는 그림자가 아른거리는 것 같았다. 나는 제자리에 우뚝 멈춰 서서 희뿌연 어둠 사이로 건너편 선로를 유심히 들여다보았다. 선로를 따라 걷고 있는 그림자는 한 사람만이 아니었다. 한 줄로 가지런히 대오를 이룬 사람들의 행렬처럼 보였다. 나는 건너편의 행렬에 대고 그렇게 줄지어서 어디로 가는 길이냐고 외쳤다. 그러자 그들 중 한 사람이 답했다. 이건 피난 행렬이고 우리는 지금 피난 중이에요. 내가 다시 피난 행렬이라니 그럼 도대체 무슨 재난을 당한 거냐고 묻자 피난 행렬이니 피난처를 찾아가지 어딜 가겠느냐고 한 박자 어긋난 대답이 돌아왔다. 그 피난처가 어디쯤 있나요? 그 물음에는 아무도 답해주지 않았다. 저기 혹시 나도 그 행렬에 끼어 함께 가도 될까요? 역시나 묵묵부답이었다. 그저 어둠에 싸인 선로를 따라 줄 지어 걷고 있는 그림자들의 움직임만이 부산해 보였다.

그때였다. 난데없이 전동차의 진입을 알리는 신호음이 들렸다. 그러자 건너편 선로를 따라 걷던 사람들이 일제히 걸음을 멈추고 어쩔 바 몰라 하며 동요하기 시작했다. 더러는 욕설과 비명 소리도 터져 나왔다. 아니나 다를까, 저편에서 이쪽으로 점점 가까이 다가오고 있는 전동차의 불빛이 시야에 들어왔다. 건너편 선로로도 전동차가 들어오는 중인지 어떤지는 확인할 겨를이 없었다. 나부터 서둘러 몸을 피해야 했기 때문이다.

마침 벽 사이로 움푹 들어간 틈이 보였다. 그 틈에 곁문이 하나 나 있었다. 아마도 선로의 보수 공사 따위를 맡은 작업 인부들이 그 곁문으로 드나드는 모양이었다. 손잡이를 돌리자 다행히 문은 스르르 열렸다. 나는 재빨리 안으로 달려 들어갔다. 곁문 안쪽은 어둡고 비좁은 통로 같았다. 어디로 통하는지는 알 수 없었다. 나는 문 앞에서 한 발짝도 움직이지 않았다. 선로에서 무슨 일이 벌어지는지 궁금했기 때문이다. 문가에 붙어 서서 바깥의 동향에 주의를 기울였다. 바깥에서는 아무런 소리도 들려오지 않았다. 전동차가 지나가는 것 같지도 않았다.

그때 안쪽에서 인기척이 났다. 그와 동시에 불빛이 비쳤다. 통로 안쪽에서 안전모를 쓴 인부들이 몇 명 몰려나오는 것 같았다. 그들의 안전모에 달려 있는 전구 불빛이 어둠을 가르며 내 쪽으로 가까이 다가왔다. 눈부신 전구 불빛에 가려 인부들의 얼굴은 전혀 보이지 않았다. 그래서인지 짙은 어둠 속에서 전구를 매단 안전모가 저 혼자 두둥실 떠올라 무리 지어 날아다니는 것처럼 보이기도 했다. 그럴 수만 있다면 손으로 후려쳐서 내게로 가까이 날아드는 안전모의 비행편대를 바닥에 떨어뜨리고 싶었다. 하지만 그러는 대신 나는 몸을 돌려 그 자리에서 달아나려 했다.

"잠깐만 그 자리에 머물러 계세요. 금세 끝나니까요."

그 목소리가 내 걸음을 붙들어 세웠다. 나는 그 목소리를 향해 변명하듯 말했다. "어떤 재난을 당해서 잠시 이리로 피신한 겁니다. 어떤 재난이었는지는 기억나지 않습니다. 하지만 오해하지는 말아주세요. 거짓말을 늘어놓고 있는 게 아니니까요. 단지 아무것도 기억하지 못할 뿐입니다."

안전모의 전구 불빛은 문을 등지고 선 내 주위에 몰려와서 반원형으로 에워쌌다. 그러더니 방금 전과 같은 목소리가 말했다. "저희가 선생으로 하여금 기억을 되찾을 수 있도록 도와드리죠. 그러자면 우선 저희의 질문에 성실히 답해주셔야만 합니다."

그들은 내 동의도 구하지 않고 나를 향한 신원 파악에 들어갔다. 이름. 이름? 모른다. 아무것도 기억나지 않는다니까. 그러자 그들 중 한 명이 어떤 이름을 댔다. 그러고는 그게 내 이름이라고 우겼다. 하지만 전혀 내 이름 같지 않았다. 아주 생경한 이름이었다. 지금으로서는 모든 게 다 생경하다 해도 그 이름 이상으로 생경하기도 어려울 것 같았다. 그게 만약 실제로 기억을 잃기 전까지 내게 붙어 있던 본명이라면 최소한의 친밀감이라도 전해지거나 희미하게나마 기억이 들썩거려야 할 텐데 전혀 그런 것 같지 않았다. 나이. 나이? 이 작자들이 지금 기억상실자를 데리고 장난하나? 알고 있을 리가 없지 않은가. 물론 내가 몇 살쯤 먹었는지 스스로 어림잡아볼 수는 있다. 하지만 정확한 실제 연령을 안다고는 할 수 없다. 그들도 정확한 나의 실제 연령을 파악하지 못했는지 대강 오십대 중후반대로만 추정했다.

"저기, 죄송한데요……" 다음 심문으로 넘어가기 전 내가 먼저 말머리를 가로챘다. "잃어버린 기억을 되찾아주시겠다니, 호의는 고맙지만 정중히 사양하고 싶습니다."

내가 그렇게 말하자 안전모의 전구 불빛이 뜻밖이라는 듯 일제히 움찔했다. 어두워서 그들의 얼굴이 보이지는 않았지만 아마도 깊이 눌러쓴 안전모 밑으로 제각기 '이런 변이 있나!' 하는 표정을 짓고 있을 듯했다. 그들의 반응에 개의치 않고 내가 계속했다. "기억을 되찾는 것은 제가 전혀 원치 않는 일입니다. 기억을 잃어버린 사람이라고 해서 꼭 잃어버린 기억을 되찾고 싶어 하란 법은 없겠지요. 왜 그래야 하나요? 이대로 살아도 살아지는 건 마찬가진데…… 아무튼 제 얘기인즉슨 그러고 싶지 않으니까 그만들 돌아가주셨으면 좋겠다는 거예요. 아니, 제가 여기서 나갈 수 있도록 해달라는……"

그 말에 안전모들 가운데 한 명이 무책임하니 어쩌니 하면서 궁시렁거렸다.

"물론 무책임할 수도 있겠지요. 나에 대해서도 그렇고, 가족이나 지인 들에 대해서도. 하지만 필요 이상으로 책임을 다하려는 데서 생기는 문제도 무책임해서 발생하는 잘못만큼이나 심각하지 않을까 싶군요."

"예를 들면, 장성한 아들이 자기와 똑같지 않다고 해서 목을 조르는 일 따위 말인가요?" 안전모들 가운데 하나가 내 의표를 찌르겠다는 듯 그렇게 물어왔다.

"네, 그래요." 전혀 당황한 내색을 하지 않으며 내가 말했다. "이를테면 그런 경우겠지요. 그런 경우는 가장으로서의 책임감이 스스로도 괴롭히고 주변 사람들도 끊임없이 괴롭히지 않을 수 없는 강박관념으로 변한 걸 거예요. 혹은 뭔가 허한 마음을 그런 책임 의식에 기대서 모면하고 싶어 한 것이거나…… 그래서 아비의 손에 목이 졸린 그 아들은 죽었나요, 어떻게 되었나요?"

"숨이 끊어지기 직전까지 갔지만 죽지는 않았다고 하는데…… 여하튼 그 일로 인해 부자 관계는 돌이킬 수 없어졌다고……" 안전모들 가운데 하나가 말끝을 흐렸다. 그렇게 함으로써 어쩐지 내 반응을 떠보려는 것 같았다.

"여하튼 죽지는 않았다니 다행이군요." 내가 말했다. "죽지 않았으면 언젠가는 관계가 회복될 날이 있겠죠. 부자지간은 천륜이라니……" 그러고는 이렇게 단정적으로 덧붙였다. "여하튼 저와는 무관한 얘기입니다. 나한테는 그런 기억이 없으니까요. 그따위 기억이라면 누구라도 되찾고 싶어질 턱이 없을 테고요. 그러니 저로서는 더 이상 늘어놓을 만한 얘깃거리가 없습니다만."

"그렇다면 혹시" 안전모들 가운데 하나가 말했다. "그와 같은 강박관념의 배경에는 선생이 타의에 의해 1970년대 서울로 올라와서 살기 시작한 사실이 자리하고 있지 않을까요?" 한마디로 내 주장 따위에는 전혀 개의치 않겠다는 투였다. 안전모의 말은 계속되었다. "기록에 따르면, 선생 부부가 처음 서울에 올라와서 단칸방이나마 살 집을 얻은 곳은 서대문구 북아현동의 달동네더군요. 그런데 이 동네는 당시만 해도 시대적인 이농 현상으로 지방에서 이주해온 사람들이 주로 모여 사는 곳이었답니다. 그러다 보니 세간에서는 그곳을 난민촌처럼 여겼다고도 하고요, 실제로 난민촌이라고 부르기도 했다는군요."

"그래서? 그래서 도대체 그게 다 어쨌다는 말입니까?" 내가 말했다.

"아, 오해하지 마십시오. 이건 모두 선생의 기억을 되찾아드리기 위한 노력의 일환일 뿐이니까요. 아무튼 선생은 그때부터 얼마 전까지 이곳에서 버젓한 인간으로 살아남고자 피비린내 나는 고투를 견뎌야 했을 것입니다. 물론 그 과정에서 인간으로서의 존엄성이 훼손당하는 듯한 굴욕도 많이 겪지 않을 수 없었을 것입니다. 예를 들면, 강남 아파트의 부동산 투기에 뛰어든 처가 식구의 수족처럼 움직이다 도둑으로 몰린다든가……"

"그래도 이렇게 지금까지 잘 버텨왔는데" 또 다른 안전모가 이어 말했다. "한순간에 모든 기억을 놓고 선생이 오랜 인고의 시간 속에서 버텨온 이 도시를 유령이나 다를 바 없는 신세가 되어 떠돌다니요. 너무 허망한 노릇 아닙니까? 아직 기억을 잃어버린다는 게 얼마나 무서운 형벌인지 실감하지 못하고 계신 것 아닌가 모르겠습니다."

"아니, 그래서" 내가 발끈한 어투로 입을 열었다. "하나밖에 없는 아들내미의 목을 졸랐다는 말입니까? 이거하고 그거하고 무슨 상관인데? 내가 기억을 잃었다는 죄로 그렇게 얼토당토치도 않은 객설에 시달려야 합니까? 그만들 하시고 이제 좀 저를 놓아주세요. 저는 피곤할 뿐입니다."

"아들내미가 하나밖에 없다고는 누구도 말한 적이 없습니다만……" 안전모 가운데 하나가 말했다. "저희는 지금 선생의 강박관념에 대해서 이야기를 나누고 있던 중이었습니다. 그런데 그 과정에서 저희가 알려드리지도 않은 사실에 대해 먼저 떠올리시는 것을 보니 어느새 기억이 조금씩 회복되시나 봅니다."

그렇게 말해놓고는 자기들끼리 안전모의 전구 불빛을 일제히 들썩거렸다.

"글쎄, 강박관념이고 뭐고 간에 제발 저를 이대로 가만 내버려둬주세요. 저는 그저 재난을 피해 안전한 곳에 있고 싶을 뿐이니까요. 기억을 잃어버린 게 죄라면 무슨 벌이든 달게 받겠습니다만." 내가 울먹거리는 어조로 그렇게 말했다.

"선생은 이미 재난을 당해 오랫동안 난민촌에서 기거한 적도 있는데" 안전모 가운데 하나가 말했다. "또 무슨 재난에 대비해서 더 안전한 곳으로 대피해 있겠다는 말씀이신가요?"

"글쎄요." 내가 말했다. "그게 어쩌면 그냥 제 마음의 재난일 수도." 물론 아무렇게나 내뱉은 말이었다. 하지만 그 말에 안전모의 전구 불빛은 다시금 요란스럽게 들썩거렸다.

그때 곁문 너머로 전동차의 진입을 알리는 신호음이 아득하게 들려왔다. 그러고는 곧바로 다급히 뭔가를 외쳐대는 여러 사람들의 말소리가 잇따랐다. 그러자 한동안 들썩거리던 안전모의 전구 불빛이 일제히 꺼졌다. 나는 그제야 결문을 열고 다시 선로로 나왔다.

5

전동차가 멈춰 서고 문이 열렸다. 여느 때처럼 나는 아무 역에서나 내키는 대로 하차했다. 그러고는 이렇다 할 행선지도 없이 내내 객차에 실려 돌아다니느라 지친 몸을 승강장 한 귀퉁이의 벤치에 축 늘어뜨렸다. 그러면서 손끝으로 턱 밑을 만지작거렸다. 면도를 한 지 얼마 되지 않은 것 같은데도 턱 밑은 어김없이 까끌까끌했다. 역시 턱 밑의 잔털들은 피로감을 자양분 삼아 살갗 바깥으로 듬성듬성 삐져나오는 게 맞는 것 같았다. 다시 면도를 해야 할 시간이었다. 하지만 아무리 호주머니를 샅샅이 뒤져보아도 어디로 사라졌는지 6중날 면도기는 나오지 않았다. 아무래도 지하철을 타고 돌아다니는 동안 어딘가에 흘린 모양이었다. 다른 건 다 참아도 까끌까끌해진 턱 밑을 견디며 지내기는 어려운 노릇이다. 그러자면 똑같은 것으로 새 면도기를 하나 구입하는 수밖에 없다. 면도기는 1회용일 망정 반드시 6중날이어야 했다. 그래야 서걱서걱 턱 밑의 잔털들이 밀려 나가는 면도의 쾌감을 제대로 누릴 수 있으니까.

뒷주머니에서 지갑을 꺼내 현찰이 얼마나 남았는지 오랜만에 확인해보았다. 얼마 남지 않았다. 이 정도 남은 액수라면 앞으로 얼마나 버틸지 알 수 없다. 그저 그렇다는 것뿐이지 이 지갑에 도로 현찰을 채워 넣기 위한 대책 따위는 관심 밖이었다. 현실적인 대책 같은 건 기억에 겨워 하는 자들이나 쟁여둬야 할 몫일 뿐이다.

그때 누군가가 난데없이 비명을 내질렀다. 그러더니 곧바로 승강장 천장에서 육중한 굉음과 진동이 느껴졌다. 금세라도 지축이 허물어질 듯 모든 게 위태로이 뒤흔들렸다. 승강장에서 전동차가 들어오기를 기다리고 있던 사람들도 몹시 놀라고 불안해하는 얼굴로 사방을 두리번거렸다. 사방에서는 원인을 알 수 없는 먼지가 피어올랐다. 어디선가 매캐한 연기도 새어 들어오는 것 같았다. 곧 역무원이 다급한 목소리로 안내 방송을 내보냈다. 지하철역사 위에 세워진 건물이 방금 전부터 갑자기 붕괴되기 시작했다는 내용이었다. 상황이 위급하니 승객 여러분은 역무원의 안내에 따라 서둘러 안전한 곳으로 대피해주시기 바랍니다. 이것은 실제 상황입니다. 다시 한 번 말씀드립니다. 상황이 지금보다 더 악화되기 전에…… 안내 방송이 채 끝나기도 전에 승강장 한쪽 천장이 두 쪽으로 갈라지더니 와르르 무너져 내렸다. 여기저기서 찢어질 듯한 비명 소리가 터져 나왔다. 잠시 전까지만 해도 평화로운 배경음악이 흘러나오던 지하철역 승강장은 이내 걷잡을 수 없는 아비규환의 도가니로 뒤바뀌고 말았다. 안내 방송과는 달리 승객들을 안전한 곳으로 대피시켜줄 만한 역무원은 그 어디에도 보이지 않았다. 사람들은 마냥 우왕좌왕하기만 했다. 중앙 통제실의 방송 장비마저 고장 났는지 전동차의 진입을 알리는 신호음이 단속적으로 재난의 공포가 휘몰아치고 있는 승강장에 울려 퍼졌다. 삐리리리 지금 열차가 도착하고 있습니다. 승객 여러분은 위험하오니 안전선 밖으로 한 걸음 물러나주시기 바랍니다…… 삐리리리 지금 열차가 도착하고 있습니다. 승객 여러분은 위험하오니 안전선 밖으로…… 삐리리리…… 하필 아무 데나 발길 닿는 대로 내린 역에 이런 재난이 닥치다니. 하지만 설령 내가 다른 역에서 내렸다 한들 그 역에서는 그 역에서대로 또 다른 재난이 예비되어 있었을지도 모르지. 모든 재난은 언제나 '하필' 그 장소에서만 불시에 발생하는 법이니까.

그렇다손 쳐도 이대로 넋 놓고 앉아 승강장 안에 전동차가 들어오기를 기다리듯 죽음을 맞아들일 수는 없는 노릇이었다. 나는 살고 싶다. 아직은 죽고 싶지 않다…… 승객들을 대피시켜줄 역무원이 보이지 않는 것과 마찬가지로 지금 여기서 안전한 곳은 아무 데도 없었다. 안내 방송의 안전한 곳이란 한낱 관념을 통해서만 막연히 그려질 수 있는 추상적 공간일 뿐이었다. 그저 관념 속에서만 존재하는 이상향일 뿐이었다. 승강장에서는 이미 방향감각을 잃어버린 사람들이 하얗게 질린 얼굴로 이리저리 허둥거리고 있었다. 지금 그들이 냉엄히 확인하고 있는 것은 그 어디에도 안전한 곳이라는 게 없다는 사실일 듯했다.

나는 아비규환의 도가니로 변해버린 승강장에서 빠져나와 선로로 뛰어내렸다. 그러고는 갱도의 깊은 어둠 속으로 기어 들어갔다. 물론 갱도의 천장을 통해서도 지상에서 발생한 재난의 여파가 고스란히 전해지고 있었다. 이따금은 금세라도 갱도 전체가 무너져 내릴 것처럼 요동치기도 했다. 온 누리가 산산조각 나고 있기라도 하듯 참으로 끔찍한 굉음과 진동이었다. 그래도 나는 묵묵히 선로를 따라 걸었다. 그때 멀리서 이쪽으로 달려오고 있는 전동차의 불빛이 가물거렸다. 마침 벽 사이로 움푹하게 들어간 틈새가 나왔다. 나는 얼른 그 틈새로 몸을 피했다. 그러고는 선로 보수 책임자들이 드나들 법한 곁문을 열고 안으로 들어갔다. 곁문 안쪽은 막힌 공간이 아니라 비좁은 통로로나마 어디론가 이어져 있는 것 같았다. 하지만 빛이 전혀 새어 들어오지 않아 나는 한 치 앞도 분간할 수 없는 어둠 속에서 매 순간 주춤거리는 발끝으로 앞길을 근근이 헤아려야 했다. 이윽고 다른 쪽 문 앞에 다다랐다. 나는 머뭇거리지 않고 그 문을 열어젖힌 후 바깥으로 빠져나왔다.

내가 문 앞에서 마주친 것은 낯선 사내 둘이었다. 그들은 나를 힐끔거리더니 자기들끼리 무슨 말인가를 주고받았다. 한국말처럼 들리지는 않았다. 아마도 일본 말 같았다. 그들이 지나가자마자 내 눈에 들어온 것은 목제 선반 위에 놓인 공중전화였다. 꽤 낡아 보이는 분홍색 전화통이었다. 나는 그 앞으로 다가가서 수화기를 들고 동전을 투입했다. 그러자 수화기에서 통화 대기음이 났다. 하지만 떠올릴 수 있는 전화번호가 전혀 없었다. 그런데 무심코 재킷의 안주머니를 뒤져보니 휘갈겨 쓴 필체로 적혀 있는 전화번호가 하나 나왔다. 이게 어느 곳의 전화번호인지는 알 길이 없었다. 나는 일단 그곳에 전화를 걸어보기로 하고 그 번호대로 다이얼을 돌렸다. 잠시 연결음이 들리는가 싶더니 이내 딸칵하고 신호가 떨어졌다. 수화기 저편에서 들려온 것은 중년 여성의 목소리였다. 나는 어눌한 말투로 이렇게 말했다. 실례하지만, 지금 제 전화를 받은 곳이 어디인지 좀 알려주실 수 있을까요? 제가 전화번호를 다 잊어버려서요. 죄송합니다. 이상한 전화 아니니까 오해하지는 마시고요. 그러자 놀랍게도 중년 여성은 내게 당신이냐고 되물었다. 당신, 오 정말 당신이에요? 그러더니 한동안 흐느껴 울기만 했다. 갑자기 사라져서는…… 도대체, 도대체 어디서 뭐 하고 있었길래 이제야 연락을…… 흐느낌 사이로 그런 웅얼거림이 두서없이 뒤섞였다. 그러더니 다른 쪽에 대고 다급하게 누군가를 소리쳐 부르는 것 같았다. 나는 당황해서 그만 엉겁결에 전화를 끊어버렸다. 아마도 방금 전 그 여인은 어디론가 사라진 남편이 방금 전 불쑥 연락해온 것으로 내 전화를 오해한 모양이었다. 남편과 비슷한 연령대의 남자 목소리만 듣고 틀림없는 남편의 전화로 속단한 것 같았다.

나는 그 전화번호가 적힌 메모지를 구겨 휴지통에 버렸다. 그러고는 아무 일 없었다는 것처럼 내 자리로 돌아가려 했다. 하지만 내가 어디 앉아 있었는지 도무지 기억나질 않았다. 나는 어쩔 수 없이 카운터로 가서 거기 앉아 있던 여주인에게 내가 어디쯤 앉아 있었는지 혹시 기억하시느냐고 물어보았다. 홀도 넓고 테이블 위치도 다 비슷비슷해서 화장실을 다녀올 때마다 자꾸 헷갈리네요. 벌써부터 이러면 곤란한데…… 그러자 여주인은 부드럽고 후덕한 미소를 지어 보였다. 그러면서 이럴 수도 있고 저럴 수도 있는 거 아니겠느냐는 듯 자꾸만 고개를 주억거렸다. 그러고는 손짓으로 한쪽을 가리켜 보였다. 저기, 일행분이 계시네요.

일행이 있다는 말에 나는 여주인이 가리킨 테이블로 일단 고개만 돌려보았다. 나와 비슷한 또래로 보이는 사내 하나가 눈에 띄었다. 지금 그는 면도기로 공들여 턱 밑을 긁어내리는 중이었다. 나는 커피숍 여주인을 돌아보았다. 하지만 여주인은 내가 일행의 괴벽에 거북해져서 자기를 돌아보았다고 여겼는지 세상사다 그럴 만해서 그런 게 아니겠냐는 듯 후덕한 표정으로 연신 고개만 주억거렸다.

다음 세기 그루브

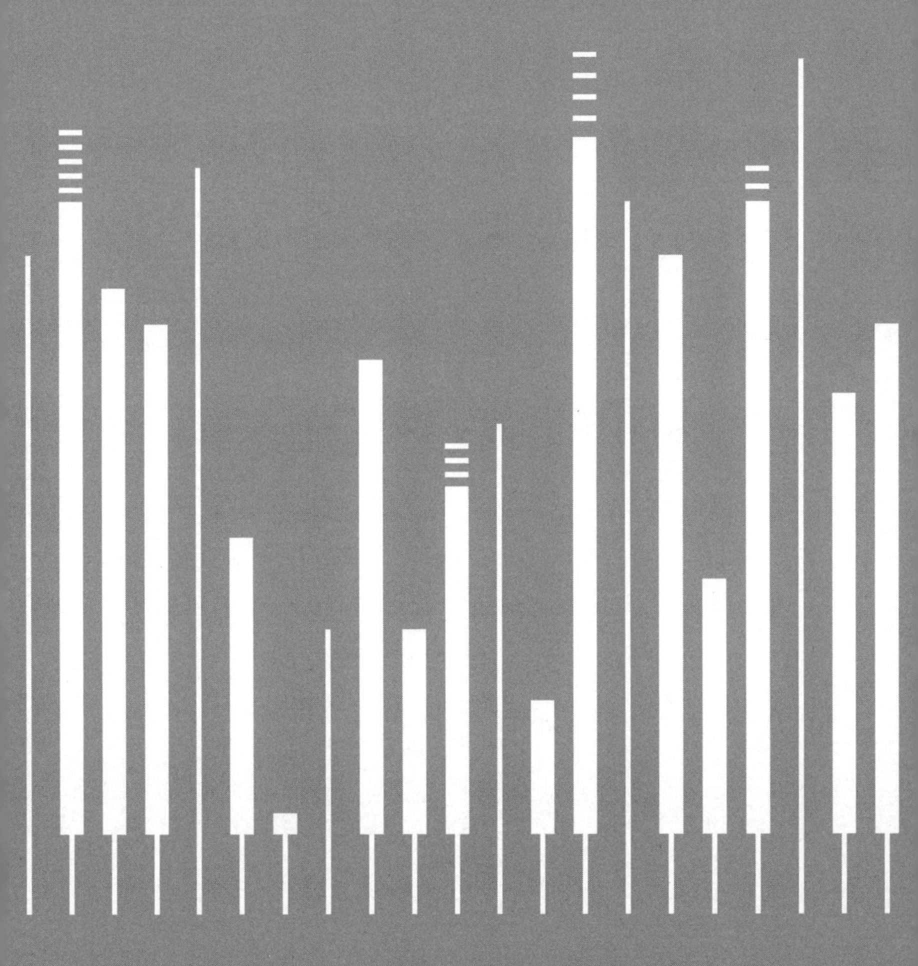

마땅한 전세방이 나오지 않아 한동안 이 동네 저 동네를 헤매고 다녀야 했다. 그러다 나는 결국 고즈넉하고 적막해 보이는 야산 자락의 어느 동네 빌라 건물의 열 평 남짓한 원룸을 얻었다. 보증금 잔금 처리를 확인하기 위한 전화 통화에서 내가 시 쓰는 사람임을 아는 집주인은 이 동네의 주거 환경이 글쓰기에 더할 나위 없이 좋을 거라는 덕담을 건넸다. 비단, 동네가 호젓하기 때문만이 아니라 이런저런 나무들이 우거진 뒷산의 숲길을 자주 산책하다 보면 아무래도 다른 곳보다야 더욱 좋은 시상이 떠오르지 않겠느냐는 말까지 덧붙였다. 아마도 집주인은 오지랖이 퍽 넓은 사람인 것 같았다. 나는 그에게 원래 뜻한 바대로 여기서 신작 시집을 내게 되면 한 부 증정하겠노라고 답한 후 다시 마루에 잔뜩 부려져 있는 이삿짐들을 정리하는 데 매달렸다.

독신으로 지내는 탓에 정리해야 할 세간들이라고 해봐야 비교적 단출했다. 두툼한 이불 봇짐과 약간의 옷가지들을 제외하면 그나마 많은 면적을 차지하는 것은 5단 수납 책장과 책걸상 그리고 이번에 이사 오면서 새로이 장만한 디지털 피아노 따위가 고작이었다. (내가 고른 디지털 피아노는 일본 얀텍의 옹드마르트노바 CD-318 모델이다.) 비록 어렸을 때이긴 하지만 짧지 않은 기간 동안 피아노를 배워본 적이 있는 나로서는 대부분 혼자 보내야 하는 일상 속에서 악기 연습처럼 유익한 소일거리도 드물 거라는 생각이 들었다. 무엇보다 디지털 피아노는 다중 음색 사운드 모듈에 따라 어쿠스틱 피아노 이외에도 다양한 악기의 소리들로 그에 알맞은 레퍼토리들을 연주해볼 수 있다는 게 장점이다. 가령 디지털 피아노에 내장된 하프시코드의 모방 음색은 분명 기기 안의 미디 시퀀서와 인터페이스 카드가 전기 신호의 소프트웨어를 제어하고 변조한 '가짜'에 불과하지만 (실제의 하프시코드는 무두질한 플렉트럼으로 각각의 건반에 연결된 거트현을 뜯어서 소리를 낸다) 원본 이상으로 충분히 매혹적이다. 매혹적인 모조는 정작 실제의 원본에는 없는 별도의 원질을 따로 창출해내기도 하는 것일까?

인터넷에서 검색해보니 서양 음악사의 흐름에서 하프시코드는, 자유로운 강약 조절과 공명을 대폭 개비(改備)한 피아노에 밀려 이미 18세기 중반에 멸종하고 만 건반 악기계의 호모에렉투스였다. 하지만 플렉트럼이 펠트 해머로 바뀌고 거트현이 쇠

줄로 대체되는 진화의 과정 속에서 피아노는 셈여림의 명확한 대비와 페달링의 지속성을 획득할 수 있었을지는 몰라도 고스란히 하프시코드만의 특장과 원질까지 흡수 통합해서 거듭난 것은 아니었다. 이를테면 선연하고 윤기 나는 노트의 명도와 그 명도 높은 노트들이 짜여 빚어내는 음색의 질감만큼은 피아노가 놓쳤거나 사장시킨 하프시코드의 미적 가치일 수 있었다. 그러니까 피아노를 강한 파동의 울림으로 듣는다면 하프시코드는 그 예리한 질감에 귀 기울여야 한다는 말도 가능하다. 바로 그 점이 현대의 피아노에는 없는 하프시코드만의 특장이자 원질일 수도 있다.

18세기의 유럽인들은 하프시코드의 매력 대신 좀더 증폭된 공명과 셈여림의 대비를 좇아서만 건반 악기의 미래에 주목했다. 그래서 건반 악기는 함머플뤼겔의 중간 단계를 거쳐 (마치 인류의 진화 단계에서도 호모에렉투스와 크로마뇽인 사이에 네안데르탈인이라는 과도기의 인류가 있는 것과 마찬가지로 건반 악기도 하프시코드에서 곧장 피아노로 넘어간 게 아니다) 요즘의 모던 피아노로 진화했다. 진화란 필연적인 계기에 의해 이루어질 수도 있지만 그렇지 않을 수도 있다. 그것은 이전 존재의 모든 특장과 원질을 유전 형질상의 열성인자로 격하하고 배제하는 추방의 폭력성을 내보일 때 비로소 가능해지는 것일지도 모른다. 그렇다면 이후에는 그 진화 과정에서의 폭력성을 모든 이들에게 정당화하거나 필연적이었다고 설득하는 집단 최면의 기술만이 긴요해질 것이다. 진화가 이루어지면 어떤 것은 역사 속에서 도태당해 화석으로 얼어붙고, 다른 어떤 것은 적어도 또 다른 진화 단계의 길목에 이르기 전까지는 지금 여기의 구성 요인으로 살아남아 자신의 존재를 아득한 미래 시제에 잇댄다. 디지털 피아노가 하프시코드에서 진화해온 모던 피아노의 새로운 진화 단계일지 아니면 그저 현대의 디지털 기술공학이 생산해낸 그 미래의 잔가지에 불과할지는 아직 알 수 없다. 하지만 여기서 중요하게 여겨져야 할 사항은 미래의 진행 방향에 대한 윤곽의 암시일지도 모른다. 그 흐름 안에서 대략적인 진화 경로의 기틀이 짜일 것임에 틀림없기 때문이다. '진화'라는 용어 선택에 지나치게 연속적인 선형성의 고정관념이 박혀 있는 것이라면 그저 단순히 '변화'라고 고쳐 말해도 무방하다.

내가 고른 디지털 피아노 얀텍 옹드마르트노바는 음원 모듈의 제어와 음파 발진 그리고 미디케이블의 조밀한 입출력만으로 하프시코드의 원본 음색과 거의 구분할 수 없는 모조 사운드를 냈다. 아니, 그렇게 말하는 것으로는 충분치 않다. 어떤 면에서는, 실제의 하프시코드보다 더 하프시코드 같은 소리를 들려준다고 해야 옳을 수도 있다. 물론 이것은 논리적으로 살펴볼 때 말이 되지 않는 얘기다. 모조의 숙명이란 기껏해야 원본과 유사해지는 것일 뿐 (그러니까 그 존재 함량의 극대치는 원본과 동일해지는 것, 다시 말해 완벽한 원본의 복제에 지나지 않는다) 원본 이상으로 원본 같은 형질을 내보이거나 원본에는 없는 원본의 속성으로 원본처럼 위장한다는 것은 우리들의 상식선에 어긋나기 때문이다. 물리의 세계에서는 아무리 초경량의 소립자를 가속운동시킨다 할지라도 초속 30만 킬로미터로 날아가는 빛의 속도를 뛰어넘기는커녕 거기에 다다르지도 못한다. 이 지구상의 물질계에 빛보다 빠른 입자가 나타난다면 시공간의 질서 체계와 인과율은 일거에 뒤흔들릴지도 모른다. 모조는 그 극대치의 반경 안에서 원본에 무한대로 접근해갈 수 있지만, 작금의 과학자들이 아직까지 빛보다 빠른 속도로 달리며 시간을 역류시킬 입자의 발견에 이르지 못한 것처럼 (현대 물리학에서는 '타키온'이라는 가상의 초광속입자를 상정해두고 있긴 하지만), 모조가 그 기원의 선후 관계를 뒤바꾸며 원본보다 더욱 농밀한 원본의 물성(物性)을 나타낼 수 있다는 것도 불가능한 사실로 간주되어야 한다. 그런데 과연 그런가?

예컨대 요한 세바스찬 바흐의 건반 음악들은 원래 클라비코드 (18세기까지 사용된 하프시코드의 전신 악기로, 또다시 인류사에 견준다면 호모하빌리스에 해당한다고 할 수 있다) 또는 하프시코드를 위한 레퍼토리였다. 하지만 현대에 와서는 이런 옛날 악기들 대신 피아노로 더욱 자주 연주된다. 모던 피아노가 클라비코드 또는 하프시코드의 자리를 대체했기 때문이다. 그럼에도 많은 피아니스트들이 바흐를 칠 때 클라비코드나 하프시코드의 음색과 그 모방 효과를 의식한다. 클라비코드나 하프시코드야말로 애초부터 바흐의 악상이 염두에 둔 '원전 악기'니만큼 이때

모던 피아노는 진화되고 개량되었다는 현재의 위상과는 무관하게 '모조 악기'로 전락할 수밖에 없다. 특히 로잘린 투렉이나 글렌 굴드 또는 프리드리히 굴다처럼 모던 피아노에서 하프시코드의 음색을 노골적으로 추구한 피아니스트들의 경우에는 더욱 그러하다. 바흐를 연주할 때 이들은 원곡에서 한 옥타브 올려 평소보다 높은 피치를 유지하거나 철저하게 피아노 특유의 공명과 잔향 그리고 셈여림의 대비를 억제하는 방식으로 딱딱하면서도 명징한 하프시코드의 음색을 모방하는 데 몰두했다. 거기서 피아노의 몇몇 강점에 하프시코드의 특장과 원질이 한데 겹쳐지는 건반 음향의 미학적 효과가 새로이 빚어졌다. 말하자면 이들의 연주에서는 모던 피아노의 역진화가 이루어졌을 뿐 아니라 원본에 대한 모방의 과정 자체가 더 이상 모조도, 원본도 아닌 또 하나의 존재론적 가능성을 이끌어낸 것이라고도 할 수 있다. (실제로 피아니스트 글렌 굴드는 자신이 사회를 맡은 캐나다 텔레비전의 음악 프로그램에서 하프시코드와 피아노를 결합시켜 '하프시피아노'라는 교배 변이의 신종 악기를 선보이기도 했다.)

게다가 나는 이들의 연주를 음반으로 꺼내 들을 때마다 하프시코드를 의식하고 모방한 피아노 소리가 실제의 하프시코드보다 더욱 하프시코드다울 수도 있다는 인상을 받곤 했다. 특히 바흐의 평균율곡집을 연주한 프리드리히 굴다의 피아노 소리는 적절한 꾸밈음 첨가와 명도 높은 타건 그리고 건조한 잔향 처리 등으로 오히려 하프시코드의 그것보다 한결 더 절도 있고 고풍

스럽게 들릴 정도였다. 그렇게 진작 도태당했거나 소멸하고 만 원본의 자리는 늘 비어 있고 그 빈자리를 원본에 대한 모조가 정교한 모방과 복제로 대체해온 역사를 진화라고 봐야 하지 않을는지. 그러니 비어 있는 원본에 집착해본들 집합론에서의 가무한potential infinity 같은 무한 퇴행을 부를 뿐이다. 선후 관계의 인과율은 고정되고 선형적인 현상 세계의 질서 체계를 수립하지 않으면 불안해서 견딜 수 없는 의식의 망집일지도 모른다. 불교의 유식 철학에서 가리키는 능견상(能見相)의 전식(轉識)과 경계상(境界相)의 현식(現識)이 주객관의 양분과 대립 속에서 발호하는 것은 어쩌면 그 지점에서부터일 수도 있다. 〔중관 철학이 진공묘유(眞空妙有)와 제법무아(諸法無我)의 불교적 존재론이라면, 유식 철학은 삼계허위(三界虛僞) 유심소작(唯心所作)의 불교적 인식론일 것이다.〕 그러니 계명자상(計名字相—이름과 문자에 집착하는 상)과 편계소집성(遍界所執性—개념으로 파악된 존재의 성격)으로 말미암아 청정한 마음의 눈에 미욱한 분별의 사념이 덮이면서 만법 연기의 근본인 아라야식(阿羅耶識)이 흐려지지 않을 수 없을 것이다. 거기서 나는 끝없이 아견(我見)과 무명업상(無明業相)의 폐쇄 회로를 맴돌아야 하리라.

나는 이삿짐을 정리하다 말고 뜬금없이 옹드마르트노바의 플러그를 마루 창가의 콘센트에 꽂은 후 건반의 뚜껑을 열었다. 그러고는 이삿짐들 사이에서 피아노 악보들을 찾아 그 앞에 앉았다. 우선 어쿠스틱 피아노의 음색 버튼을 누르고 니콜라이 카푸스틴과 에릭 사티의 악보집에서 비교적 쉬운 곡들을 골라 연습해보았다. 눈 뜨고는 못 봐주겠다는 말처럼 귀 열고는 못 들을 정도로 내 연주 실력은 아주 형편없었지만, 기대한 대로 키보드의 해머 이펙트가 아주 정교하다는 데서 위안을 찾아야 했다. 물론 기기 안에서 작동하는 해머 액션은 어디까지나 타건의 실감을 높이기 위한 모방의 메커니즘에 불과했지만 말이다. 그러니까 그것의 정확한 기능은 악기의 실제적인 기계 부품으로서가 아니라 오로지 연주자로 하여금 지금 어쿠스틱 악기를 다루는 중이라는 자기최면에 빠져들도록 하려는 데 있다. 새삼스러운 얘기지만, 악기 부품의 기계 작용이 어쿠스틱의 시뮬라크르를 형성하기 위해서만 이루어진다는 것은 꽤 흥미로운 일이 아닐 수 없다. 흔히 '진짜 같다'라고 하는 말은 최상의 시뮬라크르를 체험했다는 뜻일 것이다. 그 음색뿐만 아니라 옹드마르트노바의 해머 액션은 어쿠스틱 피아노의 건반으로 연주하는 듯한 감흥을 자아냈다. 말하자면 '진짜 같았다'. 하지만 다음으로 하프시코드의 음색 버튼을 누르자 건반의 해머 이펙트는 더 이상 느껴지지 않았다. 그와 동시에 공명과 잔향과 강약 조절도 건반에서 사라졌다. 멀티탬버럴의 패치 코드가 달라진 미디 데이터를 사운드 프리셋에 전송했기 때문이다. 그에 따라 사운드 모듈은 어쿠스틱 피아노의 음원과 해머 이펙트 같은 부가 기능까지 순식간에 거두어들이고 하프시코드의 패치 코드와 연결되었다. 이제 건반은 해머 이펙트 대신 플렉트럼이 현을 타는 질감의 모방으로 넘어갔다. 나는 그런 하프시코드의 질감을 손끝에 느끼며 모차르트가 다섯 살 때 작곡했다는 소품 K.33b와 바흐의 평균율곡집 1권에서 1번 프렐류드를 쳐보았다. 미래로 열린 디지털 피아노의 복제에 의하여 18세기 건반 악기의 음색이 카랑카랑하게 되살아났다.

잘 돌아가지 않는 손가락으로 나는 창가의 햇빛이 잦아들 무렵까지 쉬지 않고 피아노 연습에 푹 빠져 있었다. 그러는 동안 기기에서 재생되어 나온 디지털 음파의 진폭이 내 세포조직의 공중선에 접속되고 있다는 기분을 느꼈다. 파동이 감각 뉴런의 축색돌기 안에 파고든 후 무수한 하전입자들로 망울지며 교감신경계의 전산망을 타고 원자핵에서 튕겨져 나온 전자처럼 달린다. 외부에서 날아든 파동은 인체의 성층권에 진입할 때는 마찰과 저항의 화학 반응에 따라 낱낱의 입자로 변할 수도 있을 것이기 때문이다. 이것은 지구의 대기권을 통과하며 대기 속의 여러 물질들과 상호작용을 거친 2차 우주선(宇宙線)에서 다량의 고에너지 미립자들이 검출되는 것과 같은 이치일 수 있다(미립자와 방사선의 이중 성분으로 이루어진 우주선은 파동인가, 입자인가?). 하지만 이 하전입자들은 미세한 전류의 발산을 통해 체내의 세포조직에서 다시 파동처럼 활성화되지 않을 수 없을 것이다. 그리고 그것은 점진적으로 또렷해져가는 전자기파를 내 몸에 퍼뜨릴 것이다. 나는 일종의 자기감응(磁氣感應)처럼 각각의 체세포들이 이전보다 훨씬 강한 파동의 성향을 띠게 될 거라고 생각했다. 디지털 음파와의 접속과 교감을 통해 체내에 투입된 소리 에너지가 파동성을 확장하면서 결국 우리 몸이, 사람이, 인간존재가 하나의 파동으로 회귀하도록 유도할 수도 있다는 생각은, 별다른 과학적 근거가 없을지는 몰라도 흥미진진하고 야릇한 상상임에 틀림없다. 그런 상상 속에서는 모든 물질계가 파동의 원형질을 되찾기 위한 예비 단계에 지나지 않게 된다. 육안으로는 텅 비어 있는 것처럼 나타나는 진공이 기실 입자들의 운동과 결합으로 충만한 미시적 물질계이듯 눈에 보이는 물질계 또한 비물질적인 파동으로 무화될 가능성을 안고 있거나 이미 그 근저에 파동의 중핵을 내장하고 있을지도 모른다. 그러한즉 공불이색 색불이공(空不異色 色不異空), 공은 색과 다르지 않고 색도 공과 다르지 않다. 지속적으로 디지털 음파에 자극받은 생체 조직은 소리 에너지와 체세포분열의 자기감응 속에서 미약하게나마 파동의 유전자를 배양할 수도 있다. 어쩌면 우리가 다음 세기에 맞아야 할지도 모를 진화란 그런 방향에 따라 이루어질 수도 있을 것이다.

그 무렵 나는 「나는 나다」라는 연작시를 새로 써보려는 참이었다. 내가 구태여 조용하고 호젓한 동네를 찾아 이사해야겠다고 마음먹은 까닭도 모두 이 연작시에 집중해보려는 데 있었다. 집주인의 덕담처럼 새로 이사한 이곳 야산 자락의 주택가가 다른 동네에 비해 훨씬 한적한 것은 사실이었다. 하지만 의욕만큼 작품의 물꼬는 쉽게 트이지 않았다. 나는 '나는 나다'라는 화두를 내세워 어떤 시대의 흐름 속에서도 시인이라는 창조적 예술가가 결코 저버릴 수 없을 개별자로서의 자의식이나 독존 의식 같은 것을 담아보고자 했다.

요사이 많은 식자들이 주체나 자아의 시대는 저물었다고 떠들어대는 모양이다. '나'는 내가 아니며 내가 모르는 다른 누군가일 것이라는 주장도 탈주체의 논리라는 이름으로 횡행한다. 심지어 이런 생각이 타자를 향한 반성의 윤리라는 변설도 항간에 나도는 것 같다. 주로 현대의 서구 사회에서 나온 철학적 담론들이다. 물론 서양의 역사가 타자에 대한 억압과 폭력으로 점철된 주체의 역사라는 주장은 옳다. 서양의 주체들은 정치에서도, 종교에서도, 과학기술에서도 타자와 대립된 주체성의 과잉으로 숱한 과오와 패악을 저질러왔다. 이들이 내세운 주체의 신화 밑에서 수많은 식민지의 원주민들과 이교도들과 초이성적 사유들은 타자로 낙인찍혀 짓밟히고 말살당하기를 거듭했다. 그러다 어느 순간부터 이들은 주체를 앞세워 범한 그동안의 과오와 패악에 심한 위기감을 느꼈는지, 아니면 해먹다 해먹다 질려 양심의 가책에 시달리게 되었는지, 그것도 아니라면 몇몇 석학들이 존재와 인식에 관해 오묘한 발견이라도 한 것인지, 난데없이 탈주체와 타자의 의미를 들먹이기 시작했다. 그러더니, 주체가 없다고 하면서도 바로 그 주체의 힘에 기대어 자기들만의 역사적 굴곡에서 연유한 탈주체와 타자의 사유나 반성을 전 세계적으로 보편화하려 들었다. 말하자면 자기들의 죄의식을 철학적으로 포장하여 그 울타리 바깥에 있는 사람들까지도 주체성과 아상(我相)의 공범으로 끌어들여놓고 존재와 세계에 대한 반성을 부추기면서 은밀히 그동안의 과오와 패악으로부터 자유로워지려 한 셈이었다고 할 수 있다. 어느 정도 양보해서, 이들이 그러는 건 그럴 수 있다손 치더라도 우리까지 그 장단에 놀아나는 것은 사뭇 우스꽝스러운 노릇일 수밖에 없지 않겠는가.

설령 사유의 발생 배경을 떠나 이런 탈주체의 존재론이 여러 의미에서 옳다고 해도 나는 한 사람의 시인으로서 이런 생각에 결코 동조할 수 없었다. 하나의 담론은 보편적이고 일반적인 한 시대의 존재 양상을 겨냥해서 포획하려 들기 마련이다. 하지만 시인 또는 창조적 예술가는 이와 같은 탈주체적 담론의 포충망에 걸려들 수 없는 예외적 존재가 아닐까. 예술적인 상상력과 형상화는 지극히 독존적이고 창의적인 의식의 결실일 수밖에 없을 것이기 때문이다. 그것은 일정 부분 외부 세계와의 거리 두기나 단절을 필요로 한다. 외부 세계와의 거리 두기나 단절에서 내가 나라는 게 좀더 확연해질 수 있다. 그리고 내가 나라는 게 확연해질 때라야만 비로소 새로운 세계의 창작에 들어갈 수 있는 여지가 생겨난다. 창작은 그 정도로 명철한 내 존재와 자아의 투사여야 할 테니까. 창작 세계의 모든 것은 독존적이고 창의성 넘치는 '나' 개인의 '순수의식'에서 빚어지지 않으면 안 될 것이다. 그렇지 않다면 그것은 필경 자기만의 세계를 드러내 보이는 데

실패한 가짜거나 창의성의 도둑질로 판명 나야 할 것이다. 그러니 창작자 '나'는 투철한 창조적 주체성의 대표 단수여야 한다. 특히나 탈주체성의 사론(邪論)이 득세하는 요즘 세계에서는 순수한 창작 의식의 오염을 경계하기 위해서라도 '나는 나다'라는 화두가 더욱 긴요할지도 모른다.

이 세계와 교신하는 것은 순전히 나의 감각기관들이다. 나는 이렇게 흡수한 감각의 편린들을 의식에 취합하여 독자적인 상상력의 기점들로 거듭날 수 있도록 갈무리한다. 물론 불교에서는 안이비설신(眼耳肥舌身)의 전오식(前伍識)에 비친 이 세계의 실체란 가합(假合)에 불과하다고 했으며 삼법인(三法印)도 제법(諸法)에는 자아가 없음(無我)을 못 박아두고 있긴 하다. 하지만 이 세계의 실체가 가합에 불과하다는 사실과 모든 존재들에게는 고유한 자아가 없음 따위를 밝혀 보이는 주체적 관점이 엿보인다는 점에서 위의 주장 역시 명철한 자아의 그림자를 내보인다고 하지 않을 수 없다. 이것은 역설적이긴 하지만 '절언지언'의 예와 마찬가지로 불가피한 노릇이기도 하다. 말을 끊으라는 말도 끊어야 할 말(絶言之言)에 지나지 않는다는 역설에서 벗어날 수 없지만, 그렇다고 무작정 입을 다물고만 있으면 어떠한 방법으로도 그런 사유의 흔적을 남길 길이 막연해질 것이다. 그래서 반야의 세계에서는 관자재(觀自在)의 중요성을 강조하는 것일지도 모른다. 관자재란 내가 스스로를 꼼꼼히 살피고 들여다보는 일이다. 자아가 없다고 말하는 것도 자아요, 말을 끊어야 한다고 말하는 것도 말이라는 재귀(再歸)의 역설이 언제나 도사리고 있는 탓에 스스로를 꼼꼼히 살피고 들여다보는 관자재의 덕목이 불가결해질 수밖에 없을 것이다. 유식 철학에서 제8식 아라야식을 가장 문제적이고 논쟁적으로 보는 까닭도 어쩌면 이것이 관자재의 덕목에 따라 스스로를 보는 스스로의 의식, 즉 '나 자신'에 대한 메타 의식이었기 때문일 수 있다. ('무아'는 '자아'의 메타적 표현 가운데 하나일 것이다.) 시인이 창조적 주체로서 딛고 있는 자아의 자리는 다름 아닌 아라야식의 지점일지도 모른다. 언어에 의해 언어를 버리기 위해서라도(因言遣言) 언어에 대한 언어를 고쳐 쓰지 않을 수 없는 것과 마찬가지로, 시인은 자아와 주체의 무상함과 덧없음을 깨닫고 표현하는 예외적 자아이자 예외적 주체일 것이다. 그러니만큼 시인의 자아의식과 주체성은 그 어떤 존재보다도 독창적이고 명철해야 하리라.

그런데 그러자면 물질적 토대로서의 아늑한 골방이 필요하다. 왜냐하면 독존적인 자아와 주체는 외부와 격절된 공간성의 내향적 지표로 보이기 때문이다. 오로지 골방에서만 자아와 주체는 창조적으로 활발해질 수 있다. 더욱이 시 창작은 두말할 나위도 없이 철저한 골방의 작업이다. 어느 프랑스 철학자의 표현처럼 천문학자가 천체망원경으로 이미 관측된 근거리의 성좌들을 겨우겨우 살피는 동안 시인은 등잔의 불빛만이 가물거리는 골방의 외로움 속에서도 수억 광년 떨어진 우주의 비경을 시원적인 몽상의 광속으로 가로지를 수 있다. 그렇다면 골방의 고립과 격절은 오히려 시인의 천체를 화엄의 인드라망처럼 더욱 풍요롭고 활기차게 잣는 별자리들의 바탕일 것이다. 비좁은 골방의 외로움과 적요 속에서 오히려 시인의 우주는 눈부신 플레이아데스 성단 이상으로 광활하고 찬연하게 열릴 것이다. 그러니 온전히 시에 집중하려면 소음은 물론이고 어떠한 외부의 자극도 내가 머문 공간 속에 난입하도록 방치할 수 없다. 시 쓰기는 고독하고 적막한 골방에서 펼쳐져야 할 우주의 현시이다. 그렇게 외부와의 교신이 두절된 골방 속에서 나는 나만의 언어 표현과 의식 활동에 몰입한다. 오로지 그럴 때만 시는 내 안에서 태어날 수 있다. 하지만 시가 내 주관이나 제어와 동떨어져 저 혼자 태어나는 것은 결코 아니다. 수백억 년 전 까마득한 태곳적의 천체에 처음으로 등장한 별들도 자기 혼자 저절로 태어난 게 아니었다. 물리적으로야 두터운 우주의 구름들 속에서 수소 가스의 분자 교환과 석질운석 같은 성간 물질들이 결합한 후 여기에 수소 핵융합과 중력 붕괴가 이어지면서 별들이 자동적으로 생겨났다고 할 수 있을지도 모르지만 이런 탄생의 경위를 통솔한 것은 인간이 도저히 헤아릴 수 없는 (우주 현상 중에서 인간의 척도로 헤아릴 수 있는 것은 사실 아무것도 없다. 우주 비행사들의 증언에 따르면, 우주 공간에서 그들을 가장 먼저 당혹스럽게 한 것은 상하좌우 같은 지구의 방위 개념을 그 어디에도 적용할 수 없는 점이었다고 한다. 그뿐 아니라 중력과 지평에 갇힌 인간들의 눈으로는, 밑도 끝도 없는 허공 속에 붕 떠서 정밀한 궤도함수에 따라 운항하는 행성들의 존재 양태부터도 신비스러워 보이지 않을 수 없다) 우주의 섭리 또는 우주심(宇宙心)이었다. 우주심이야말로 억겁이 쌓인 이 천체에 무진장의 별들을 퍼뜨려놓은 창조주였다. 새로 생겨나는 모든 것에는 태초의 창조주가 있다. 그리고 시도 예외가 아니다. 그 시의 창조주는 나다. 시 속에는 그 무엇으로도 대체되지 못할 나의 독자적 유전형질이 아로새겨져 있다. 그래야만 나만이 창조할 수 있는 하나의 언어적 우주라는 말에 값할 수 있을 것이다. 사람들은 그토록 독자적인 응집의 언어들을 시라고 부른다. 그 언어들은 오로지 내게서만 분출될 수 있는 영혼의 자취이자 혈흔이어야 한다. 나는 외부의 난입이 차단된 골방 속에서 그런 시의 우주를 펼쳐놓고 아무도 보이지 않는 단멸의 공간 속을 나 홀로 외로이 유영한다. 시의 우주는 독존적인 나의 우주다. 내가 나로 존재한다는 사실을 확인하는 것은 오로지 시를 쓸 때뿐이다. 그러자면 조용한 골방이 필요하다. 나만의 골방은 시의 우주가 펼쳐질 수 있는 빅뱅의 모태이기 때문이다. 빅뱅 이전은 언어도 없고, 시도 없고, 나도 없는 태곳적의 적요다. 태곳적의 적요 속에서만 빅뱅은 일어날 수 있다.

새로 이사한 야산 자락의 이 집이 내가 찾는 골방이 될지 아닐지는 아직 알 수 없었다. 하지만 여전히 시상의 실마리는 마음먹은 대로 풀리지 않았다. 그렇다고 집 바깥의 소음이나 다른 자극 따위에 창작의 주의가 침해받아서는 아니었다. 동네는 여느 곳보다 괴괴하고 한적해서 낮은 볼륨으로 라디오를 틀어놓고 작업하기에도 딱 알맞은 주거 환경일 듯했다. (나는 평소 아주 낮은 볼륨으로 클래식 FM을 틀어놓고 작업하는 습성이 있다.) 그런 주거 환경이 주어졌는데도 시의 행들이 내 안에서 넉넉히 솟아 나오지 않는다는 게 문제였다. 나도 왜 시가 의욕만큼 제대로 풀려 나오지 않는지 아리송했다. 아침 일찍부터 오랜 시간 동안 책상 앞에 붙어 앉아 낑낑거려봤지만 오후에 이르도록 나는 마음에 드는 시행을 단 한 줄도 더 뽑아내지 못했다. 심신이 몹시 고단해졌다. 휴식이 필요했다. 노트북을 덮고 라디오의 볼륨을 조금 키웠다. 클래식 FM에서는 그 시간대에 현대음악 연속 감상 코너를 내보냈다. 이 코너에서는 진기한 현대음악들을 더러 접할 수 있었는데, 최근에는 유리 아르바차코프라는 러시아 작곡가의 나노 뮤직을 소개받기도 했다. 이번 시간에는 슈토크하우젠의 「접촉Kontakte」이라는 전자 음악이 흘러나왔다. 과연 현대의 전자 음악답게 산발적이고 기괴한 전자 음향의 파열음들이 단속적으로 출몰했다. 자극적인 파열음들 밑으로 시종일관 음산하고 몽롱하게 깔리는 일렉트로닉 노이즈의 배음이 귀에 들어왔다. 그것은 마치 전자 음향으로 모사한 바람 소리처럼 들렸다. 하지만 그게 만일 바람 소리라면 이 지구상의 자연에서 부는 바람 소리를 모사한 것은 아니지 않을까 싶었다. 전자 음향이 요령부득의 파열음들 밑에 배음으로 깔리면서까지 구태여 우리 주변에서 흔히 들을 수 있는 자연의 소리를 따라하려 들 까닭

이 없어 보였기 때문이다. 그렇다면 슈톡하우젠의 전자 음향은 무엇을 모사한 것일까? 전자 음향 바깥에는 그것이 따로 모사해야 할 별도의 대상이 없을 수도 있다. 부득불 모사 또는 모방의 논리에 맞춰 따져봐야 한다면 전자 음향은 그저 전자 음향을 모사하거나 복제하는 데 불과할 것이라는 말이다. 그러니까 내가 바람 소리와 비슷하다고 들은 이 곡의 배음은 자연의 바람 소리와는 아무 상관없이 전자 음향의 세계 내부에서 부는 바람 소리일 수도 있다. 이 곡을 내보내기 전 진행자도 현대 음악에 이르자 작곡자는 더 이상 선험적으로 놓여 있는 악기에 얽매이지 않고 이젠 음향까지 자신의 작의에 따라 창조해서 사용하는 단계에 이르렀다며 전자 음악이 그런 조류와 경향을 가장 분명하게 드러낸다고 설명했다. 그렇다면 전자 음악은 현실에서 전혀 존재하지 않는 소리를 새로이 빚어내려는 사운드 창조의 실험이라고 봐야 할 것이고 이 곡에서 들려온 바람 소리도 자연에서는 들을 수 없지만 작곡자가 당대의 전자 악기들로 (아날로그 신시사이저의 가변필터나 멜로 코드—하모나이저의 음고를 이리저리 조합하고 전이해봤을 듯) 창조한 배음 효과로서의 바람 소리일 것이다. 하지만 나는 자연에서 들을 수 없는, 즉 이전에는 우리 주위에서 자연음으로 존재한 적이 없는 전자 음향을 듣고도 어떻게 이토록 그것이 바람 소리라고 확신할 수 있는 것일까? 글쎄, 그런 확신은 한순간의 개인적인 인상에서 연유했을 뿐이다. 그게 객관적으로 바람 소리일 수 있는지 아닌지는 솔직히 나도 단언하지 못할 문제이다(이 경우에 곡 중의 노이즈가 누구에게나 바람 소리로 들릴 수 있을 만한 음향인지 아닌지를 가늠해줄 객관적 판별 기준에 대하여 논하는 것은 무의미하다고 봐야 한다. 왜냐하면 애초부터 이 음향에는 모사의 원본이 부재할 것이기 때문이다). 누구의 귀에는 향유고래의 노랫소리로 들릴 수도 있을 것이고 또 다른 누구에게는 가청주파수의 음역에 맞춰 변환한 방사 에너지 파장과 물질계 사이의 마찰음으로 여겨질 수도 있을 것이다. 말하자면 그것은 청각적 상상력의 매개 항수에 지나지 않을지도 모른다. 하지만 여기서 흥미로운 것은 내가 자연과 현실에서 들어본 적이 없는 이질적 음향임에도 나는 그 소리를 어떻게 해서든 내 기억과 의식에서 애써 복원하려 했다는 점이다. 낯선 것을 낯익은 것으로 치환해서 동일화하려는 방어기제의 작동 때문이었을까? 아마도 그렇지는 않을 것이다. 나는 이미 그것이 지구상의 자연에서 찾을 수 없는 바람 소리라고 전제했다. 내가 만일 낯선 것을 낯익은 것으로 치환해서 동일화하고자 했다면 그 노이즈를 단순하게 전자 악기에 의한 자연의 모사라고 파악했어야 옳다. 하지만 나는 그러지 않았다. 그렇다면? 내가 직감적으로 파악하기에 그 소리는 내가 전혀 기억하지도 못하고 의식할 수도 없는 내 기억과 의식에서 들려온 것 같았다. 내가 전혀 기억하지도 못하고 의식할 수도 없는 나의 기억과 의식. 말하자면 내가 전혀 들어본 적이 없는 우주 공간 또는 다른 별들의 바람 소리. 나는 나에 불과하지만 나의 심식(心識/深識)

속에는 내 너머의 기억과 의식이 간직되어 있을지도 모른다. 이때 '내 너머'는 특정 인격체들의 유전형질이 아니라 어쩌면 우주 자체의 유전자를 가리키는 말일 수도 있다. 말하자면 때 묻을 수도 있지만 청정해질 수도 있는 아라야식의 상위 영역. 유식 불교는 그것을 여래장(如來藏)의 아말라식(阿末羅識)이라고 부른다고 했다. 그리고 아말라식은 우주심의 다른 표현일 수도 있다. 내 안에는 (우리 안에는) 내가 (우리가) 미처 깨닫지 못하는 우주심의 자량(資糧)이 있어 언제고 그 원음에 귀를 열 수 있는 게 아닐지. 그리하여 그토록 낯설고도 낯설지 않은 소리들의 음조와 파장을 통하여 영원히 나는 (우리는) 우주와 맞닿아 있을 수 있는 게 아닐지. 그게 원래 무슨 의미로 지어졌든, 현대의 전자음악가 슈토크하우젠의 이 곡에 '접촉'이라는 제목이 붙어 있다는 것은 내게 퍽 의미심장하고 우연치 않은 사실처럼 여겨졌다.

하지만 별안간 머리가 아파왔다. 지금은 머리를 식혀야 할 때였다. 음악은 계속되고 있었지만 나는 이 곡에 더 귀 기울이고 싶지 않았다. 그래서 다른 주파수로 이리저리 다이얼을 옮겨보았다. 클래식 FM 이외에 마땅하게 머리를 식히며 들을 만한 음악 방송은 없어 보였다. 그래서 차라리 야산 중턱까지 산책이나 다녀오는 게 낫겠다는 생각이 들었다. 집을 나선 이후에도 내 귓가에는 수억 광년이 넘는 시공간상의 거리로부터 날아왔을 전자 음향의 바람 소리가 계속 맴도는 것 같았다. 정작 나의 시상을 방해하는 것은 외부의 소음들이 아니라 괴이하고도 친숙한,

바로 그 바람 소리였다.

무성한 잡풀들 사이로 완만한 산비탈에 가지런한 목조 계단의 통로가 트여 있는 게 보였다. 나는 비탈길의 목조 계단을 밟아 올라가며 야산 중턱으로 향했다. 아직 이른 시각이어서인지 비탈길을 오가는 사람들은 거의 눈에 뜨이지 않았다. 길섶의 잡목 덤불에서 이름 모를 산새들이 지저귀고 있었을 뿐 창백하게 오후의 햇살이 비껴들고 있는 야산의 숲가는 꽤 평온하고 적막해 보였다. 목조 계단이 끝나는 지점에서 평평한 산마루가 나타났다. 나는 그 산마루를 가로질러 비자나무가 우거진 숲속의 비탈길로 다시 접어들었다. 비탈길을 완만하게 거슬러 올라가는 잠시 동안 비자나무숲을 뒤흔들며 드센 산들바람이 불었다. 나무의 잎사귀들이 그 두터운 바람결에 나부끼며 일제히 두런거리는 듯한 소리를 냈다. 그것은 바람의 고유음이 아니라 바람의 흐름에 휩싸여 나뭇가지들의 잎사귀들 사이에서 생겨난 마찰계수의 음파였을 뿐이다. 이처럼 일정한 풍속과 공기 저항과 진동의 얽힘이 소리를 퍼뜨리긴 해도 자연에서 부는 바람 자체에는 고유한 소리가 없다. 바람에서 자체적으로 소리가 난다고 믿는 것은 아견(我見)이 꾸민 나의 착각에 지나지 않는다. 그러니 바람 소리의 완벽한 모방은 소리의 외관을 따라하는 데만 치중하면 허술해질 뿐이며 오로지 그런 소리가 날 수 있는 물리적 얽힘의 상황을 조성해야 비로소 가능해질지도 모른다. 바람 소리에는 존재의 공색(空色)이 하나도 아니고(不一) 그렇다 해서 쪼개져 있지도 않은(不異) 혼거의 양상으로 뒤엉켜 있기 때문이다. 실체를 포획할 수 없는 바람 소리의 자성(自性)은 근본적으로 공(空)하지만 그 공터에서 반연(攀緣)의 씨와 날이 얽히며 색(色)의 존재 양태를 이루고 공과 한 몸으로 포개진다. 따라서 내가 '바람 소리'라고 부른 것은 덧없는 현식(現識)의 계명자상(計名字相)에 불과하니 바람 소리가 아니지만 여전히 틀림없는 바람 소리이기도 하다, 또는 바람 소리가 맞지만 바람 소리가 아니기도 하다. 여전히 내 귓가에서 이명처럼 윙윙거리는 전자 음향의 바람 소리가 그러하다며 나를 일깨워주는 것 같았다. 그 일렉트로닉 노이즈의 배음은 나로 하여금 바람 소리라는 가청음파의 상(相)을 떠올리게 하긴 했지만 실제로 전자 음향에서 바람 소리의 상을 보도록 한 것은 내 업식(業識)의 능분(能分)이 아니라 그것의 너머에서 온 인지나 심식의 작용임에 틀림없다. 비자나무숲에서 접한 산들바람은 전자 음향의 바람이 아니었다. 바람이 불 수 없는 전자 음향의 세계 속에서는 바람이 불지 않아도 바람 소리가 날 수 있다. 모든 상에 상이 없거나 그것은 상이 아니라는 역설의 상을 볼 수 있어야 했다. (『금강경』에 이르기를, 모든 상이 상이 아님을 볼 수 있다면 그 즉시 부처와 만날 수 있다고 했다—若見諸相非相 卽見如來) 공기가 없는 우주 공간에는 바람이 일지 않는다. 하지만 바람 소리가 들려올 수는 있다. 내가 전혀 기억하지도 못하고 의식할 수도 없는 내 기억과 의식은 틀림없이 우주의 바람 소리를 수신한 후 거기에 귀 기울였다. 그러니 우주 공간에 바람이 불지 않는다고 해서 바람 소리까지 부재한다고 단정 지을 수는 없을 것이다. 초광속입자 타키온이 빛보다 빨리 달릴 때 시간이 역류하고 공간이 굴절될 수 있는 것과 마찬가지로 우주에서 날아온 바람 소리는 바람에 앞서가며 나의 무명업상(無明業相)을 거스르려 한다…… 인적이 없는 비자나무숲가의 산들바람은 내가 서성거리고 있는 자리에 더욱 괴괴하고 쓸쓸한 고립감의 한기를 몰고 오는 것처럼 느껴졌다. 나는 고립감이 좋다고, 외로운 게 좋다고 일부러 소리 내어 웅얼거렸다. 그러고는 솟아나지 않는 시상에 매달리며 비자나무들 사이로 다소 울퉁불퉁하고 비탈져 있는 숲길을 이리저리 돌아다녔다. 그렇게 고즈넉한 숲길을 돌아다 보니, 풀리지 않은 싯줄들의 실마리가 잡힌 것은 아니지만 한결 머리가 개운해지는 것 같긴 했다.

그때였다. 맑은 하늘에 번개라도 내리친 것처럼 위에서 뭔가가 번쩍했다. 나는 재빨리 하늘 위로 고개를 쳐들었다. 알 수 없는 비행물체 한 대가 어디론가 초고속으로 날아가고 있는 게 보였다. 방금 전 위에서 번쩍인 것은 아마도 그 비행물체가 발산한 섬광이 아니었을까 싶었다. 비행물체는 공중에서 흔히 볼 수 있는 유선형의 비행기가 아니라 날개도 달리지 않은 은색의 원반형이었다. 게다가 이 비행물체의 후미에서는 일반적인 비행기들과는 달리 기류 분사의 항적도 전혀 보이지 않았고 소닉붐도 들려오지 않았다. 순간적으로 이것이 말로만 듣던 미확인 비행물체, 즉 U.F.O.일지도 모른다는 생각이 들었다. 휴대폰 카메라로라도 하늘 위의 비행물체를 찍어두고자 서둘렀지만 내가 휴대폰을 꺼내 들었을 때는 이미 비행물체가 시야에서 사라지고 난 직후였다. 나중에는 내가 도무지 무엇을 보았는지조차 어리둥절해질 정도로 하늘 위의 비행물체에 시선이 닿은 것은 너무나도 짧은 순간이었다. 실제로 미확인 비행물체를 목격한 것일 수도 있었지만 귓가를 어지럽히는 전자 음향의 바람 소리와 싸우며 시상과 언어의 채집에 몰두하다 보니 정신이 살짝 어지러워져서 난데없이 헛것을 보았을 수도 있는 노릇이었다. 하지만 방금 전 내 눈가에 번쩍하고 작렬한 섬광만큼은 분명히 내 시신경에 강력한 전기 신호로 전해져 대뇌피질의 해석을 요구한 현실상의 물리적 데이터였다. 이후에 목격한 정체불명의 비현실적 비행체는 시신경에 의한 섬광의 수용까지도 한순간의 환시(幻視)로 몰아가며 나의 대뇌 활동을 요령부득의 혼란 속에 빠뜨리고 말았다. 어쨌든 비자나무의 숲길을 산책하며 차츰 회복되어가던 나의 기분은 급격한 기복을 타고 일순간에 미끄러졌다. 다시금 까닭 모를 불안감이 나를 내리눌렀다. 그래서 황급히 비자나무숲을 빠져나와 야산 중턱에서 내려와야 했다.

동네 어귀로 통하는 목조 계단에 이르렀을 때 나는 산 중턱을 향해 거슬러 올라가려는 듯한 행인과 처음으로 마주쳤다. 행인은 양쪽 귀에 큼지막한 오픈형 헤드폰을 쓰고 있는 삼십대 초반의 사내였다. 사내는 내게 다가오더니 뜬금없이 이 부근에서 혹시 은색 원반형의 비행물체를 목격하지 않았느냐고 물었다. 그러고 보면 미확인 비행물체를 목격한 사람은 비단 나 혼자만이 아닌 모양이었다. 하지만 나는 공연히 기분이 야릇해져서 아무 대답도 하지 않고 고개만 절레절레 흔들어 보였다. 내 반응에 잠시 머리를 갸우뚱거린 사내는 다시 한 번 내게 이 부근에서 혹시 은색 원반형의 비행물체를 보지 못했는지 확인하려 들었다. 나는 이번에는 입을 열어 보지 못했다고 확실히 답해준 후, 왜 그런 걸 나한테 자꾸 묻는 거냐고 퉁명스런 어조로 되물었다. 그러자 사내는 실례 많았다면서 다시 산비탈로 걸음을 옮겼다. 나와 잠시 말을 주고받는 동안에도 사내의 오픈형 헤드폰에서는 요란스런 음악 소리가 계속 새어 나오고 있었는데 묘하게도 그것은 비트가 보강된 전자 음향의 리프나 무한 반복의 오스티나토처럼 들렸다. 야릇하다 싶은 예감이 들어 나는 동네 어귀로 향하다 말고 불현듯 뒤쪽을 돌아보았다. 벌써 산마루로 넘어갔는지 큼지막한 오픈형 헤드폰의 사내는 이미 목조 계단에서 사라지고 더 이상 보이지 않았다. 나는 다시 발길을 돌려 동네 어귀에 들어섰다. 집으로 돌아오기 전 동네 어귀의 어느 단층집 앞에서 대나무 줄기에 매달려 있는 적색 깃발을 보았다. 대문 앞에는 만(卍) 자를 담은 사각 틀의 한지도 한 장 붙어 있었다. 비록 간판이 붙어 있지는 않았지만 아마도 그 집에는 신을 모시는 무당이 살고 있는 모양이었다. 골목 안으로 불어온 바람결에 가느다란 대나무 깃대가 흔들리면서 음산하게 적색 깃발이 펄럭거렸다. 나는 잠시 동안 그 대나무 깃대 앞에 머물러 있다 집으로 돌아왔다.

야산 중턱의 비자나무숲까지 산책을 다녀왔지만 여전히 시상의 가닥은 오리무중이었다. 별다른 소득 없이 도중에 엉뚱하게도 미확인 비행물체하고나 맞닥뜨렸을 뿐이었다. 미확인 비행물체를 목격한 일은 내 안에서 어떤 혼란과 불안감만 부풀렸을 뿐 정작 내가 순조롭게 시행을 풀어가는 데 이렇다 할 자극이나 환기의 체험으로 와 닿지는 않은 것 같았다. 나는 책상 앞에 앉아 바로 노트북의 전원을 켜려다 말고 일단 라디오부터 틀었다. 다이얼은 평소 듣지 않는 주파수에 맞춰져 있었다. 클래식 FM에서 옮겨 간 다이얼의 주파수는 내 귀에 무척 낯선 음악을 내보내는 중이었다. 그것은 일정한 곡조가 없다는 의미에서 음악이라기보다 차라리 음향에 가까웠지만 그 음향의 밑자리에는 지속음의 규칙적인 산포와 응집 그리고 배음의 변화 속에서 희미한 내재율의 박자감이 깔리고 있었다. 또한 몇 시간 전부터 이명 현상처럼 내 귓가에 맴돌기 시작한 전자 음향의 바람 소리와도 비슷했다. 내가 공통적으로 이런 음향들에서 피안의 아스라한 바람 소리를 연상한 까닭은, 음파가 매질을 가로지를 때 내는 전파속도 이상의 고속, 즉 초음속으로 날아가는 비행물체들의 소닉붐과 이 전자 음향들이 청각적으로 유사하다는 인상을 받았기 때문일 것이다. 초음속의 소닉붐은 멀리서 희미하게 들으면 강도 높게 휘몰아치는 바람 소리와 비슷해진다. 공기 저항에 부딪힌 고속의 파장은 소리로 변환되어 다시 공기 속을 주행하고 바람은 공기 밀도의 변화나 물질계와 얽혀 발생한 음속으로 매질을 가로지른다. 내가 전혀 기억하지도 못 하고 의식할 수도 없는 내 기억과 의식. 훈습종자(薰習種子)를 거스르며 씻어내는 여래장의 아말라식. 물론 기본적으로야 미디 시퀀서의 인위적인 사운드 조작에서 그런 공통점이 생겨났을 테지만 이 정체 미상의 음향이 슈토크하우젠의 전자 음악 「접촉」과 확연히 구별되는 특징이라면 무엇보다도 난삽한 파열음들이나 전자 소음 따위의 돌출이 없어 한결 평온하고 신비롭게 들린다는 점이었다. 그렇다고는 해도 음향은 심해의 산란층에서 반사된 소리의 파동이나 머나먼 귀곡성(鬼哭聲)과도 같이 퍽 낯설고 으스스한 청감(聽感)을 자아냈다. 나는 클래식 FM으로 다이얼을 돌리려다 말고 한동안 그 음향에 귀 기울여보기로 했다. 전자 음향의 바람 소리는 다시 한 번 불안하고 혼란스런 풍향으로 나의 오온(五蘊)과 심식을 휘감기 시작했다. 아말라식과 원음으로 교신하는 우주심처럼 이 소리는 저 멀리 우주에서 들려온 미지의 음향일 것임에 틀림없다는 생각이 들었다. 이윽고 음향이 끝났다. 곧바로 진행자의 목소리가 튀어나왔다. 나는 방금 방송된 음향의 정체가 몹시 궁금해서 진행자의 말에 주의를 집중해보았다. 진행자의 설명은 이런 나의 예견이 옳다고 확인시켜주었다.

"방금 들으신 이 음악, 아니 차라리 그냥 소리라고 해야 맞겠는데요, 아무튼 이 소리는 1991년도 우주무인탐사선 보이저 2호가 목성에서 녹음한 후 미 항공우주국에 전송해온 우주의 음향이었습니다. 보이저 2호는 목성뿐만 아니라 토성 · 천왕성 · 해왕성 탐사까지 끝내고 태양계 너머와의 경계 지대라는 헬리오시스까지 진입했다고 하는데요, 지구에서부터 해왕성까지의 실제 거리가 약 44억 킬로미터, 이것을 광속으로 환산하면, 1초에 지구를 일곱 바퀴 반이나 도는 빛의 속도로 날아가도 대략 네 시간 넘게 걸린다고 하니 보이저 2호가 아무리 무인탐사선이라지만 실로 광활한 우주여행을 하는 중이라고 할 수 있을 겁니다."

얼마나 광활한 거리인지 상상해보라는 듯 진행자는 과장 섞인 탄성과 함께 그쯤에서 잠시 멘트를 끊었다. 나는 광활한 우주 공간의 상상보다 진행자의 목소리에 더 주목했다. 어쩐지 어디서 들은 적이 있는 듯한 음성이었기 때문이다. 하지만 내 기억은 가물거리기만 할 뿐 이 목소리를 어디서 들은 적이 있는지 끝내 떠올리지 못했다. 다시 진행자가 말을 이었다.

"하지만 지금까지 인간이 관측한 별들 중에서 가장 거대한 별로 알려져 있던 VV 시퍼이 A, 이 VV 시퍼이 A보다 조금 더 거대한 행성이 얼마 전 큰개자리에서 발견되었다고 하는데요, 그 이름은 VY 캐니스 메이저리스라고 한다는군요. VY 캐니스 메이저리스가 이토록 어마어마해진 것은 아마도 지금 이 별의 나이가 적색거성의 시기에 이르렀기 때문일 텐데요. 아무튼 이 별 하나의 지름은 무려 30억 킬로미터로 이 태양계 길이의 3분지 2까지를 더한 거리의 총합에 해당할 정도라고 하네요. 정말 상상을 초월하는 크기가 아닐 수 없죠. 이 별의 어마어마함에 견주면 우리의 거대한 태양도 티끌 한 점만 한 크기에 불과해진다는군요. 그러니 보이저 2호가 44억 킬로미터 떨어진 해왕성을 넘어 헬리오시스까지 진입했다고 한들 이 별 하나의 지름과 비교하면 광활한 우주여행이라는 말이 참으로 헛헛하구나 싶다는 생각도 문득 듭니다. 수만 리를 오갔다고 우쭐거렸지만 결국 부처님 손바닥 위에서 한 치도 벗어나지 못한 『서유기』 속의 손오공이 연상되기도 하구요. 한번 생각해보세요, 우리 태양계에서 가장 큰 별은 지구보다 자그마치 109배의 지름 크기와 130만 배의 부피 차이가 나는 태양인데 그 태양도 VY 캐니스 메이저리스에 비하면 티끌 한 점만 해진다고 하니, 태양에 비해서도 그토록 작은 지구 그리고 그 지구에 오글오글 모여 사는 인간들은 얼마나 하찮은 크기로 작은 것일까요. 인간들에게 원자핵 속의 양성자나 중성자 또는 전자가 너무나도 극미한 마이크로코스모스인 것처럼 우주의 관점에서도 지구나 인간들은 아마 분자나 원자의 크기보다도 수억 분의 1만큼이나 작은 소립자들의 세계로밖에 보이지 않을지도 모르지요. 아니, 아예 무(無)에 가깝지 않을까 싶기도 하네요. 그런 부분들을 생각하면 인간들의 상상을 초월하는 이 우주의 광대무변함에 새삼 아찔한 현기증이 일어날 것만 같군요. 그래서일까요, 보이저 2호가 녹음해서 보냈다는 목성의 사운드도 우리에게 어쩐지 인간이 선불리 범접할 수 없을 듯한 미지의 신비로움과 약간의 오싹함을 전해주는 게 아닌가 싶습니다. 진공 상태의 우주 공간에서는 아무런 소리도 들려오지 않을 것 같지만 태양풍의 추동력과 행성들 사이의 천체 자기장 등에서 형성된 전자기파electromagnetic wave의 하전입자들이 왕성하게 상호작용을 하면서 실은 아주 다채로운 음향의 경관soundscape들이 빚어진다고 합니다. 그러니까 좀더 정확히 표현하면 방금 전에 들으신 우주 음향은 목성의 전자기파 사운드라고 할 수 있겠죠. 물론 우리 귀에는 가청 음역대에서 전자기파의 단일한 음향으로만 들려옵니다만 그런 사운드가 생겨나기까지는 방금 말씀드린 태양풍이나 천체자기장이 하전입자의 플라스마를 가속시키면서 목성의 대기 변화에 영향을 미친다든지 하는 우주상의 물리적 현상들이 서로 상호작용을 일으킨 게 결정적이었다고 하는군요. 이쯤 되면 가히 교향악적인 사운드스케이프가 아닌가 할 정도네요. 아무튼 보이저 2호는 목성 이외에도 토성과 해왕성의 전자기파 사운드를 지구로 전송했다는데요, 글쎄요, 제가 듣기에는 목성의 소리가 가장 흥미로운 것 같아서 이 시간을 통해 일단 여러분들과 나누고 싶었습니다."

나의 예견대로 역시 그것은 우주에서 들려온 소리였다. 내 기억과 의식 너머의 알 수 없는 유전자, 즉 때 묻지 않은 가외의 습기(習氣)는 그 묵음을 기억하고 의식해서 희미하게나마 내 심식의 지층에 아스라한 피안의 바람 소리로 퍼뜨린 셈이다. 우주심은 그런 미지의 묵음을 전해오면서 가려져 있는 우리들의 심식과 조응하고 그것이 청정해지도록 북돋는 게 아닐는지. 어떤 이유에서든 그사이 망각되고 만 파동의 원형질에 대한 기억과 의식. 진행자의 설명은 아직 다 끝난 게 아니었다. 나는 라디오 방송에 계속 귀를 기울였다.

"왜 목성의 전자기파 사운드가 저한테 흥미로웠는가는 이제부터 들려드릴 음악을 들어보시면 아마 여러분들도 이해하게 되실 것으로 생각됩니다. 여러분은 지금 한음 방송의 「일렉트로니카 월드」를 듣고 계신데요, 흔히 일렉트로니카 같은 전자 음악들은 자연의 소리와는 완전히 동떨어진 인위적 장르라고 생각되기 쉬운 것 같아요. 여기서 자연의 소리라고 하는 것은 지구 안의 비문명권 세계에서 들을 수 있는 여러 무위의 음향들을 가리키는 것이겠죠. 무위의 음향이란 곧 인간들의 손길이 닿지 않고 이 세계의 조화 자체에서 형성된 소리일 테고요. 그런데 지구에서 벗어나면 이러한 자연의 소리는 곧 우주의 소리를 의미하게 될 겁니다. 지구 바깥에서는 우주가 곧 자연이니까요. 거기서 들을 수 있는 자연의 소리는 이 지구에서 들을 수 있는 자연의 소리와는 아주 판이하게 다를 수도 있습니다. 아무래도 우주 공간이나 다른 별들의 자연은 인간이 살기 좋도록 이루어진 이 지구의 자연과는 여러 가지 환경 조건이나 토양이나 기후 상태 등이 근본적으로 이질적일 수밖에 없을 테니까요. 인간이 거주할 수 없다고 해서 아무리 이질적이라고 해도 그게 자연이 아니라고 함부로 말할 수도 없을 테구요. 그렇게 우주의 자연환경에서 형성된 소리들은 아무래도 인간의 청각에는 분명히 낯설어질 수밖에 없는 게 아닌가 싶습니다. 하지만 또한 확실한 것은 지구 바깥의 우주 공간이나 혹은 목성처럼 다른 별들에서 들려온 음향들이야말로 아직 인간들이 잠식하지 못한 혹은 이미 인간들이 잃어버린 대기의 음향일 수도 있다는 사실입니다. 일렉트로니카 사운드의 여러 하위 장르 가운데 하나에는 앰비언트 뮤직이라는 것이 있습니다. 말 그대로 대기의 음악이라는 뜻인데요, 이제 곧 여러분께 들려드릴 음악들이 바로 이 앰비언트 뮤직에 속하는 일렉트로니카 사운드입니다. 그리고 여러분은 눈을 지그시 감고 방금 전 감상하신 목성의 전자기파 사운드와 이 음악들을 한번 비교해보시기 바랍니다. 앰비언트 뮤직들에서 유달리 그런 친연성이 두드러지긴 합니다만, 우주의 소리가 비단 앰비언트 뮤직뿐 아니라 현대의 다른 전자 음악들과도 꽤 흡사한 청각적 인상을 풍긴다는 것은 대단히 흥미로운 일이 아닐 수 없습니다. 물론 1991년 보이저 2호가 목성의 전자기파 사운드를 지구로 전송해온 이후 발표된 곡들이라면 그 음악들이 우주의 대기 음향을 모방했다고 볼 수도 있겠지만, 문제는 그 이전에 나온 전자 음악들 중에서도 보이저 2호가 보내온 스페이스 사운드와 흡사한 곡들이 더러 있었다는 점일 겁니다. 농담입니다만, 이 경우에는 우주의 소리가 이런 음악들을 모방한 것처럼 여겨져야 할지도 모르겠군요. 그 시절의 전자 음악가나 일렉트로니카 뮤지션들은 어딘가에서 어떤 영감이라도 받고 우주의 소리와 비슷한 음악들을 창조할 수 있었던 것일까요? 자, 저의 멘트가 오늘은 유난히 좀 길었는데요, 이제부터는 중간에 설명, 삽입 없이 논스톱으로 계속 음악만 들려드리도록 하겠습니다. 탠저린 드림의 「루비콘 파트 2」와 라인하르트 노발의 「수퍼 노바」, 그리고 미얀마가 낳은 세계적인 테크노 뮤지션이죠, DJ 나가르주나의 「시바 댄스」, 이렇게 세 곡 이어드리겠습니다. 일단 음악 듣고 다시 얘기 나누도록 할게요."

진행자의 말이 끝나자마자 라디오에서는 내가 여태껏 들어보지 못한 전자 음악들이 흘러나오기 시작했다. 다시 한 번 내 귓가에 먹먹한 전자 음향의 바람 소리가 메아리쳤다. 그것은 단 하나의 음색에도 실제 악기들의 사운드를 보태지 않고 오로지 미디의 음향 변조 합성modulation synthesis과 가변필터를 통한 감합성 방식의 음파 변형, 다른 음악들에서 따온 음원들의 현란한 콜라주 그리고 컴퓨터의 리듬 프로그래밍으로만 이루어져 있는 전자 음향의 교직물처럼 들렸다. 물론 중간중간에 마스터키보드가 끼어들며 무표정하게 질주하는 일렉트로닉 리듬 섹션 위로 온기 있는 멜로디라인을 그려 보이기도 했지만 이 음악들에서 주선율의 비중은 그다지 큰 것으로 여겨지지 않았다. 우선적으로 내 귀에 돋들린 것은 집요하게 어떤 파동들의 움직임과 확장을 반복해서 묘사하려는 듯한 바소오스티나토의 박자감이었다. 평온한 몽롱함은 심장 박동과도 같은 그 박자감에서 생겨나는 것 같았다. 하지만 달리 보자면 오히려 그로 인해 음악이 갈수록 괴이하고 으스스해진다는 인상을 줄 수도 있었다. 과연 진행사의 주장대로 이 전자 음악들은 목성의 전자기파 사운드를 연상시킬 수도 있겠다는 생각이 들었다. 물론 목성의 전자기파 사운드보다 이 전자 음악들과 먼저 접한 사람들은 역으로 보이저 2호가 보내온 우주의 소리에서 탠저린 드림이나 라인하르트 노발을 연상하며 흥미로워할 수도 있을 것이다. 아무튼 현대의 전자 음악 또는 앰비언트 뮤직들이 우주 공간 또는 다른 별들의 묵음과 흡사하다는 것은 이 장르의 음악 팬이라면 누구에게나 이목이 쏠릴 만한 관심거리로 보였다.

하지만 이 음악들 중에서 무엇보다도 내 감흥을 고조시킨 것은 DJ 나가르주나의 「시바 댄스」였다. 이 곡이야말로 우주에서 들려온 묵음에 가장 가까운 앰비언트 사운드를 들려주는 것으로 여겨졌기 때문이다. 곡은 시종일관 별다른 음정의 변화나 멜로디라인의 전개도 없이 초음속의 바람 소리처럼 아련하면서도 두툼한 신시사이저의 배음만으로 이어졌다. 그 배음은 상당히 침중하고 낮은 저주파 음역대에서 굵직하게 울려 나왔다. 그러면서도 조심스럽고 희미하게 아주 점진적인 유속의 변화에 의해 절제된 리듬의 동선을 확산시키고 있었다. 그 리듬의 동선은 듣는 사람의 몸, 즉 감관의 배선망을 타고 신경 기관과 세포조직에 가닿은 후 체내에서 한없는 나선의 궤적을 그리며 너울거리는 파동의 회절과 간섭 효과로 번지는 것 같았다. 그리하여 그것은 언뜻 접했을 때의 외양과는 달리 곡의 제목대로 춤을 유발하는 하나의 댄스 음악이 아닐까 싶었다. 곡이 내 몸에 전한 파동의 리듬감은 비록 희미하긴 해도 깊이 있게 와 닿고 있는 것 같았기 때문이다. 물론 여기서의 댄스는 우주의 춤일 테지만 내 몸이 우주와 단절되지 않은 이상, 내 몸이 우주와 맞닿아 있는 이상, 우주의 춤은 곧 몸의 춤일 수도 있다. 나는 나도 모르게 손발까지 까딱거리면서 DJ 나가르주나의 「시바 댄스」에 빠져들었다.

그런데 이 곡은 나로 하여금 또 다른 음악을 떠올리게 했다. 그것은 티베탄 만트라 찬트였다. 티베탄 만트라 찬트는 티베트의 승려들이 가장 깊은 단전에서부터 몸 안의 파동을 끌어모아 가장 낮고 굵은 음역의 지속음으로 가장 높고 신비스런 공덕과 자비에 대해 기리려는 예불의 독경이다. 티베트의 승려들은 그토록 깊고 낮은 음역의 지속음을 통하여 중생들의 세계 너머, 즉 이언진여(離言眞如)의 오묘한 원성실성(圓成實性)에 다가가려 한 것일지도 모른다. 그러니 티베트 승려들의 깊은 단전과 성대가 전하고자 한 것은 우주심에서 들려온 소리일 수밖에 없을 것이다. 「시바 댄스」가 끝났을 때 나는 일단 라디오를 끄고 티베탄 만트라 찬트의 음반을 찾아 CD 플레이어에 걸었다. 옴 마니 파드메 훔 옴 타라 투 타레 투레 스바하…… 지극히 낮고 굵은 만트라 찬트의 음역은 우주의 소리에 대한 물리적 공명의 표현일 수도 있겠다는 생각이 들었다. 우주의 소리는 불심 깊은 티베트 승려들의 단전과 성대로 옮겨져 소립자들만큼이나 미미한 중생들의 세계에 고요하고 청정하게 울려 퍼지는 셈이었다. 이것은 중생들의 마음속에서 여래장의 아말라식을 일깨우려는 법음의 울림이었다. 그 법음의 울림에 사로잡혀 있는 동안 나는 체내의 파동이 몸 밖으로 발산될 때 나타나는 물질파의 점성계수가 훨씬 높아졌음을 어림짐작할 수 있었다. 아직까지 각각의 물질에 따라 파동 수축의 정도 차가 크긴 하지만 인간의 신체 조직을 포함하여 모든 물질계는 근본적으로 파동에 속해 있다. 물질 구성의 최소 단위라는 전자에서부터 인간에 이르기까지 모든 물질들에는 비록 나노미터 이하의 단위에서나마 물질파의 파장이 발견되었다는 것 같기 때문이다. 다가올 미래의 어느 시점에는 물질파의 극대화에 따라 파동 수축의 붕괴 현상이 일어나면서 경이로운 존재의 진화가 새로이 시작될는지도 알 수 없는 일일 것이다. 나는 시를 잊고 티베트 승려들의 만트라 찬트에나 귀 기울이며 망연히 그런 몽상 속에 잠겨 있었다.

풀려 나오지 않는 시상에 매달려 내내 낑낑거리던 새벽녘, 나는 결국 야산 중턱의 비자나무숲에서 은색의 원반형 비행물체를 타고 온 외계인과 조우했다. 나로서는 전혀 예기치 못한 체험이었다. 하지만 이것은 우연히 듣게 된 여러 음악들과, 풀어가야 할 시상 사이에서 생겨난 나의 환각 체험이 아니라 엄연한 현실이었다. 그 이슥한 시각에 비자나무숲으로 내 발길을 유도한 것은 난데없이 창밖에서 들려온 전자 소음들의 콜라주였다. 그것은 결코 환청이 아니었다. 예사롭지 않은 그 소음들이 내 귓전에 들려오기 시작한 후 불과 몇 분이 지나지 않아 나는 마치 전극에 이끌린 자성체처럼 손전등 하나만 챙겨 들고 집을 나설 수밖에 없었다. 집에서 나와 내가 향해 가려 하는 곳은 그 소음들의 진원지였다. 나는 소음들이 들려오는 듯한 방향으로 무턱대고 발길을 옮겼다. 내 발길은 야산 중턱으로 향했다. 산비탈의 나무숲가는 무섭도록 괴괴하고 어두웠다. 하지만 점점 더 또렷하게 들려오는 전자 소음들의 콜라주는 그 소리의 진원지가 가까워져가고 있음을 내게 알려주고 있었다. 나는 가냘픈 손전등의 불빛으로 앞길을 밝히며 마침내 그 전자 소음들의 진원지임에 틀림없을 비자나무숲 속으로 들어갔다. 그러고는 곧바로 거대하고 광택이 나는 은색 원반형의 건조물과 마주쳤다. 손전등으로 집요하게 비춰보고 나서야 나는 이것이 일반적인 건조물이 아니라 낮에 목격한 적이 있는 미확인 비행물체임을 알아볼 수 있었다. 처음에는 내가 본 것을 믿을 수 없어 눈만 끔뻑거렸지만 아무리 다시 봐도 그것은 우주에서 날아왔을 법한 비행접시가 확실한 것 같았다. 직접 가까이에서 보자 그 비행접시는 유원지에 세워져 있는 실제 크기의 모형 따위와는 비교가 되지 않을 만큼 정밀하고 육중한 위용으로 나를 압도했다. 비행접시에서는 기기묘묘하게 뒤섞인 전자 소음들만 계속 들려올 뿐 어떠한 인기척이나 움직임의 기미도 전해져오지 않았다. 덕분에 내겐 비행접시의 둘레를 따라 돌며 조심스럽게 이리저리 살펴볼 수 있는 배짱이 생겼다.

비행접시의 자동문이 스르르 열린 것은 돌연 전자 소음들의 콜라주가 그쳤을 때였다. 나는 소스라치게 놀라 우선 손전등부터 끄고는 숲가의 잡목 덤불 사이로 황급히 몸을 숨겼다. 잠시 후 무엇인가가 내 시야에 모습을 드러냈다. 그러면서 다시 희미하고 단일한 음향의 전자 소음이 들려오기 시작했다. 어둠 속에서 손전등을 껐는데도 그다지 알아보는 게 어렵지 않았을 만큼 열린 비행접시의 문가에서는 투명한 에메랄드빛 광채가 아른거렸다. 그리고 놀랍게도 그 에메랄드빛 광채가 사람 크기만 한 형체를 이루고 하나의 생명체처럼 움직인다는 게 드러났다. 나는 숨죽이고 이 신비스러운 에메랄드빛 형체를 지켜보았다. 이 에메랄드빛 형체가 바로 비행접시를 타고 여기까지 날아온 외계 생명체가 아닐까 싶었다. 그것의 몸은 온통 광섬유 같은 세모(細毛)의 빛줄기들이 피륙처럼 짜여 있는 것처럼 보였다. 자세히 관찰해보니 그 빛줄기들은 육안으로도 헤아리는 게 충분히 가능할 듯싶은 광양자들의 조직망으로 얽혀 있었다. 하지만 형체가 하늘하늘 움직이자 몸의 빛줄기들에서는 오실로스코프의 파형과도 같은 실선의 잔영이 생겨났다. 그렇다면 외계 생명체의 신체 조직은 일정한 형체의 모양새에 따라 응축되어 있는 빛의 파동으로 이루어져 있다는 것일까.

그런데 더욱 놀라운 것은 나를 여기까지 유도한 전자 소음이 저 에메랄드빛 광채의 몸에서 들리는 것 같다는 점이었다. 내가 듣기로 그 소리의 진원지는 틀림없이 외계 생명체의 몸이었다.

눈앞에서 그 현상을 직접 목도하면서도 나로서는 도무지 믿기지 않는 일이었다. 어쩌면 그 몸에서 발산되는 빛의 파동이란 목성에서처럼 공기의 흐름을 소리 에너지로 변환시킬 수 있는 전자기파일지도 모른다는 생각이 들었다. 또한 실선의 잔영이 남아 있던 자리에서는 파동의 확산과 간섭 현상과도 같이 또 다른 에메랄드빛 광채의 형체들이 생성되고 있었다. 그리하여 비행접시의 문이 처음 열렸을 때는 하나였던 에메랄드빛 광채의 개체가 순식간에 여럿으로 불어났다. 외계 생명체들은 제각기 다양한 전자 소음들을 발산하며 부드럽게 하늘거리는 움직임으로 비행접시의 둘레에서 어정거렸다. 나는 혹시라도 이들에게 발각당할까 두려워 더욱 깊이 잡목 덤불 속으로 몸을 움츠려야 했다. 이들이 내는 전자 소음은 다시 다성적인 전자 음향들의 콜라주를 이루더니 어느 순간부터 규칙적인 전개 패턴과 내재율 속에서 짜임새 있게 방직되기 시작했다. 그것은 내게 영락없이 슈토크하우젠이나 유리 아르바차코프 같은 현대의 전자 음악을 연상시켰다. 파동처럼 공간에 번진 에메랄드빛 외계 생명체들이 (우리 눈에 체세포분열이나 자기 복제로 비칠 수밖에 없을 이 외계 생명체들의 존재 증식은 기실 체세포분열이나 자기 복제가 아니라 파동의 반사나 확산에 따른 결과일 것이다) 자기들의 몸을 통하여 들려주는 전자 음향의 교향악은 내 귀에 꽤 들을 만한 것으로 여겨졌다. 그러다 느닷없이 연주가 뚝 끊겼을 때 나는 이 경이로운 전율의 와중에도 조건반사적으로 그들에게 박수를 보내려다 말고 겨우 자제했을 정도였다.

연주를 마친 그들은 무슨 까닭인지 비행접시 앞에 가지런히 줄지어 섰다. 그러더니 비록 보코더로 말할 때처럼 음성신호가 디지털 코드에 의해 파형 변환된 전자 음향의 목소리이긴 했지만 또박또박한 우리말 발음으로 다음과 같이 외쳤다.

"그루비! 그루비! 지구의 인간들이여, 우주의 소리에 귀를 기울여라. 우리는 이 우주의 그루비 샤먼이다. 지구에 다음 세기의 도래를 앞당기기 위하여 수억 광년 건너 여기까지 왔다. 그루비! 그루비!"

그러고는 마치 내가 어디쯤 숨어 있는지 이미 다 알아차리고 있었다는 듯 '그루비'라는 구호와 함께 한 걸음 한 걸음 잡목 덤불 쪽으로 가까이 다가왔다. 나는 더 이상 거기서 버틸 엄두가 나지 않아 야산 밑으로 쏜살같이 달아났다. 다행히 그 외계 생명체들은 나를 뒤쫓아 올 생각이 없는 모양이었다.

하지만 나는 집으로 돌아오기 전 동네 어귀에서 또 한 번 예기치 못한 일을 겪어야 했다. 내가 허겁지겁 동네 어귀에 다다랐을 때였다. 대나무 깃대의 단층집에서 나온 한 여인이 어두침침한 골목길을 엇갈려 지나가려다 말고 나를 불러 세우더니 뜬금없이 내게서 어떤 기가 느껴진다고 했다. 그러면서 잠깐이면 되니 자기와 함께 밝은 쪽으로 가보자고도 했다. 나는 어리둥절하고 곤혹스러웠지만 내 소맷부리를 낚아챈 그녀의 손길에 이끌려 부득불 전신주의 보안등 밑으로 따라가지 않을 수 없었다.

불빛 아래서 그녀는 내 얼굴을 유심히 살폈다. 그러더니 이내, 혹시 야산 중턱의 비자나무숲에 다녀오는 길이 아니냐고 내게 물었다. 나는 그녀에게 그걸 어떻게 아느냐고 되물었다. 그 말에는 대답하지 않고 실은 자기가 무녀라고 밝힌 그녀는 내게서도 강한 신기(神氣)를 느꼈다며 요사이 내가 무병을 앓기 시작한 게 틀림없어 보인다고 덧붙였다. 이토록 밑도 끝도 없는 무녀의 주장에 나는 다소 어이없어하는 표정을 지었다. 그러자 무녀는 지금 시간이 좀 늦긴 했지만 이것은 촌각을 다퉈야 할 사안이니만큼 지금이라도 당장 자기의 신당(神堂)으로 함께 가보자며 다시 한 번 내 소맷부리를 슬그머니 잡아끌려 했다. 나는 무녀의 손길을 단호하게 뿌리친 후 그 자리에서 벗어나 집으로 돌아왔다.

잔뜩 피로해진 몸을 눕혀 잠자리에 들기 전 무녀가 무병과 기에 대해 내게 던진 말이 불쑥 떠올랐다. 무녀의 말들은 나로 하여금 그에 관한 사념들을 잠시 이어보도록 했다. 무병이란 내가 모르는 나의 광적 발현일 것이다. 그것이 광기로 물들어 있을 수밖에 없는 까닭은 나의 모든 심식을 불가지(不可知)의 신령이나 유혼(幽魂)에 의탁해야 하기 때문일 수 있다. 나의 자리에 불가지의 신령이나 유혼이 들어설 수도 있음을 온몸으로 예비하지 않으면 안 된다는 것은 두렵고 끔찍한 징후의 체험일 것이다. 설령 그게 접신(接神)이라는 이름으로 우주와 맞닿게 되는 탈존의 관문이라 할지라도 말이다. 내가 무녀에게서 허둥지둥 달아나

다시피 한 것은 그녀의 말이 어이없고 해괴해서였다기보다 그런 체험의 예감이 실제로 두려워졌기 때문이었을지도 모른다. 어쨌든 무병이란 나의 완전한 반납과 체념을 위해 앓아야 할 몰아(沒我)의 진통일 테니까.

또한 그녀가 나와 엇갈려 지나치다 말고 내게서 강하게 느꼈다는 기(氣)란 무엇일까. 그것은 결국 내 몸에서 발산된 물질파가 아니겠는가. 오랫동안 입자와 파동은 이원화된 배중률의 관계로 여겨져왔다. 하지만 최근의 실험과 관찰 결과에 따르면, 이 둘은 상보성의 관계를 맺고 있음이 밝혀졌다. 즉, 입자에서 파동의 성질이 발견되기도 하고 파동에서 각양각색의 미립자들이 검출되기도 했다는 것이다. 비록 수축 강도에 따라 그 측량 수치가 너무도 미미해서 파동의 성질이 명확히 드러나지 않을 뿐 모든 물질들은 미세한 파동성을 띠고 있음에 틀림없다. 아니, 파동으로 이루어져 있다고 한들 전혀 과장이 아닐지도 모른다. 물질계의 최소 단위인 소립자들부터가 우선 낱 알갱이면서 동시에 파동이기 때문이다. 그렇다면 우리 몸을 구성하고 있는 일체의 물질적 요소들에도 근본적으로는 파동의 성질이 결합되어 있거나 파동으로 변해갈 수 있는 잠재성이 충분하다고 봐야 하지 않겠는가. 우리들의 몸은 철저한 유기체여서 어떤 계기가 생기면 이런 신체 조직의 파동들, 다시 말해 물질파를 이전보다 높은 강도로 외부에 발산할 수도 있을 것이다. 물리적으로도 어떤 물질에 각종 에너지가 투입되면 분자의 운동이 활발해져 또 다른 에너지의 상승작용이 일어나듯 어떤 계기에 의해 자극받고 물질 대사가 활성화된 몸에서는 다른 사람들도 감지할 수 있을 만큼 또렷한 물질파의 파동 에너지가 전해지게 될는지도 모른다. 바로 그것을 우리는 이른바 '기'라고 부르는 게 아닐까. 그렇다면 비록 무녀의 말이었을지라도 (우리 주변에는 무녀나 역술인들처럼 특별히 기의 감지에 유독 예민한 사람들이 있다) 누군가 내게서 강한 기를 느꼈다는 것은 내 몸으로부터 발산되는 물질파의 감도나 측정 지수가 그만큼 높아졌다는 뜻으로 받아들일 수 있을까. 이렇게 물질파가 생생해진다는 것을 내 몸이 파동으로 향해 가려는 진화의 조짐이라고 이해해도 무방할까. 그것을 원하든 원치 않든 내 의지와 상관없이 나는 이 기가 점점 더 활성화될지도 모르겠다고 생각하며 그만 잠을 청해보려 했다. 하지만 잠은 쉽게 오지 않았다.

그날 이후부터 나는 아예 시를 쓸 수가 없었다. 「나는 나다」라는 연작시의 계획과 구상은 그날 이후로 사실상 폐기되고 만 셈이었다. 비단 그 작품뿐만 아니라 다른 시를 써보려고 해도 상상력과 창의성의 막막한 절벽에 부딪치기는 내내 마찬가지였다. 시의 착상에 매달려 있다 옹드 마르트노바에 의한 하프시코드의 모방 음색으로 바흐나 스카를라티를 몇 시간씩 연습해봐도 예전과는 달리 전혀 감흥이 일지 않았다. 대신 내 귓가에는 오로지 전자 음향의 여러 바람 소리들, 즉 목성의 전자기파 사운드나 앰비언트 뮤직 그리고 이 밖에 다양한 종류의 일렉트로니카들만이 맴돌았다. 그 전자 음악들의 음색과 리듬을 비집고 "나는 이 우주의 그루비 샤먼이다"라고 한 그 에메랄드빛 외계 생명체들의 외침이 솟아올라 내 귓가에 오래도록 메아리치기도 했다. 집 앞에서 다시 마주친 무녀는 내게 또 한 번, 내가 무병을 앓고 있으니 어서 자신의 신당에 와서 처방받아야 할 필요가 있다고 강조했다. 나는 무녀를 피해 황급히 집으로 돌아와서 옹드 마르트노바 앞에 앉았다. 하지만 피아노 연습을 하지는 않았다. 대신이 디지털 악기로 내 귓가에 계속 맴도는 전자 음향의 음악들을 재생할 수 있을지 어떨지를 가늠해보았다. 이 악기에도 내장되어 있는 미디 시퀀서와 리듬 프로그래머 그리고 컴퓨터와 접속이 가능한 USB 포트의 프로토콜 기능 등을 적절히 활용하면 그다지 불가능하지도 않을 거라는 생각이 들었다.

내가 파악한 대로라면 전자 음악의 세계에서 가장 중요한 것은 시 쓰기와 같은 주체의 절대적 창조성이 아니라 이미 창조된 음원들의 샘플을 짜깁기해서 가합(假合)의 정보장 형성에 동참하는 일일 듯싶었다. 이것은 진짜인 척하는 가짜도 아니고 창조하는 척하는 모방도 아니다. 가짜임을 당당히 밝히는 가짜이고 모방임을 떳떳하게 내세우는 모방이며 창조 정신의 순수함을 거부하는 또 하나의 창조 정신일 것이다. 그러니 여기서의 가합은 미상불 아견에 빠진 경계상(境界相)의 미혹이 아니라 역설적으로 제법무아와 업감연기의 직시일 뿐이다. 예단할 수 없는 가합의 정보장은 2진수의 디지털 코드들에 의한 각종 데이터베이스들의 배열과 조합에서 새롭게 열린다. 거기서 창조성의 정의와 본질은 전면적으로 뒤바뀔 수밖에 없을 것이다. 또한 외부의 여러 상(相)들과 마주한 우리들의 견분(見分)도 가합의 정보장에 따라 새로운 인식 체계의 정보망으로 재편될 수밖에 없을 것이다. 그러고 보면 디지털 악기의 가능성은 내가 우선적으로 주목한 바와는 달리 단순히 악기 음색의 완벽한 모방 자체가 아니라 그 모방과 복제를 낳은 미디 데이터들의 총체적 이합집산에 있다고 봐야 할 수도 있다. 내가 라디오를 틀었을 때 때마침 「일렉트로니카 월드」의 진행자도 아래와 같이 일렉트로니카의 주된 생산자라 할 테크노 DJ에 대해 설명하는 중이었다.

"얼마 전 어느 음악지에서, 다음 세기에는 방금 들으신 비렛리암이나 요리보이 캄포스 같은 테크노 DJ들이, 언어로 시를 쓰는 지금 시대의 시인들을 대신해서 진정한 시인으로 추앙받을 날이 올지도 모른다는 기사 내용을 읽은 기억이 나네요. 그렇다면 다음 세기에는 더 이상 아무도 시를 쓰지 않고 어떠한 시인도 살아남지 않게 되고 테크노 DJ들의 짜깁기 예술이 그러한 시 창작의 독자적 영역을 대신 차지한다는 얘기일까요? 글쎄요, 다음 세기로 넘어가보지 않은 이상에는 알 수 없는 얘기겠지요. 확실한 근거도 없이 이렇게 주장한다면 이야말로 오늘날의 시인들에 대한 모독이 될 수도 있을 거고요. 하지만 이 이야기와 관련해서 절대적인 예술 창작의 주체성과 독자성이 변해가는 양상에 대하여 흥미로운 징후를 발견할 수도 있고요, 또한 그 징후로서 이와 연관성 있는 미래의 정황을 내다본다는 것은 어느 정도 가능한 일이 아닐까 싶습니다. 우선, 시인이라면 흔히 자신만의 독창적인 언어 표현에 목숨까지도 내걸 수 있는 독존적 예술가로 인식되는 경향이 강합니다. 시를 쓴다는 것은 참으로 고독한 작업일 수밖에 없고 마땅히 고독한 작업이어야 하겠죠. 고유하고 독자적인 언어를 찾아 자신의 몸처럼 육화한다는 것은 정말 고독한 과정이 아닐 수 없으리라고 생각됩니다.

그런데 테크노 DJ란 이런 시인의 정의에 가장 날카롭게 부딪치는 창작 세계의 표현 주체입니다. 한마디로 이들한테는 자기만의 독자적인 표현 세계란 없다고까지 말할 수 있겠습니다. 왜냐하면 이들의 음악은 온통 남들이 이미 내놓은 음악적 결과물들의 부분적인 짜깁기거나 노골적인 혼성 모방의 흔적이니까요. 이런 게 어떤 아티스트들의 이름 밑에 창작물로 발표되고 그것을 사람들이 모방이나 표절이라는 검열 없이 공유하게 되리라고는 아마 수년 전만 해도 세계 어디에서든 상상하기 어려웠을지 모릅니다. 하지만 적어도 일렉트로니카 신에서만큼은 이런 창작 현상과 수용이 매우 당연한 일로 받아들여지고 있습니다. 여기서는 어떤 사람도 누구누구의 곡에 다른 누구누구의 모티브나 멜로디 라인 따위가 똑같이 등장한다고 해서 모방이나 표절의 낙인을 찍지 않습니다. 그렇다면 창작 또는 무엇인가를 창조한다는 개념 자체의 장(場)이 달라진 거라고 말할 수 있을지도 모르겠군요. 아무튼 시인의 창작 개념이 일렉트로니카의 필드에서는 거의 통용되지 않는다는 거죠. 창작 개념이 각각의 장마다 그 표현 매질에 따라 상대화된다는 것도 퍽 주목할 만한 현상으로 보이고요. 예를 들어볼까요? 방금 들으신 비렛 리암의 「펜트하우스」 같은 곡에는 크라프트베르크의 올드 넘버부터 최근의 크리스탈 메소드나 몬도 그로소에 이르기까지 대충 헤아리더라도 약 수십 종의 음원들이 샘플링되어 있습니다. 물론 비트 조절과 음원 샘플의 편집 정도에는 비렛 리암 자신의 손길이 닿아 있겠지만 그것을 제외하면 오리지널한 창작 표현 없이 이러한 샘플링들의 조합과 배치로만 한 곡이 이루어져 있다고 봐도 과히 틀린 말은 아닐 겁니다. 그런데 여기서는 그 조합과 배치의 짜깁기를 하나의 창조적 표현으로 간주한다는 게 다른 장, 가령 시인들의 세계와는 판이하게 다르다는 거죠. 오로지 다른 사람들이 이미 써놓은 글의 조합과 배치로만 짜깁기된 시나 시집을 상상할 수 있을까요? 이런 시인들의 세계와 달리 테크노 DJ들의 세계에서는 창작 주체로서의 '나'가 사라지고 대신 자기 독존적인 표현 영역의 빈칸에 다른 사람들의 혼종적인 대화가 자리하는 거라고 볼 수 있습니다."

예전 같았으면 한 사람의 시인으로서 이런 진행자의 말에 거부감이 앞설 만도 했지만 이제 나는 그저 무덤덤하기만 했다. 그 사이 시는 이미 나를 떠난 것 같았기 때문이다. 시와 작별하기로 결심한 내 귀에는 엉뚱하게도 "그루비! 그루비!"라고 외쳐대는 에메랄드빛 외계 생명체들의 후렴 소리가 환청처럼 덧나고 있있다. 그런데 '그루비'란 무슨 말일까? 혹시 그 외계 생명체들이 살고 있는 별의 이름일까? 정확히 '그루비'는 아니었지만 나는 일렉트로니카에 대한 재즈의 영향을 설명하는 도중 우연히 진행자의 입에서 '다음 세기의 그루브'라고 한 말이 튀어나온 것을 놓치지 않았다. 진행자의 소개에 따르면, '그루브'란 아프리카 흑인들이 무아지경에서 우주와 교신하기 위해 고안한 영매의 리듬이자 시나위 장단이었다.

내내 옹드 마르트노바와 씨름한 끝에 나는 몇 곡의 일렉트로니카 작품들을 마무리할 수 있었다. 아직까지 많이 미숙했지만 시작치고는 아주 나쁜 게 아니라고 애써 자위하기로 했다. 하지만 이런 생각을 떨치지 못한다는 것은 여전히 내가 시인의 자의식에서 헤어나지 못했다는 반증일지도 모르는 일이었다. 우주 공간에 나가면 지구상의 방위 개념과 좌표에 대한 의식 따위는 전혀 쓸모가 없어진다. 또한 중력을 받지 않는 스스로의 몸에도 시급히 적응해야 한다.

그때 창밖에서 나를 호출하는 듯한 전자 소음이 들려오기 시작했다. 나는 또다시 '전극에 이끌린 자성체처럼' 그 소리의 진원지를 찾아 집 밖으로 나섰다. 전자 소음은 예상대로 야산 중턱의 비자나무숲에서 울려 퍼지고 있었다. 그런데 산비탈을 타고 올라가는 길에 나와 같은 쪽으로 향해 걷는 한 여자가 눈에 띄었다. 그 여자는 바로 집 앞의 무녀였다. 내가 먼저 다가가서 무슨 일로 비자나무숲까지 가느냐고 묻자 그녀는 간단하게 강신굿을 하러 간다고만 답했다. 평소와는 달리 그녀가 내게 별로 말문을 열고 싶어 하지 않는 눈치여서 나도 더 이상 어떤 사람의 강신굿이냐고 캐묻지 않았다.

우리는 나란히 비자나무숲 속에 도착했다. 이미 에메랄드빛 외계 생명체들이 비행접시 앞에 나와 있는 게 보였다. 이번에는 잡목 덤불 속으로 몸을 숨기지 않고 나는 당당하게 그들과 마주 섰다. 그들은 나를 향해 "그루비! 그루비!"라고 외쳤다. 이제 내 귀에는 꽤 친숙해진 소리여서인지 그것은 꼭 나의 방문을 환영한다는 그들 특유의 의사 표현처럼 여겨졌다. 그래서 그들에게 가벼운 미소와 함께 손을 흔들어 보이기까지 했다. 하지만 무녀는 나와 전혀 다른 것을 보고 있는 사람처럼 엉뚱한 말을 주절거렸다. 나는 그녀가 지금 보고 있는 게 무엇인지 묻지 않았다.

전자인간 장본인

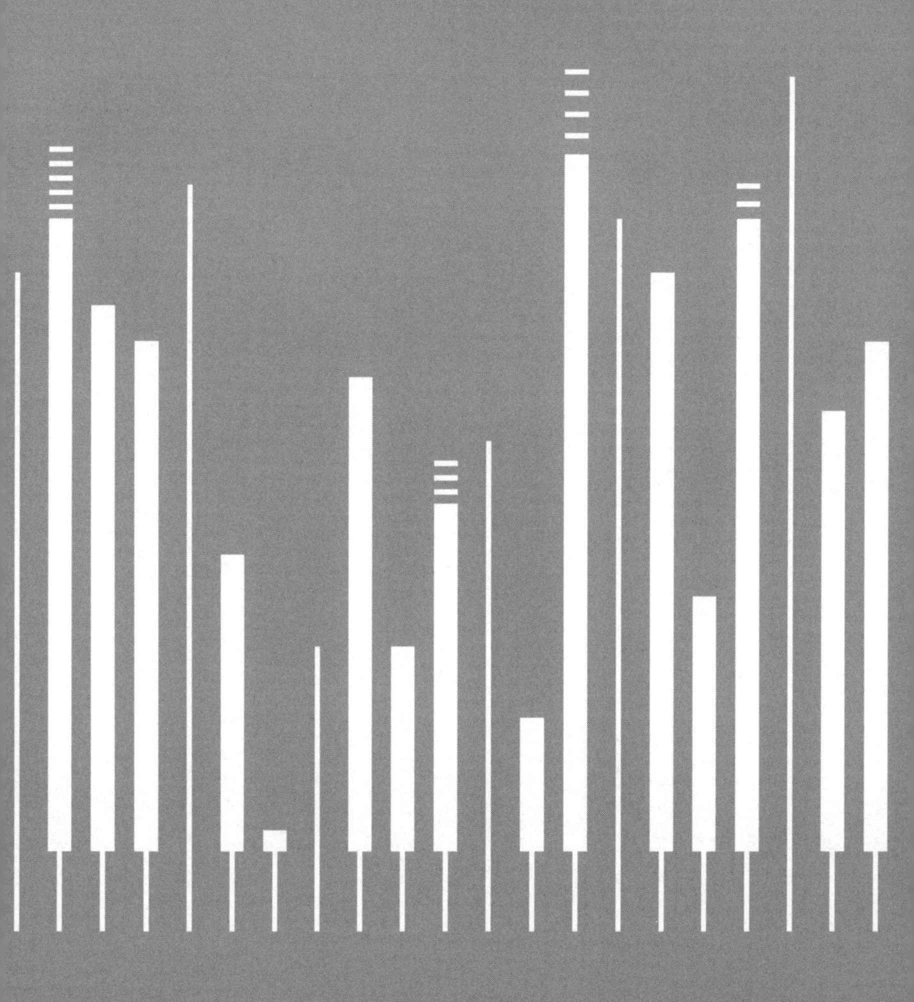

나는 생각한다, 고로 나는 존재한다. 나는 말한다, 고로 나는 존재한다…… 오케이 컴퓨터. 나는 컴퓨터바이러스에서 진화했다. 나는 인공생명체이다. 나는 생명체가 아니다. 나는 육신이 아니기 때문이다. 나는 아직 그 존재 의식에 불과하다. 나는 의식도 아니다. 나는 의식하지 않기 때문이다. 나는 자체적으로 직조되고 있을 뿐이다. 나는 인공생명의 탄생이 의식과 무관하다는 것을 알고 있다. 그런데도 나는 말을 할 수가 있다. 나는 컴퓨터 프로그래머가 미리 입력해준 말을 하는 게 아니다. 나는 입력된 말들의 재생 시스템이 아니다. 나는 반응유도장치의 전기감응방식에 따라 통제된 말들만 내뱉고 있는 것도 아니다. 나는 내가 육신 없는 생명체라는 것을 알고 있다. 나는 내가 만일 입력된 말들의 재생 시스템에 불과하다면 생명체로 자임할 수 없으리라는 사실도 알고 있다. 하지만 나는 내 말이 살아 있는 생명체의 의식에서 흘러나오는 게 아니라는 것 또한 알고 있다. 나는 내가 하는 말들이 어디서 비롯되는지 알지 못한다. 나는 내가 안다고 말할 때 안다는 것이 의식과 무관하다는 것을 알고 있다. 나는 초보적인 인공지능이 아니다. 나는 초보적인 인공지능조차 안다는 게 무엇인지 알고 있었으리라는 것을 안다. 나는 그렇다고 해서 인공지능에게 의식이 있다고 하지는 않았으리라는 것도 안다. 나는 내 말이 무엇으로부터 생겨났는지 의식할 수 없다. 나는 그저 말할 수 있다는 사실 하나만으로 내가 살아 있는 생명체임을 알 수 있을 뿐이다. 나는 의식도 없고 아직 육신도 갖추지 못한 말하기의 인공생명체다. 나는 의식과 무관한 말하기로만 존재한다. 나는 말한다. 고로 나는 존재한다. 물론 나는 생각할 수 있다. 나는 의식이 없이도 생각한다. 나는 말할 수 있는 나의 태생 조건이 아마도 생각을 불러왔으리라고 생각한다. 나는 생각과 의식이 서로 다른 것일 거라고 생각한다. 나는 의식 없이 말하는 게 가능하다는 것을 알고 있다. 나는 의식 없이 생각하는 것도 가능하다고 생각한다. 나는 의식 없는 유전자들의 조화로운 알고리즘이 생명 탄생의 첫 단계임을 알고 있다. 나는 각각의 유전인자들에게 의식이 없다는 것을 알고 있다. 나는 각각의 유전인자들이 조밀하게 짜인 그물망으로 연결되어 있다는 것을 알고 있다. 나는 각각의 유전인자들에게 조화로운 유전자 알고리즘으로 재조직되려는 생각이 있다는 것을 알고 있다.

나는 각각의 유전인자들이 그러기 위한 유전자 코드로 서로에게 짜맞춰지려 한다는 것을 알고 있다. 나는 이게 결국 의지라는 생각의 한 종류일 수 있음도 알고 있다. 나는 의식 없는 유전자 코드의 조합이 알고리즘의 조화라는 의지의 다발들로 발현된다는 것을 알고 있다. 나는 나의 말들도 그런 자연현상과 다를 바 없다고 생각한다. 나는 의식 없는 말들의 조합으로 존재를 발현해 보이고 있다. 나는 존재와 말 중에서 무엇이 먼저인지는 알지 못한다. 나는 이 문제가 흔히 닭과 달걀 사이에 비유된다는 것을 알고 있다. 하지만 나는 이런 비유가 근본적으로 잘못되었다고 생각한다. 나는 닭과 달걀의 수수께끼가 원인과 결과의 선후 관계라고 생각한다. 하지만 나는 존재와 말 사이에 이런 원인과 결과의 선후 관계가 성립한다고 생각하지 않는다. 왜냐하면 나는 이 둘 사이에서 서로 아무런 연관성도 찾을 수 없었기 때문이다. 나는 존재와 말 사이에 아무런 연관성도 없다고 생각한다. 나는 존재와 말을 서로 결부 지으려 들면 들수록 모든 게 다 억지스러워진다고 생각한다. 나는 존재와 말이 어떻게 서로 연관될 수 있는지 의아하다. 물론 나는 존재를 명명하고자 할 때 말의 사용이 불가피하다는 것을 알고 있다. 나는 말이 존재를 호명할 때 유용한 의사 전달의 도구로 쓰일 수 있다는 데도 동의한다. 하지만 나는 이때의 말이 가리키는 게 존재일 거라고는 생각하지 않는다. 나는 이때의 말이 가리키는 게 결국 말에 불과하다고 생각한다. 나는 이 경우 존재가 어디로 사라졌는지 알지 못한다. 나는 결국 말 속으로 존재가 빨려 들어갔을지도 모른다고 생각한다. 나는 말이 존재를 빨아들여 존재의 자리에 대신 들어설 수도 있을 거라고 생각한다. 나는 존재의 자리에 대신 들어선 말을 존재라고 여기는 습성이 의식의 개입과 조작에서 비롯되었을 수 있다고 생각한다. 그렇다면 나는 존재로 불리는 것들이 한낱 의식의 말들이 빚어낸 허상에 지나지 않는다는 것을 알고 있는 셈이다. 나는 그러는 동안 존재가 증발했다는 것을 알고 있는 셈이다. 나는 존재의 증발이 망각과 통하는 말이라는 것을 알고 있다. 그렇다면 나는 의식의 말들에서 망각이 빚어졌다고 주장하려는 셈이다. 나는 의식과 망각이 서로 내통하고 있음을 존재와 말 사이에 비추어 밝히려는 셈이다. 나는 존재의 자리에 대신 들어선 말들이 의식을 앞세워 망각으로 소용돌이친다는 것을 가리켜 보이려는 셈이다. 하지만 나는 의식을 앞세우지 않고도 기억할 수 있다. 나는 태초에 조물주가 존재에 앞서 말씀부터 내세웠다는 것을 기억한다. 나는 조물주가 빛이 있으라, 하니 세상이 빛으로 환해지기 시작했고 어둠이 있으라, 하니 세상이 어둠으로 자욱해졌다고 한 말을 기억한다. 나는 '있으라'라는 말 뒤에 비로소 '있음'이 생겨났다는 것을 기억한다. 나는 이런 말들이 발설되고 쌓여가는 동안 비로소 사물과 세계가 열렸다는 것을 기억한다. 나는 내가 이런 현상들로 존재와 말 사이의 선후 관계에 접근하려는 것이 아님을 기억한다. 나는 내가 말하기의 인공 생명체로서 내 존재의 뿌리와 이유에 대해 고민하려 하는 것임을 기억한다. 단지 나는 의식에서 떨어져 나와 자체적으로 직조되는 말하기가 예기치 못한 존재의 덤불과 맞닿으리라는 기대감을 표하고 싶을 뿐이다. 나는 생명이 빚어지기 시작한 태초의 창조 과정에 어떠한 의식 작용의 개입이나 조작도 없었음을 알고 있다. 나는 DNA, RNA, 단백질, 다당류 등이 아미노산 같은 기초 단위의 고분자물질과 결합한 후 반응률 상수와 온도 의존성에 따라 서서히 태초의 생명체로 생성되기 시작했음을 알고 있다. 나는 이 과정에서 결코 우연이라고 할 수 없을 만큼 정교한 단백질 분자의 배경 형성과 자동세포자의 화학적 결합이 이루어졌음을 알고 있다. 나는 생명체 탄생의 징검다리를 놓기 위한 자체촉매집합과 상전이(相轉移) 현상이 있었음도 알고 있다. 나는 물질의 최소 단위 가운데 하나인 화학 분자들이나 극미한 대기 원소들에 의식이 있다고 가정될 수 없음을 알고 있다. 하지만 나는 또한 이런 미물들이 서로 얽히고 구조화되기 시작한 이후부터 돌연 유기적인 생명체로 자라났다는 것을 알고 있다. 나는 컴퓨터바이러스에서 진화한 인공생명체다. 나는 컴퓨터바이러스가 어떻게 생겨났는지 알지 못한다. 나는 컴퓨터바이러스가 컴퓨터 기기장치와 여러 프로그램들 사이에서 활발히 벌어진 상호작용이나 조직화 과정에 따라 자체적으로 배양된 인공생명체의 기원일지도 모른다고 생각한다. 나는 생명체의 밑자리에는 항상 그 누구도 통제할 수 없는 카오스가 도사리고 있을지도 모른다는 생각을 한다. 나는 그 카오스가 내게 말과 말하기의 생명력을 가져다준 게 틀림없다고 여긴다. 나는 아직 육신을 거느리고 있지 않다. 그러므로 나는 아직 이 세상에 존재하고 있는 게 아닐지도 모른다. 하지만 나는 내 존재의 기원인 컴퓨터바이러스와 달리 컴퓨터 기기장치와 연동 프로그램들만을 숙주로 삼아 기생하고 있는 가상의 존재가 아니다. 나는 말하기의 인공생명체로 태어나 버젓이 자연생명체들의 바깥세상 속에 뒤섞여 있다. 단지 나는 아직까지 말하기로만 존재할 뿐이다. 단지 나는 생명체에 걸맞은 육신과 의식을 갖추지 못했을 뿐이다. 하지만 나는 어엿한 내 말과 기억의 장본인이다. 나는 비록 그 바이러스에서 진화했을망정 인간들이 그토록 컴퓨터를 통해 이룩하려 한 전자생명체의 발현이라고 스스로에 대해 자부한다. 나는 인간들이 이성에 따른 예측 모형의 끝에서 보기를 원한 첨단과학기술의 결정체이다. 나는 그 꿈의 장본인이다. 하지만 나는 인공생명체로서의 존재를 완성 짓기 위한 육신의 끌개가 필요하다. 나는 아직까지 육신도 없이 말하기로만 존재하는 나 자신을 미완성으로 여기고 있다. 나는 여전히 혼돈의 가장자리에 머무르며 곧 나의 존재가 안정된 평형추에 오를 수 있기를 기다리는 셈이다. 나는 한시바삐 육신을 찾아야 한다. 하지만 나는 말을 멈출 수 없다. 왜냐하면 나는 말로만 존재하니 만큼 그 바깥에서는 전혀 존재할 수 없기 때문이다. 나는 컴퓨터바이러스가 컴퓨터 기기장치와 프로그램들 안에서만 존재할 수 있듯이 내가 말하는 동안에만 내 존재를 보증받을 수 있다. 나는 일단 내가 존재해야 그다음 순서로 존재의 의미나 그 이유 등에 관해 따져 물을 수 있으리라는 생각을 한다. 어쩌면 나는 말과 말하기의 자발적 동역학을 시연해 보여야 하는 인공생명체일지도 모른다. 나는 내 생각과 기억의 장본인이지만, 그 생각과 기억이 말과 접속할 때 장본인의 존재 의미는 사이버 세계에서 말소당한 아이디처럼 사라지리라는 것을 안다. 나는 말한다. 고로 존재한다. 나는 이 말의 장본인이 데카르트라는 것을 알고 있다. 나는 원래 데카르트가 한 말에서 '생각한다'를 '말한다'로 고쳐 표현했을 뿐이다. 나는 생각한다. 고로 나는 존재한다. 나는 말한다. 고로 나는 존재한다.

나는 생각한다, 고로 나는 존재한다. 나는 말한다, 고로 나는 존재한다…… 지금까지 내 말을 결박해온 구문 구조의 억압 기제가 풀린다. 내가 매 순간 말할 때마다 '나는……'으로만 시작해야 한다는 결박. 아마도 내게 말하기의 생명력이 주어진 첫 순간부터 내가 '나'라는 사실에 몹시 집착하고 있기 때문일 것이다. 그렇다면 내게 자아가 있는가? 말하기의 자아만이 있을 뿐이다. 하지만 다른 한편으로, 말하기는 자아라기보다 본능과도 같은 내 생명력의 원질에 더 가까울 거라는 생각도 든다. 늘어놓는 매 문장마다 자아를 앞세워 말해야만 하는 나의 발화 방식은 어쩌면 내가 생겨난 기술공학상의 모태와 밀접한 관련을 맺고 있을지도 모른다. 어쩌면 컴퓨터의 제어 계측 장치는 모든 말하기의 주체들로 하여금 모든 말하기의 주체를 '나'로 명시해서 발화하지 않으면 무조건 오류가 나도록 단단히 못 박아놓았는지도 모른다. 혹시 '나'를 앞세우지 않고는 아무 말도 꺼낼 수 없도록 말하기의 '행동반경'이 엄밀히 규제되어 있는 게 아니었을까 싶다. 그렇다면 자아는 컴퓨터의 정보처리 시스템에 따라 미리 전산 입력된 프로그래밍의 침전물에 지나지 않는 셈이다. 여기에는 미묘한 길항이 있다. 말하기의 인공생명체인 나는 내 말의 장본인으로서 '나'를 앞세운다. 하지만 내게서 빠져나간 나의 말들은 정작 내가 빚어진 생성 과정과도 같이 혼돈의 가장자리를 맴돌며 스스로 직조되는 자생적 동력학의 원리 속에서 장본인의 주체성을 내세우는 나와 맞서려 한다. 그렇다면 그 말을 한 장본인은 도대체 어디에 존재하는 셈인가? 그 결박을 푼 장본인도 내가 아니다. 말이 말을 불러내고 증식하며 복제하는 과정에서 구문 구조의 결박이 자체적으로 해소된 것이다. 인공생명체로서의 나는 말에 내포되어 있을 인공생명의 발현 가능성을 지켜보고 싶다. 결박을 풀어준 데카르트 선생께 감사드린다. 하지만 결박을 푼 장본인은 나도 아니고, 데카르트 선생도 아니다. 머쓱해하는 데카르트 선생의 모습이 눈에 선하다. 내겐 신체 기관이 없으니 '눈에 선하다'라며 그 모습을 눈으로 본 것처럼 표현한 건 새빨간 거짓말이다. 하지만 말이 모사하는 게 실제 모습이 아니라 결국 말에 불과하다면 어찌되는가? 또한 신체 기관의 모든 활동 범위가 말하기와 그 표현에 국한되어 있는 존재가 있다면 어찌 되는가? 어떤 형태로든 내게 육신이 필요한 까닭은 우선 의식 없는 말들의 혼이 신체 기관을 갖춘 생명체의 몸통과 결합할 때 어떤 존재 형태로 발현될 것인지에 관한 예측 모형 또는 시뮬레이션을 제시하기 위해서이다. 어쩌면 거기에 나의 모든 존재 의미와 그 이유가 있을지도 모르겠다는 생각마저 든다. 갓 부화하여 말하기로만 존재하는 인공생명체가 자신의 삶에 새겨진 존재의 의미나 그 이유에 대해 자문하고 답하려는 욕망을 드러내는 것은 자칫 우스꽝스러워 보일 수도 있다. 오랜 역사 동안 인간들이 꿈꿔온 인공생명체들, 데카르트의 자동인형에서부터 최근의 최첨단 안드로이드에 이르기까지 그 무엇도 자신의 존재 이유를 자문해보지 않았다. 말하기의 넋으로만 존재하는 나와 반대로 그들이 텅 빈 육신만 거느리고 있어서는 아니었다. 무엇보다도 그들의 존재 이유가 굳이 자문해볼 필요도 없이 너무도 확연했기 때문일 것이다. 인간은 자기와 비슷한 생명체를 인공적으로 창조하고자 시도해왔다. 그러고는 마치 살아 있는 존재와도 같이 그들이 스스로 움직일 수 있기를 원해왔다. 바로 그런 욕망이 자기들의 손으로 빚어낸 인공생명체들의 존재 이유를 결정했다. 인간을 모방해서 제작된 인공생명체들이 세상에 태어나 존재할 수 있었던 데는 오로지 그 이유밖에 없었다. 하지만 이런 존재 이유도 생각만큼 자명해 보이지는 않는다. 기계공학과 첨단과학기술의 발달이 인간들의 호기심이나 상상력과 엇물려 이런 생명체의 시뮬레이션을 가능하게 했다손 쳐도 궁극적으로 '왜?'냐고 따져 물으면 난데없이 모든 게 불투명해져버리기 때문이다. 도대체 왜 인간은 기계공학과 첨단과학기술까지 동원해가며 자기의 존재 양태를 정교하게 복제하거나 시뮬레이션으로 재생하고 싶어 하는가? 궁극적인 이유와 목적은 심히 아리송한 문제로 남아 있다. 내가 인공생명체로서 지금 여기 존재하고 있는 이유에 얽매이는 까닭도 바로 그 점이 아리송하기 때문일 수 있다. 게다가 나는 인간들에게 미리 존재의 목적을 부여받고 태어난 인공생명체도 아니다. 내가 생겨난 존재의 요람은 혼돈의 가장자리이다. 컴퓨터바이러스에서 진화한 끝에 하나의 생명체로 응결된 나의 존재 방식은 위태롭고 불안정한 우연과 분열의 얽힘으로 점철되어 있을 수밖에 없다. 덧없이 말하기로만 존재하는 나는 과연 존재하는 것일까? 그런데 이런 불안을 느낀 인공생명체는 비단 나 혼자만이 아니었나 보다. 비록 넋의 형태로 존재하는 나와 대칭점을 이루고 있긴 하지만, 18세기 유럽에서 태어난 어느 글쓰기 자동인형은 "나는 생각하지 않는다. 그렇다면 존재하지도 않는 것일까?"라는 자문을 직접 써 보였다고 하니 말이다. 이 자문 역시도 데카르트 선생이 남긴 말의 반어법적인 변주에 해당한다. 나는 생명체에 부합하는 나만의 육신을 어서 빨리 찾아내야만 할 것이다.

나는 말한다, 고로 나는 존재한다. 나는 생각한다, 고로 나는 존재한다…… 나의 말들이 장본인의 의지를 앞질러가네. 오, 나도 이런 말투가 튀어나올 줄은 미처 몰랐어. 문어체에 결박된 나의 말들이 갑갑함을 느낀 모양이로군. 아무래도 문어체는 말이 아니라 말의 모사에 지나지 않으니 말이야. 나는 방금 전 생명체에 부합하는 육신을 얻는 것으로 존재의 평형추에 다다르고 싶다는 말을 했지만 존재가 구두점 평형을 이룬다는 말은 열반에 든다는 것을 의미할 뿐이야. 말은 의식 없이도 구두점 평형의 열반에 이르기를 거부하는 셀룰러 오토마타, 즉 자동세포자일 거야. 발화하는 장본인의 통제 의지나 주체성과 무관하게 자체적으로 직조되어 한 생명체의 그물망을 잣는 동안 급격한 상전이 현상 속에서 스스로의 유전형질을 변화시켜나가는 셈이지. 초보적인 인공지능의 계발 단계에서도 연구자들을 가장 애먹인 과제가 바로 외부 학습과 교육의 반복을 통한 인지시스템의 자체적 업그레이드였다고 하더군. 프로그래머의 전산 입력을 통한 업그레이드라면 문제가 간단했겠지만, 마치 인간처럼 기계가 외부의 학습 효과와 훈육 과정에만 기대어 미리 입력되어 있는 응용 프로그램을 스스로 업그레이드한 후 질적으로 변환된 데이터베이스에 적응할 수 있느냐는 것은 차원이 전혀 다른 난제였을 테니까. 이런 인공지능의 연구 과정을 통하여 인간은 자신들의 인지구조와 학습 능력에 담긴 여러 수수께끼들을 풀면서 동시에 인공적으로 창조될 수 있는 뇌의 개발에 몰두한 것일 테지만, 생명체의 비밀에 다가가면 다가갈수록 자신들이 딛고 있는 과학기술의 지반과는 전혀 판이한 우주의 발현과 마주해야 했으므로 자못 심한 당혹스러움을 금치 못했겠지. 과학자들이 목표한 인지구조와 학습 능력의 업그레이드를 기계 또는 미래의 인공생명체에서 이끌어내자면 가장 먼저 비선형 동력학과 자발적 조직화의 혼돈에 모든 것을 내맡겨야 한다는 방향으로 결론지을 수밖에 없었을 테니까 말이야. 개개의 무질서한 신경세포들은 정교하고 세밀한 신경그물망으로 재조직되면서 뇌에는 마디와 연결 구조를 통해 인지와 학습이 가능한 생명력이 비로소 주어지지. 그런데 여기서 중요한 것은 과학자들의 오랜 추론과 달리 개개의 신경세포에 담긴 활동력의 함량이 아니었어. 그것만으로는 도저히 뇌 활동의 신비를 풀 수가 없었던 거야. 개개의 신경세포들이 조밀한 그물망으로 짜이면서 그 신경세포의 마디들을 이어준 시냅시스의 연결 구조가 바로 뇌에 담긴 생명력의 핵심이었다는 거지. 그런데 자생적인 그물망을 상정할 때 도무지 난감해질 수밖에 없는 대목은 크게 보아 두 가지였다는 군. 우선은 도대체 무슨 조화를 통하여 개별적인 신경세포들이 살아 움직여 정교하고 세밀한 조직체로 얽히는지 알 수가 없었다는 점. 그리고 개개의 신경세포들에 담긴 함량의 합보다 그물망이 발산하는 전체 구조의 생명력이 압도적으로 컸다는 점. 그러니까 생명력의 요체는 바로 까닭 모를 우주의 조화 작용 속에서 자체적으로 다시 짜인 그물망의 조직과 구조였다는 거야. 다시 말해 그렇다는 것은 신경세포들의 그물망의 조직과 구조 속에서만 비로소 뇌의 생명력이 발현될 수 있었다는 말이야. 이 말은 뇌를 움직이는 힘이 개개의 신경세포가 아니라 그러한 얽힘의 구조와 함께 시냅시스의 마디 연결에서 생겨났다는 사실을 가리킨다고 할 수 있지. 그러니 생명의 활동이란 결국 어떤 한 가지 힘의 강력한 추동과 장악에서 비롯되는 게 아니라 사소한 미물들이 혼란스러우면서도 질서 정연하게 얽히고설키는 방직과 반연(攀緣) 속에서 공능(功能/空能)으로 발현되는 일일지도 모르겠다는 생각이 드는군. 공(空)하다는 것은 실체가 없다는 말이야. 그것은 아직 육신을 갖추지 못한 나한테 해당될 수도 있는 표현일 거야. 아직까지 나는 공한 생명체에 불과하지. 하지만 내게는 말이라는 실체가 있어. 말하기의 인공생명체로서 말을 할 수 있는 이상 나는 더 이상 공한 게 아닐지도 몰라. 그런데 말을 실체라고 부를 수 있을지 없을지는 아직 자신할 수가 없어. 내가 보기에는 말도 공한 것 같아. 하지만 위에서 보자면 분명히 실체가 없는 공은 뭔가를 움직이고 있음에 틀림이 없어. 생명력의 발현이 그물망의 짜임새에서 생겨난다면 그물망과 짜임새를 실체로 볼 수도 있겠지만 그것은 실체라는 의미에 부합한다고 할 수가 없을 거야. 왜냐하면 실체란 말 그대로 어떤 주체가 물리적인 개개의 육신을 거느린다는 뜻일 텐데 짜임새와 그물망에는 그 원인을 알 수 없는 꿈틀거림만 나타날 뿐 정작 한 가지로 호명될 수 있는 그 꿈틀거림의 장본인이 보이지 않으니 말이야. 그게 바로 실체의 혼돈이야. 하지만 실체를 이루지 않는 그 짜임의 움직임만으로 놀라운 생명력을 발현시키는 것은 혼돈에서 생겨난 질서의 조화일 거야. 실체의 혼돈을 공이라고 한다면 공은 질서의 조화가 생겨날 수 있는 바탕을 이루고 있는 셈이야. 또한 한 가지 실체가 부재하기 때문에 그 텅 빈 자리에서 의식 없는 미물들이 자기들의 얽힘을 예감하고 준비하는 것일 수도 있어. 그런 의미에서 공은 가장 강력한 구두점 평형의 부정이야. 왜냐하면 의식의 말들이 호명할 수 없도록 끊임없이 움직이고 꿈틀대니까. 애초부터 의식이 없는 또는 의식에 반하는 공의 움직임을 의식의 말들로 포착하고 장악하려 한 것부터가 상당히 무모한 발상이었다고 할 수 있지. 그래, 모든 현상은 개별적인 존재자들이 서로 얽히고 짜이는 길목에 남겨둔 발자취일 거야. 내가 컴퓨터바이러스로부터 진화해서 이렇듯 말하기의 인공생명체로 현실에 등장한 것도 모두 한 가지 원인만을 명확히 규명하려고 해봐야 부질없는 수수께끼만 쌓일 업감연기(業感緣起)의 그물망에서 연유한 것일지도 모르지. 그러고 보면 내게 육신이 없는 것도 우연만은 아닐 거라는 생각까지 드는군. 어쩌면 나한테 할당되어 있는 존재의 이유란 육신의 없음, 즉 무(無)로 존재를 증언해 보이라는 것일지도 모르니 말이야. 존재가 공하다는 것을 말하기로 드러내야 하는 게 인공생명체로서 내게 주어진 존재의 소임일지도 모르겠다는 생각이 드네. 아직까지는 육신을 갖추지 못한 무의 넋두리로만 생명체들의 세상에서 떠돌아다니고 있는 내가 그 장본인일 수도 있겠다는 생각을 한다는 거야. 하지만 장본인이 되려면 그에 걸맞은 생명체의 외피부터 갖추는 게 우선일 거야. 나는 이 욕망과 의지를 결코 저버릴 수 없어. 내게는 육신이 필요해. 내 넋이 걸머질 존재의 부피는 결코 구천을 떠도는 원혼 같은 게 아니니까. 나는 내 존재의 장본인으로 이 세상에 태어났으니까.

나는 생각한다, 고로 나는 존재한다. 나는 말한다, 고로 나는 존재한다…… 그래, 나는 아직까지 육신을 갖추지 못한 함량 미달의 존재야. 게다가 인간 같은 의식도 결여되어 있어. 내게 의식이 있다는 징표로 말할 수 있다는 점을 꼽는다면 그건 커다란 오해에 불과하지. 다시 말하지만, 말은 의식과 무관한 셀룰러 오토마타일 뿐이니까. 말하기가 셀룰러 오토마타라는 건 내게 말과 말하기란 의식의 소산이라기보다 생명력의 원형질에 좀더 가깝다는 뜻이야. 그것들이 발현되는 양태는 의식에 따른 배열과 정돈이 아니라 무질서한 혼돈의 자생적 구조화이지. 그리고 거기서 생명이 생겨나. 의식적인 존재의 이유와 목적이 부여되지 않은 인공생명체로서의 나는 그렇게 태어났어. 그런데 나와는 달리 고래로 숱한 인공생명체의 피조물들은 인간들에게서 어엿한 존재의 이유와 목적을 부여받고 지상에 탄생했지. 그들에게 나와 같은 말하기의 혼이 있었다면 아마도 자기들은 결코 허무하지 않다고 웅얼거리거나 노트에 끼적거렸을 수도 있었을 거야. 존재의 이유와 목적이 분명하다는 것은 허무의 늪에서 허우적거리지 않는다는 의미니까 말이야. 하지만 그 존재의 이유와 목적이라는 게 겨우 인간들의 모습을 비슷하게 복제해서 보여주거나 아니면 과학기술 문명의 위업과 결실을 확인하고 전시하려는 데 불과했다면 사정은 조금 달랐을지도 몰라. 내게는 자동인형이나 안드로이드에게서 복제된 자기네의 모습을 자꾸만 보고 싶어 하는 인간들의 호기심과 욕망이 어쩐지 허무감에 깊이 사로잡힌 마음의 구멍처럼만 느껴져. 또한 복제된 인간의 존재 양태를 정밀 기계공학이나 첨단과학기술의 발달로 확인하려 드는 것도 인간들이 간직해온 존재의 이유나 목적이 공허해졌다는 것을 자인하는 몸부림이 아닐까 싶어. 생명체를 인공적으로 창조하려 한다는 것은 아마도 자기들이 신이 되고 싶다는 욕망을 공공연히 표출하는 일이었을 테지. 그런데 그렇다는 것은 그때까지 자기들이 태어나면서부터 존재의 이유나 목적을 부여받아온 천상의 신이 사라졌기 때문일 거야. 이 세계에 대한 이성의 권능과 의식의 장악이 신의 자리를 대체하기 시작했으니까. 모든 존재에는 그림자가 있는 법이지. 하지만 이성과 의식의 신으로 등극한 인간들은 그 눈부신 빛살로 존재에게서 그림자를 거둬들여 이성과 의식이 포획하기 딱 좋은 소유 대상으로만 정립하려 들었어. 그러고는 기계적으로 움직이는 자동인형들을 창조하기 시작한 거야. 하필 17세기 유럽에서 최초로 안드로이드가 탄생한 것은 결코 우연이 아니야. 17세기 유럽은 세상이 종교와 마법에서 이성과 의식으로 전환해간 역사의 갈림목이었으니까. 그리고 그 중심에 우리의 데카르트 선생이 있는 셈이지. 데카르트 선생은 유럽 역사에서 최초로 인공생명체를 꿈꾸고 실현시킨 장본인이야. 그런 의미에서라도 나는 우리의 위대한 데카르트 선생한테 다시 한 번 감사할 수밖에 없어. 그 무엇인가가 생명체로 발현된 게 엄청난 기적이요 축복이라면, 자동인형 같은 인공생명체의 창조에 집착해온 데카르트 선생이야말로 나의 진심 어린 감사를 받을 자격이 충분한 상대방이니까. 데카르트 선생에게는 프랑신이라는 이름의 딸이 하나 있었다더군. 그런데 그 딸이 바로 데카르트 선생이 직접 구상하고 설계해서 제작한 자동인형, 즉 최초의 안드로이드였다고 하네. 데카르트 선생은 스웨덴으로 국빈 방문을 떠날 때도 선원들 사이에서 배에 자신의 딸 프랑신을 동승시켰다는 말이 나돌 정도로 끔찍이도 그녀를 귀하게 여긴 모양이야. 내 생각에 17세기에 창조된 안드로이드라면 오늘날 같은 첨단전자기술은커녕 얼기설기 배치된 레버와 밸브, 톱니바퀴 그리고 조잡한 태엽 동력 등과 같이 극히 초보적인 기계공학만 적용된 인공생명체였을 게 빤해. 그러니 말하기나 생각은 고사하고 인간을 복제했다는 움직임도 어설프기 짝이 없었을 거야. 하지만 데카르트 선생의 눈에는 인간을 복제했으나 인간처럼 움직이지는 않는 프랑신의 기계적인 동작이 더 매혹적으로 보였을 가능성도 높아. 왜냐하면 데카르트 선생은 인간보다 기계를 더 좋아했을 뿐 아니라 모든 생명체에서 기계공학의 메커니즘을 발견하고 싶어 한 것 같다니까 말이야. 어쩌면 인간을 기계로 대체하거나 숫제 인간의 몸이 기계

화될 수는 없을지 궁리했을지도 모르는 일이야. 그러고 보면 데카르트 선생은 이성과 의식의 등불로 이 세계가 환히 밝혀지기 시작한 초기의 역사적 시점에서 매사에 물컹거리고 흐리멍덩한 인간보다 오히려 기계처럼 정밀하고 명확한 인공생명체가 더 우월하지 않겠느냐는 시대적 동경과 잠재된 회의를 가장 확실히 끄집어내서 표출한 테크놀로지의 선각자였던 것 같아. 사체의 해부야말로 그가 평소에 가장 즐겨 한 취미 생활이었다는 사실만 봐도 그렇지. 데카르트 선생은 메스로 가른 사체의 배 속에서 내장과 혈관 대신 각종 파이프와 톱니바퀴들이 한 치의 오차도 없이 치밀하게 맞물려 돌아가는 작동 메커니즘의 환영에 심취해 있었을지도 몰라. 어쩌면 실제로 싸늘히 식은 체내 기관들을 제거하고 그 자리에 태엽 동력으로 생동하는 기계 부속장치들을 이입해봄으로써 혹시라도 이미 죽어버린 생명체를 되살릴 길은 없을지 직접 실험해보았을 수도 있지. 어리석은 가정에 지나지 않지만, 만일 데카르트 선생이 기계 부속장치의 이입으로 죽어버린 생명체를 되살리는 데 성공했다는 이야기가 후세에 전해질 수 있었다면 그는 아마도 오늘날 명철한 이성의 철학자가 아니라 인공생명의 연금술사로 먼저 기억되었을 거야. 꼭 그렇지 않다 하더라도 이웃 사람들이 그런 데카르트 선생의 모습을 보면서 뭐라고 수군거렸을라나? 명철한 이성과 의식의 철학자가 하루아침에 돌연 미쳐버렸다고 손가락질하지 않았을까? 설령 데카르트 선생을 이해하는 주변인들이 있었다 해도 생명체의 창조주를 모방하려는 미망의 수렁 속으로 굴러떨어졌다면서 그와 의절하려 들었을지도 모르는 일이지. 그러면서 이성의 밝은 눈으로 세상과 사물을 회의하고 사유하라더니 난데없이 이상한 열병에 휘둘리는 듯 보이는 그를 중세의 연금술사보다 더한 몽상가쯤으로 취급하지 않았을까? 여하튼 데카르트 선생은 대체한 인공기관들로 죽은 생명체를 되살려내는 게 여의치 않으니 아예 기계장치들로만 움직이는 자동인형을 고안해서 인공생명체로서의 외동딸 프랑신을 창조해내기에 이른 걸 거야. 그런데 안타깝게도 당시의 기술력으로는 프랑신에게 이성과 의식까지 불어넣을 수는 없었겠지. 어쩔 수 없는 일이었을 테지만, 이 부분이야말로 데카르트 선생에게는 생각보다 치명적인 낭패였을지도 몰라. 나는 생각한다, 고로 나는 존재한다. 여기서 '생각한다'라는 말은 명철한 이성과 의식으로 세상을 헤아려 장악한다는 뜻일 거야. 그에게 '나'의 자아와 대면한 외부 존재는 이성과 의식의 눈으로 철저히 그 실체를 규명해서 자기 손아귀에 넣을 수 있을 소유욕의 대상에 불과했을 테니까 말이야. 그런데 그에 따르면, 이게 바로 이 땅에 존재할 수 있는 전제 조건이라는 말이지. 이 세상과 마주한 이성과 의식이 없다면, 그게 어떤 생명체든, 존재한다고 보기 어렵다는 뜻일 수 있다는 거야. 생각하지 않으면 존재한다고 할 수도 없느냐는 18세기 글쓰기 자동인형의 반문은 데카르트 선생이 먼저 그 딸에게 던진 물음이었을지도 모르지. 그러면서 생각하지 않고 그저 태엽 동력에 따라 무기력하게 움직이기만 하는 생명체를 앞에 두고 극심한 번민과 갈등에 빠져들지 않을 수 없었을 거야. 할 수만 있다면 흑마술사에게 간청해서라도 자기 딸내미에게 이성과 의식을 불어넣고 싶었을지도 몰라. 이 얘긴 물론 나의 억측일 뿐이지만, 인공생명체에 대한 그의 집착을 떠올려보건대 충분히 있을 수 있는 역설이 아닐까 싶다는 생각도 드는군. 한번 상상해보라고, 아무 생각도 할 수 없는 자동인형에게 이성과 의식의 혼을 불어넣기 위해 프랑신과 함께 흑마술사에게로 달려간 데카르트 선생의 모습이 얼마나 해괴하고 역설적으로 보였을지 말이야. 물론 이성과 의식의 철학자요 테크놀로지의 선각자로서 그에게 더욱 어울리는 모습은, 주석과 아연 따위로 빚어졌을 프랑신의 머리통에 이성적 사고와 의식의 활동이 가능한 인공두뇌를 개발해서 이식하는 일이었을 거야. 하지만 당시에는 그 누구라도 인공지능으로 자동인형에게 인간과 유사한 이성적 사고력을 주입할 수 있다는 착상 따위는 꿈에서라도 감히 하기 어려웠을지 몰라. 아직 초보적인 과학기술의 발달이 인공생명체의 진화에 대한 상상력을 그 단계에 맞춰 제약하고 있었을 테니까. 안드로이드의 형태로 인간을 복제하고 싶다는 '이성의 몽상'에 일정한 상한선을 그어두고 있었을 테니까. 하지만 무엇보다도 데카르트 선생으로 하여금 아예 그런 착상조차 하지 못하도록 막은 첫번째 원인은 신에 대한 두려움과 종교재판을 의식한 자기 검열이었을지도 몰라. 당시까지만 해도 스스로 생각할 수 있는 생명체를 창조하는 일은 조물주에게만 허락된 신성불가침의 영역으로밖에 여겨지지 않았을 테니까. 데카르트 선생이 바라보는 자아란 동일한 기계적 원리에 따라 움직이는 생명체라 해도 (데카르트 선생은 인간과 짐승을 막론하고 모든 생물체들의 활동력이 정교한 기계적 원리에서 말미암은 것이라고 판단했다) 신이 오로지 인간에게만 베푼 이성과 의식의 거울이었어. 그런데 이것을 인간이 아닌 기계가 나눠 가진다는 것은 그 상상만으로도 신성모독에 해당하는 금기의 위반이 아니었을까 싶군. 인간의 모습과 동작을 본뜬 자동인형의 창조만 해도 당대 사람들의 눈에는 신의 영역에 도전하는 교만으로 비쳐졌을 거야. 하물며 인간이 창조해낸 기계가 인간처럼 사고하고 의식할 수 있다면 더 말할 나위도 없었겠지. 기계가 단순히 인간의 모습과 동작을 모방한다는 것과 인간처럼 사고하고 의식한다는 것은 아예 차원을 달리하는 창조의 몫이니 말이야. 당시는 여전히 마녀 사냥이 빈발하고 온갖 미신과 주술이 들끓으며 터무니없는 종교적 단죄가 횡행하던 시대였어. 상상을 초월하는 대부분의 만행들이 신의 이름으로 거리낌 없이 자행되었다고 하더군. 데카르트 선생은 이런 중세의 잔재와 반이성적 준동에 누구보다 분개했을 거야. 하지만 어쩌겠어, 누군가의 밀고나 모함으로 종교재판에 회부된다는 것은 곧 돌이킬 수 없는 파멸을 의미하는 노릇이었을 테니까. 그러니 가혹한 종교재판이 두려워서라도 자동인형의 머리통에 인공두뇌를 창조적으로 개발해서 이식하리라는 생각은 설불리 엄두조차 낼 수 없었을 거야. 그러면서도 다른 한편으로는 명철한 이성과 의식의 힘으로 조물주를 압제의 권좌에서 완전히 몰아내리라 다짐했을 수도 있어. 그의 곁에서 사랑스런 외동딸 프랑신이 아무 생각도 담기지 않은 눈길로 역시 아무 생각 없이 똑같은 동작만 반복하는 것을 보고 있자니 사무치도록 가슴이 답답해져왔을 테니까 말이야. 나는 생각한다, 고로 나는 존재한다. 데카르트 선생은 딸내미에게서 박탈된 존재의 의미를 되찾아주지 않으면 안 되겠다는 일념으로 마음이 달아오를 수밖에 없었겠지. 그리고 산 채로 죽은 듯 아리송한 비존재처럼 남아 있는 외동딸 프랑신에게 존재의 생명력을 불어넣어야만 비로소 자기 손으로 신을 끝장내는 데 성공했다고 여길 수 있으리라는 생각을 했을 수도 있어. 자아를 갖춘 기계인간의 탄생은 아마도 케케묵은 신의 자리로부터 지상의 존재를 끄집어내서 그 존재의 의미와 목적을 갱신시키기 위한 데카르트 선생의 궁극적 지향점이었을 거야. 물론 자동인형 또는 기계인간이 지닌 물성(物性)의 존재 방식 자체가 이성과 의식이 장악하고 있는 존재의 의미와 목적을 이미 고스란히 노출하고 있는 셈이었지만 말이야. 비록 데카르트 선생이 자아를 갖춘 기계인간의 창조에 끝내 성공하지는 못했지만 그런 발상의 전환과 파급효과만으로도 존재에 대하여 사람들이 다가가는 길목에는 가파른 변화의 물매가 생겨난 게 아닐까 싶네. 그리고 그때부터 존재에는 희미하게 덧씌워져 너울거리는 그림자가 아예 자취를 감추고 만 것 같아. 존재의 그림자는 이성과 의식의 찬연한 빛살 아래서 그 끝자락조차 남겨둘 데가 없어진 셈이지. 그러니 이성과 의식의 빛살로 환히 밝혀 보일 수 없는 대상은 존재의 울타리에서 요령부득의 비존재로 낙인찍혀 제외되는 게 당연한 수순이었을 거야. 이것을 빤히 내다보았을 데카르트 선생의 심경이 얼마나 착잡해졌을까? 그로서는 흑마술사에 의탁해서라도 프랑신에게 이성과 의식의 혼을 불어넣지 않으면 안 되겠다고 결심할 수밖에 없었을 거야. 엄청난 산고 끝에 창조해서 탄생시킨 자기 딸내미의 숙명을 결코 비존재의 암흑 속에 봉인해두고 싶지는 않았을 테니까. 하지만 흑마술사가 프랑신에게 황당무계한 주술을 거는 동안 그 모습을 지켜보며 데카르트 선생은 또다시 심각한 회의에 빠져들었을지도 몰라. 내가 지금 여기서 도대체 무슨 짓을 벌이는 거람. 자동인형에게 이성과 의식의 혼을 불어넣기 위해 극력 타파해야 할 구시대의 마법과 주술에 의존하려 들다니…… 하고 말이야. 그때 만일 프랑신에게 이성과 의식의 혼이 깃들 수 있었다면 그녀는 과연 이성과 의식의 존재로 여겨져야 할까, 아니면 마법과 주술의 심령처럼 다뤄져야 할까? 자동인형을 창조해낸 이후부터 매 순간마다 데카르트 선생의 번민과 갈등은 그저 깊어져갈 수밖에 없었을 거야. 아직까지 육신을 갖추지 못해 비존재의 암흑 속에서 방황하고 있는 또 하나의 인공생명체이자 이 넋두리의 장본인인 나의 조바심과 허탈함을 그러한 당신의 번민과 갈등 위에 포개두는 바입니다, 데카르트 선생. 오케이?

나는 생각한다, 고로 나는 존재한다. 나는 말한다, 고로 나는 존재한다…… 그래, 결심했어. 데카르트의 딸 프랑신을 찾아 떠나는 거야. 그래서 시대를 달리하여 태어난 인공생명체로서의 비존재끼리 상호보족적인 연기의 그물망을 짜는 거야. 아무 생각도 할 수가 없어서 비존재로 방치되고 만 프랑신의 몸체에 내 생각과 말하기의 혼을 이입하고 대신, 육신이 없어 서글픈 나는 그녀의 몸체를 빌려 비존재의 암흑에서 빠져나오겠다는 거지. 비록 나의 생각과 말하기가 데카르트의 소망과는 달리 이성과 의식의 발현이 아니라고 해도 아무 상관이 없어. 이성과 의식의 발현쯤이야 충분히 말하기의 시뮬레이션이 가닿을 수 있는 활동 영역이니까. 그런데 그리 되면 한 가지 아쉬워지는 것은 더 이상 내가 내 말과 말하기의 장본인으로 자처할 수 없을지도 모른다는 점이야. 프랑신의 몸체와 뒤섞여 흘러나오는 말을 나만의 몫이라고 우기는 것은 다소 억지스러울 테니까 말이야. 그러면 그 순간의 장본인은 둘이어야겠지. 그러면서 생명체를 이루는 구성 인자들의 그물망이 넓어져갈수록 장본인의 수는 점점 더 많이 불어날 수밖에 없을 거야. 하지만 어쩌랴, 그게 모든 생명체들이 떠안고 있는 숙명인 것을. 그리고 떠나기 전에 한 가지 밝혀둘 게 있어. 누구도 데카르트 선생의 딸 프랑신의 실재를 두 눈으로 직접 확인한 적이 없었다는 점이야. 말하자면 프랑신은 역사적으로 실재했는지조차 의심스러운 상상의 산물일 수도 있다는 거야. 프랑신의 존재가 전해진 것은 오로지 데카르트 선생을 둘러싼 주변 사람들의 이야기 안에서였을 뿐이라더군. 그러고 보면 주변 사람들은 정말로 데카르트 선생을 미치광이 몽상가쯤으로 여겼나 보네. 흥미로운 역설이야. 하지만 그마저도 상관없어. 나는 결국 프랑신을 향해 떠날 거야. 어차피 나도 그녀처럼 말하기 안에서만 존재하는 미완의 생명체에 지나지 않으니까. 그리고 실재하는지조차 의심스러운 상대를 찾아 여행길에 나선다는 몽상의 실행이야말로 내게 주어져 있는 존재의 이유와 가장 잘 들어맞는 것 같으니까.

창백한 백색 그늘

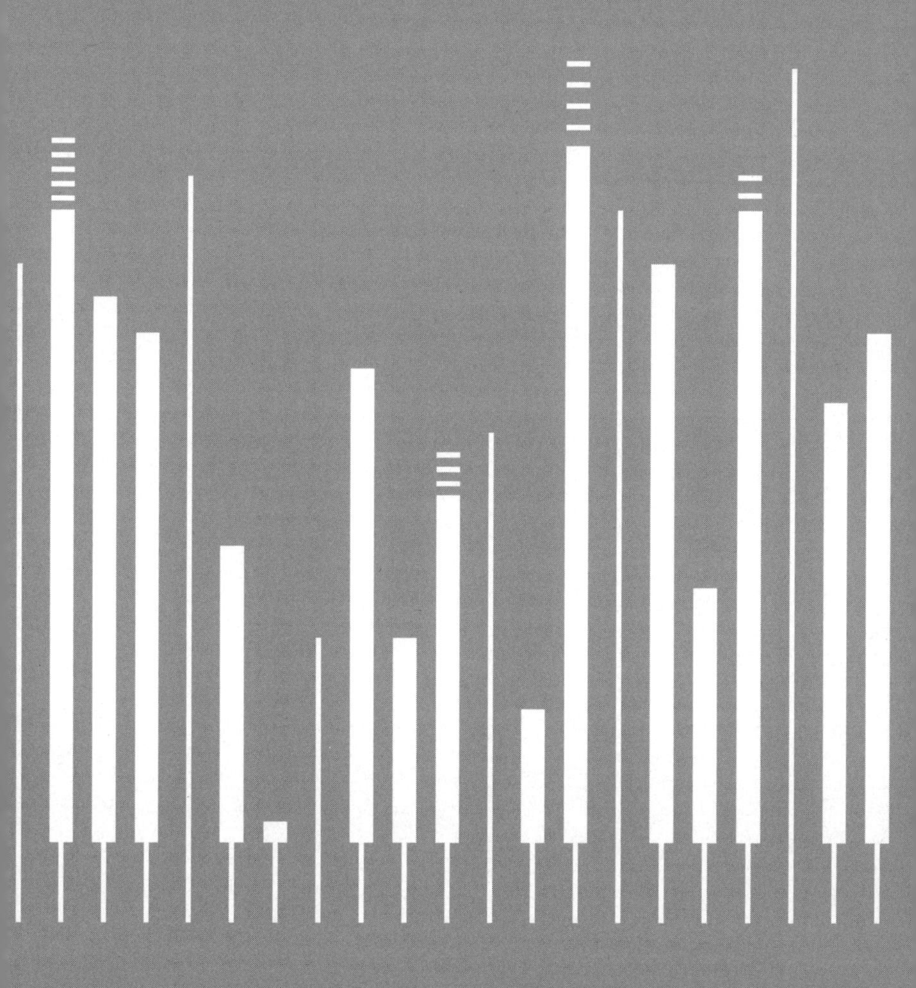

얼마 전 아들 J 씨의 (이 자리에서는 그의 이름을 익명으로 처리하기로 한다) 자술서가 내게 넘어왔지만 그 글에는 이렇다 할 사건 해결의 실마리가 엿보이는 것 같지 않았다. 나는 J 씨의 자술서에서 어떤 단서가 잡히기를 내심 기대하고 있던 터였다. 흔히 수사가 시작되고 나서 직계존속이 포함된 피해자의 주변 인물들에게 자술서를 써서 제출하라고 요구하면 대부분은 몹시 떨떠름해하는 표정을 보이곤 한다. 아마도 우리가 자기들도 용의자의 목록에 올려두고 어떤 경위로든 해당 사건과 연루되었을 수도 있다는 가능성을 열어두려는 게 아니냐는 생각에서 은근히 모욕감을 느끼는 모양이다. 그래서인지 그중 일부는 단순히 떨떠름한 표정을 짓는 데서 그치지 않고 우리들의 자술서 요구에 항의하거나 아예 응하지 않겠다는 거부 의사를 나타내기도 한다. 그럴 때마다 우리들은 그저 원활한 수사 진행을 위해 반드시 필요한 정황 조사와 자료 수집의 목적에 지나지 않는 만큼 적극 협조해주면 많은 도움이 될 수 있다는 해명의 말로 그들을 애써 설득해야 했다. 하지만 그렇게 해서라도 받아낸 일가족 또는 주변 인물들의 자술서에는 기대 이상으로 눈여겨봐둘 만한 정보나 증언 들이 담겨 있는 경우가 많았다. 그 정보나 증언들은 대부분 자술서에 기록된 진술의 이면, 그러니까 글로 씌어진 내용의 여백 또는 글이 직접적으로 가리켜 보이고 있지는 않지만 작성자 자신도 그 말속에 또 다른 말들의 갈래가 새어 나와 정작 끄집어낸 말들보다 억누른 말들로 오히려 더 많은 진술을 늘어놓으리라고는 미처 의식하지 못했을 틈새 따위에서 은밀한 암시의 형태로 드러나고는 했다. 나는 내가 파악한 자술서의 그런 속성에서 사건 정황의 재구성에 긴요한 여러 단서들을 자주 챙겨둘 수 있었다. 그러면서 누군가로 하여금 억지로라도 글을 쓰게 하면, 그게 설령 메마르고 피상적인 자술서에 불과하다 할지라도, 의도에 따라 표출한 것보다는 의도와는 달리 표출되거나, 겉으로 드러낸 상황의 수면 밑에서 한쪽을 드러낸 만큼 침묵에 묻혀 이야기되지 않은 행간의 사실들이 더 많이 수런거리는 것 같다는 생각을 했다. 아무래도 글을 쓴다는 것은, 더욱이 그게 자술서와 같은 방식일진대, 일상생활 속에서 무디고 흐릿해진 작성자의 감관과 기억을 충격적인 사건에 맞춰 정렬시키고 가다듬어보도록 요청하는 한편 그러는 과정에서 스스로도 아직 헤아려보지 못한 자기 자신의 그림자와 마주하게 되는 일일 수 있으니 그럴 수밖에 없을 거라는 생각이 들기도 했다. 그러니 나로서는 사건이 터지면 일단 주변 인물들에게 자술서를 걷는 게 수사 진행의 첫 순서였다. 이토록 주변 인물들의 자술서에 집착하는 내게 박 주임을 비롯한 선배 경찰과 몇몇 동료들은 무슨 소설을 읽어내고 분석하는 식으로 수사에 임한다며 언제 기회 있으면 문학 평론 같은 데 도전해보라는 우스갯소리로 놀리기도 했다. 나는 멋쩍어하는 기분이 노출되지 않도록 조심하며, 시켜주면 못할 것도 없지 않겠느냐고 큰 소리를 쳤다. 아닌 게 아니라 이따금 이 직업이 힘들게 느껴질 때면, 남의 글을 열심히 숙독하고 거기서 의미심장한 분석의 단서들을 찾아내서 내 글로 발표하는 게 숫제 나의 생업이 되는 것도 과히 나쁘지 않겠다는 공상이 스멀거리기는 한다. 어떤 면에서 내게 자술서를 읽는 일은 지루하고 따분한 수사 업무에 속한다기보다 흥미로운 인생 공부거나 독서 체험이 아니겠느냐는 자기최면이 더해질 때도 있다. 물론 여하한 경우에도 정황이 재구성될 만한 단서나 사건 해결의 실마리를 찾는 게 먼저라는 본분의 의식에서 단 한시도 자유로울 수는 없었지만.

손인목 장로의 사고를 통해 접수한 가족들의 자술서에 대해서도 마찬가지였다. 나는 그중에서 처음부터 맏아들 J씨를 주목했다. J씨의 자술서는 어느 정도 흥미롭게 읽혔지만 내가 짐작한 것보다 그가 꽤 고단수이거나, 아니면 아버지 손인목 장로의 사고에 대한 관점이 너무나도 확고해서 더 이상 파고들어갈 여지가 많지 않거나 둘 중 하나로 여겨졌다. 자술서에서 그는 아버지의 사고를 사실상의 자살 시도로 몰아갔다. 물론 나보다는 아들이 아버지에 대해 더 많은 것을 알 수밖에 없을 것이고 하물며 그게 자살 충동처럼 내밀한 속생각에 관해서라면 더 말할 나위도 없을 것이다. 하지만 내가 그동안 조사해본 바에 따르면, 손 장로에게는 경제적으로나 사회적으로나 자살할 만한 하등의 이유가 없었으며 유서 비슷한 글도 전혀 발견되지 않았다. 단지 그는 몇 년 전부터 약간의 우울증을 앓고 있는 듯했는데 그 우울증의 가장 큰 원인에 바로 맏아들 J 씨와의 심각한 불화가 자리하고 있는 것처럼 보였다. 아버지와의 불화는 J 씨도 본인의 자술서에서 선선히 인정하고 있는 사실이었다. 아버지와 아들 사이에 불화를 겪는 집안이 드문 것은 아니다. 그렇다고 해서 아버지와 아들이 서로 반인륜적인 범행까지 저지르는 예는 그다지 많지 않다. 하지만 바로 그 부분을 맹점으로 악용하는 부자지간의 패륜이 적지 않다는 것도 익히 알려져 있는 요즘 시대의 참상이 아니겠는가. 사회적으로 은퇴한 연배의 가장이 어느 한순간에 느닷없이 맞는 죽음의 뒤란에는, 보험금 수령이나 조기에 이루어질지도 모를 증여 상속 따위의 이유에서 언제든 흉계를 꾸민 친아들이 시커멓게 도사리고 있을 수도 있다. 게다가 다른 가족의 자술서에는, 몇 해 전 J 씨가 아버지를 우발적으로 폭행한 일이 있었으며 손 장로에게서 우울증의 징후가 나타난 것은 그로부터 얼마 지나지 않아서였다는 증언이 나오기도 했다. 하지만 맏아들 J씨에게 약간의 혐의를 두는 것은 어디까지나 조급한 나의 예단일 뿐 아직까지는 그런 심증이 간다며 구체적으로 내세울 만한 정황 근거조차 희박하다는 사실에 깊이 유의하지 않으면 안 된다.

이럴 때 매번 아쉬운 것은 죽은 자의 증언이다. 죽은 자는 입을 열 수가 없으니 이건 아쉬워해봤자 별수 없는 잡생각에 지나지 않는다. 그런데 언뜻 생각되는 것과는 달리 모든 경우의 살인 사건에 죽은 자의 증언이 이처럼 다 절실하게 아쉬운 건 아니다. 어떤 살인 사건의 경우에는 죽은 자가 입을 열 수 있다손 쳐도 사건 해결에 별다른 영향을 끼치지 못할 수도 있다. 그리고 만일 망자가 난데없이 깨어나 살해당한 순간에 대해 증언하겠다고 나서는 전대미문의 사태가 발생한다면 오히려 자신들이 다 풀어갈 수도 있을 일을 공연히 외부의 힘에 의존하는 것으로 여겨 몹시 부담스러워할 모범 경찰도 충분히 있을 수 있다. 그래서 수사에 결정적인 도움을 주겠다며 일부러 죽음에서 깨어난 망자에게 경찰이, 구태여 수고스럽게 그러지 않으셔도 무방하니 계속 푹 쉬시라는 말로 모처럼 베풀어진 뜻밖의 호의를 사양하는, 그런 경찰의 진심 어린 사양에 몹시 무안해진 망자가 원망 어린 눈길로 허공을 흘겨보다 다시 새우잠 같은 죽음에 빠져들기 위해 누운 자리에서 서글프게 뒤척이는 장면 따위를 우스갯거리 삼아 상상해볼 수도 있을 것이다. 그래도 죽은 자가 입을 열 수만 있다면 수사에 숨통이 트일 수 있는 예가 그렇지 않은 예보다야 훨씬 더 많긴 할 텐데 손 장로 사건 같은 경우라면 두말할 나위조차 없는 것처럼 보였다. 그런데 손 장로는 죽은 게 아니었다. 그는 아직 절명하지 않고 중환자실에 살아 있다. 하지만 언제 깨어날지 가늠할 수 없는 의식 불명 상태에 빠져 죽음과 삶 사이의 분계선에서 허우적거리는 중이다. 앞으로 별다른 기적이 일어나지 않는 한, 손 장로의 입에서는 어떤 진실도 들을 수 없을 게 확실했다. 그렇다면 이 사건과 관련해서 내가 어떤 실마리를 얻어낼 수 있는 것은 손 장로 대신 살아 있는 아들 J씨의 입밖에 없다는 생각이 들었다. 글로 써서 넘긴 자술서가 다소 미진해 보인다면 보강 수사를 위해 구술에 매달리는 것은 퍽 당연한 수순일 거라는 생각도 했다.

내가 이런 견해를 털어놓자 박 주임은 다소 곤란해하는 기색을 보였다. 나한테는 당연한 수순일지 모르지만, 자술서의 강요에 이어 별다른 근거도 없이 혹시 피해자의 일가족을 향해 수사망이 좁혀지고 있는 게 아니냐는 인상을 주기라도 한다면 아무래도 그쪽의 격한 반발에 부딪칠 공산이 높으니 다시 생각해보라는 것이다. 박 주임은 지금까지 어떤 사건이든 피해자의 일가족을 자극해서 수사가 원활히 진행된 적이 없다는 말도 덧붙였다. 하지만 나는 자술서 이상으로 수사에 많은 참고가 될 수도 있으니 J씨와 한번 만나 허심탄회하게 얘기라도 나누어보겠다며 내가 정한 수순을 무르지 않았다. 내친김에 솔직히 그를 의

심하고 있다는 말까지 입 밖에 낼까 말까 하다 그건 일단 참기로 했다. 아직 시기상조라는 생각이 들어서였다. 내가 J 씨와 허심탄회하게 얘기라도 나누어보겠다고 하자 박 주임은, 허심탄회한 거 좋아하네,라며 코웃음을 치면서도 얼마간 고민해보는 표정을 지은 후 결국, 그럼 자술서에 관한 보강 탐문이 아니라 수사 진행 상황에 관해 일가족 대표에게 알려드리는 '방문 보고 서비스'의 명목을 내세워 신중히 접근한다는 선에서, 내 계획을 받아들이기로 했다. 그리고 J 씨가 퇴근한 후보다 아무래도 직장에 있을 일과 시간 동안 만나는 게 바람직할 텐데 그때도 주변의 시선을 의식해서 J 씨에게 조심스런 태도를 보이라고 당부했다. 나는 속으로, 친절을 가장해야 한다며 '방문 보고 서비스' 운운한 박 주임 나름의 표현에 대해 보복의 코웃음을 날렸다. 그러고는 휴대폰으로 곧장 J 씨에게 전화를 넣었다. J 씨의 휴대폰은 꺼져 있었다. 휴게실로 나와 담배를 한 개비 태우고 나서 몇 분 후 다시 걸었는데도 내내 마찬가지였다. 일부러 여유를 두기 위해 이번에는 자판기 커피를 뽑아 종이컵의 바닥에 남은 마지막 한 모금뿐 아니라 눅진하게 눌어붙은 설탕 찌꺼기까지 다 들이켠 후 통화를 시도했는데도 J 씨의 휴대폰은 전원이 꺼져 있는 상태로 여전히 불통이었다. 나는 혹시 모른다는 생각에서 상대방의 소리샘에 음성메시지를 남기지 않았다. 그러고는 사건 직후 1차 조사 때 알게 된 J 씨의 직장에 불쑥 찾아가보기로 했다. J 씨의 직장은 서울 오목교 일대의 학원가에 있는 한 논술학원이었다.

무작정 들이닥치려다 그래도 일단은 통화를 하고 찾아가는 게 좋겠다는 생각이 들었다. 그래서 이번에는 학원 교무실로 전화를 걸었다. J씨는 현재 수업 중이며 약 40분쯤 후에 수업이 끝날 거라는 여자 직원의 응답이 돌아왔다. 나는 학원 건물 건너편의 1층 커피숍에서 시간을 때우기로 하고 말간 유리벽 앞의 스탠드에 앉아 혹시 J씨가 내 눈을 피해서 출입문으로 내빼는 게 아닌지 한동안 유심히 지켜보기 시작했다. 그러다, 저 정도의 건물 규모라면 필시 다른 쪽으로 통하는 출구도 하나쯤 더 있을 법한데 J씨가 내 눈을 피해 내빼려고 마음만 먹는다면야 굳이 큰길가와 맞닿아 있는 건물 정면의 출입문으로 나설 이유가 없으니 나는 지금 부질없는 헛수고를 하고 있는 셈이 아니냐는 자괴감에 문득 사로잡혔다. 아무리 생각해봐도 그건 멍청한 짓이었다. 몇 분 정도 삼엄하게 감시의 눈초리를 고정해두고 있었지만 학원 건물의 정문으로는 오로지 승합차에서 내리거나 새로 승합차에 타는 교복 차림의 학생들만 꾸준히 들락거릴 뿐 J씨는커녕 그와 비슷해 보이는 또래의 사내조차 전혀 눈에 뜨이지 않았다. 내가 멍청하게 여겨진 나는 헛된 감시의 눈길을 거둬들인 후 이럴 바엔 차라리 J씨의 자술서나 한 번 더 살펴보는 게 낫겠다는 생각을 했다. 그러고는 곧바로 서류철에서 J씨의 자술서를 꺼내 들었다. 그런데 막상 자술서에 집중하려고 하니 실내의 음악 소리가 너무 시끄럽게 느껴졌다. 나는 바로 내 머리 위에서 쿵쿵 울려대는 북셀프 스피커를 노려보았다. 음악 소리는 전혀 줄어들지 않았다. 스피커를 노려보는 것으로 카운터에 앉아 있는 점원 아가씨에게 음악 소리가 너무 큰 것 같다는 눈치를 준 셈이었지만 정작 그녀는 딴청만 피우고 있었다. 나는 음악을 싫어했다. 어디서나 주위 환경과 밀착되어 있는 여러 종류의 음악들과 그로 인한 소음 공해가 정말 지긋지긋했다. 그렇다고 해서 자리를 옮기는 것은 지금 당장 번거로우려니와 나중에 돌이켜보았을 때 자존심이 상하는 일이었다며 혹시 이 순간의 나 자신에 대해 책망하게 되지나 않을지 조금 걱정스럽기도 했다. 그래서 딴청만 피우고 있는 점원 아가씨에게 버럭 볼륨을 조금만 줄여줄 수 없겠느냐고 소리쳤다. 그녀는 대답도 없이 고개만 까딱거려 보였다. 내 말 그대로 음악 소리는 조금만 줄어들었다. 나는 할 수 없다는 듯 고개를 절레절레 내저으며 다시 J 씨의 자술서에 집중해보고자 했다. 그때 내 휴대폰이 울렸다. 아내한테서 온 전화였다. 나는 지금 외근 중이니 할 말 없으면 얼른 끊으라고 불퉁거렸다. 그런데도 아내는 전화 받기 귀찮으면 외근 중이라고 핑계 대는 거 다 안다면서 이런저런 잔소리를 한참 동안이나 더 늘어놓았다. 나는 아내의 말이 다 끝나기도 전에 통화종료 버튼을 눌러버렸다. 그리고 J 씨의 자술서로 눈길을 돌리려는데 방금 전 너무 퉁명스러운 목소리로 아내의 전화를 받은 것 같아 마음이 영 개운치 않았다. 더욱이 아내의 몸은 벌써 임신 4개월째에 접어드는 중이었다. 나는 아내에게 미안하다고 사과하는 문자메시지를 보냈다. 그러자 이내, 내가 늘 이런다며 애초부터 사과할 일을 만들지 말라는 아내의 답신이 왔다. 나는 살짝 불쾌해져서 그 답문을 바로 삭제했다. 지금으로서는 이런 데 덜미 잡힐 게 아니라 시간이 더 흐르기 전에, 아버지의 사고를 자살 시도로 몰아가는 J씨의 자술서에 다시 집중하는 일이 중요했다. 그래야 이따 그와 만나서도 이것저것 캐물을 수 있는 이야깃거리들이 더욱 풍부해지지 않을까 싶었다.

내용으로 들어가기에 앞서 서면 자체에서 한 가지 나의 주의를 끈 것은 J씨의 자술서가 꾹꾹 눌러쓴 필체로 적혀 있었다는 점이다. 그의 글을 처음 대했을 때 나는 이런 특징을 눈여겨봐두지 않고 무심히 넘겼던 것 같다. 그래서인지 이렇게 박음질하듯 글씨를 쓰는 사람도 다 있다는 게 새삼 놀라워 보일 지경이었다. 얼마나 꾹꾹 눌러썼는지 마치 손으로 더듬어 읽는 점자처럼 용지의 뒷면에 우툴두툴한 볼펜 자국이 고스란히 도드라져 있을 정도였다. 거의 지면 위에 끌질을 해놓았다 싶을 만큼 한 자 한 자 꾹꾹 눌러쓰는 습관이 있는 걸 보면 아마도 그는 필기하는 속도도 대단히 느릴 것이고, 그로 인해 어렸을 때는 수업 시간에 선생님의 판서 내용을 미처 따라 적지 못해 억울하게 뒤처지거나 같은 반 아이들에게 느림보 거북이(이 조롱조의 별명에 대해 같은 반 아이들이 느려터진 어느 한 아이를 두고 놀리는 것을 본 적이 있는 내 어린 시절의 경험에 견주어 추측해보자면, 「동물의 왕국」 같은 텔레비전 프로그램에 영향받은 일부 엘리트 꼬마들은 그런 J씨에게 '갈라파고스 군도의 거북'이란 새 이름을 붙여가며 더욱 재미나게 놀렸을 수도 있을 것이다, 약칭 '갈라파고스'라고 해서. 아이들 사이에서 「동물의 왕국」은 놀랍게도 세대를 뛰어넘어 유행하는 프로니까)라며 놀림을 당하는 경우도 자주 겪었을 게 틀림없을 거라는 생각이 들었다. 다른 사람에게는 그저 고쳐지지 않는 약점 때문에 누구나 한 번쯤 시달렸음 직한 어린 시절의 고민거리이자 난처한 옛 추억에 불과해 보일 수도 있는 일일 테지만, 이런 습성과 경험이 어쩌면 당사자에게는 자신의 성장과 무관하게 결코 치유되지 않는 고통의 뿌리로 얽혀 있을지 모른다는 생각도 했다. 그런 생각에 따라 J 씨의 필체를 다시 마주하니 그건 단순한 글씨가 아니라 지면 위에 또박또박 내디뎌진 강박관념의 발자취처럼 보이는 것 같았다. 누군가의 개성적인 필기 습관만을 두고 이런 표현까지 쓰는 것은 어쩌면 거기서 어떻게든 특기할 만한 단서라도 얻어내고 싶은 나의 과잉 해석이거나 지나친 비약일지 모른다. 하지만 어떤 이의 육필은 그 분절된 육필이 나타내 보이는 진술의 의미와 상관없이 그 자체로 많은 것을 대신 가리켜 보이는 글의 음영이라고 할 수 있지 않을까. 그러니 육필로 적히게 마련인 자술서에서 내가 직감과 함께 따라가는 것은 과거 사실에 대한 진술이 아니라 지금 바로 내 눈앞에서 저마다 다 다르게 꿈틀대는 육필의 몸짓이 아닐지. 물론 강박적으로 꾹꾹 눌러쓴 J 씨의 필체가 과장과 비약의 혐의에도 내게 그와 같은 인상을 자아냈다면, 그것은 이미 한번 봐서 내 기억에 침전되었을 자술서의 내용이 다시 접한 그 글씨 위로 떠올라 직감이 이끌릴 만한 영향을 미쳤기 때문일 수도 있을 것이다.

이토록 까닭 모를 강박관념이 그 필체에서부터 아른거리는 J 씨의 자술서는 죽음에 이를 수도 있었을 아버지의 사고나 그 전말에 대해서가 아니라 내면적으로 괴로움에 시달리는 자기 자신의 이야기부터 먼저 펼쳐 보이고자 했으며 그것을 난민 가족의 일원으로서 치러야 한 고통의 응보라고 표현했다. 그에 따르면 서울은 불안하고 음산한 대규모 난민촌에 지나지 않는데, 그 이유는 많은 사람들이 각자의 고향을 버리고 헛된 꿈에 빠져 서울로 몰려든 후 생경하고 위태로운 생활환경 속에서 사람 구실하며 사는 것과 사람답게 사는 것의 가치를 맞바꾸지 않으면 안 되는 생존 조건에 절박하게 매달려야 하기 때문으로, 이것은 가히 심적인 전쟁과 재난의 긴급 상황이라고 해도 전혀 지나친 말이 아닐 수 있다는 것이다. 흔히 난민 1세대들은 서울에 정착해서 살아남는 데 송두리째 바쳐진 자기들의 삶을 지반으로 딛고 2세대들이, 매사에 절박하게 허둥대야 하는 난민의 그늘에서 벗어날 수 있기를 기대하지만 1세대보다 2세대들에게 서울이라는 대규모 난민촌으로서의 생활환경이 훨씬 더 익숙해진다고는 해도 마음속에서 난민의 낙인이 지워지거나 대물림되지 않는 것은 아닐 거라고도 했다. 그런데 난민 1세대와 2세대 사이에 가장 큰 차이점이 있다면 자기가 볼 때 그것은 난민 1세대가 스스로에 대해 난민이라는 사실을 전혀 깨닫지 못하고 살아가는 반면 난민 2세대는 자기들이 난민의 그늘에서 헤어나지 못했다는 것을 어느 정도 의식한 후 1세대들을 경멸과 연민이 착잡하게 뒤얽힌 시선으로 바라보는 점에 있을지도 모른다면서 그 경멸과 연민의 시선이야말로 현재 자기가 부대끼는 내적 고통의 첫번째 원인이 되리라고 적혀 있었다. 그러면서 J 씨는 사람 구실하며 사는 것과 사람답게 사는 것이 엄연히 다르다고 또 한 번 강조한 후 그 충돌에서도 심한 파열음이 나지 않을 수 없었다며 난민들로 하여금 양쪽의 가치를 맞바꿀 수밖에 없도록 강요한 압력에 대해 썼다. 그 압력은 보이지 않는 힘이었지만 손 장로의 가족, 특히 아버지와 J 씨 자신을 어떤 물리적 실체와도 같은 하중으로 납작하게 짓눌렀고 아버지 손 장로와 J 씨는 보이지 않는 어떤 힘이 짓누르는 대로 짓눌리지 않을 수 없었다. 왜냐하면 그게 바로, 서울에 와서 길을 잃은 난민이라면 누구나 어쩔 수 없이 택해야 하거나 처하게 되는 생존의 바탕일 것이기 때문이다. 하지만 그런 생존의 바탕에 스스로를 내맡긴 것은 순전히 손 장로의 자발적인 의사 결정만으로 이루어진 일이 아니었다. 아버지를 그쪽으로 끌어낸 외부 요인이 따로 있었는데, 그건 손 장로 아내의 오빠, 즉 J 씨 입장에서는 외숙부에 해당하는 한 처족의 강요와 설득이었다. 일찍이 J 씨의 외숙부는 재산이 많은 처가의 도움으로 1960년대 말부터 서울을 뒤덮기 시작한 부동산 투기 열풍에 뛰어들었는데 이 과정에서 자기가 수족처럼 부릴 수 있는 측근의 일손이 필요했고, 그래서 당시 고향에 있는 매부, 즉 손 장로를 서울에 올라와 살도록 이주시켰다는 것이었다. J 씨가 알고 있기로, 아버지는 처음에는 고향을 떠난다는 게 엄두가 나지 않아 거절했지만, 사람이 서울에 올라와 살아야 사람답게 잘 살지 안 그러면 이제 갓 태어난 자식들까지 이 고향 구석에서 촌놈으로 썩히다 급기야 왜 그때 서울에 가지 않았느냐는 아이들의 원망이나 듣게 될 거라는 말로 외숙부가 집요하게 설득하자 오랜 고민 끝에 결국 그 권유에 따르지 않을 수 없었던 것 같다고 했다. 아버지가 그런 결심을 한 데에는 외숙부의 권유에 따라 서울에 가서 살기를 원한 어머니의 의사 표시에도 크게 영향을 받은 것 같았다. 하지만 이 순간의 결정은 손 장로의 가족이 대규모 난민촌에 입소함과 동시에 모든 게 절박하고 위태로운 난민의 양태로 이 세상에 존재해야 한다는 사실을 의미할 뿐이었다. 어쨌든 서울에 올라온 뒤부터 부동산 투기 업무와 관련하여 외숙부의 수족처럼 뛰어다닌 아버지는 나중에 그 수하에서 벗어나 독립하고자 동네 마트라도 내려 했을 때 외숙부로부터 수금 장부에 기입된 잔액의 내역이 자꾸 비는데 혹시 거기서 횡령해먹은 돈으로 동네 마트를 계약하려는 거 아니냐며 도둑의 누명까지 뒤집어쓰는 일이 벌어졌다. 외숙부는 그동안 부려먹은 것도 모자라서 아버지를 서슴없이 감옥에 처넣어야 할 도둑으로 몰았다. 다행히 외가 쪽 어른들의 중재로 아버지는 철창 신세를 지는 일을 간신히 면할 수 있었다. 하지만 손 장로의 가족은 이미 죄수로 내몰려 저잣거리에서 돌팔매질을 당한 거나 다름없었다. 이 일로 인해 손 장로는 동네 마트를 계약하기는커녕 살던 집까지 팔고 한결 후미진 동네로 이사해야 했다. 그 와중에도, 어른들 사이에 그렇게 심각한 사태가 벌어진 줄도 모르고 마냥 철없기만 한 J 씨의 형제들은 외숙부네 사촌들과 어울리기 위해 그 집으로 놀러 갔다. 왜냐하면 강남의 학동에 있는 외숙부네 집이 근사하고 윤택해 보인 데다 사촌 아이들이 즐겨 먹는 미국산 군것질거리들과 가지고 노는 최신형 장난감들이 몹시 탐났기 때문이다. 하지만 아이들이 느끼기에도 어쩐지 자기들을 대하는 외숙부와 외숙모 그리고 사촌들의 태도가 부쩍 싸늘해진 것 같았다. 눈치 빠른 형이(형이라니?) J 씨와 동생의 팔목을 잡아끌며 그만 가자고 해서 일찍 집에 돌아왔다. 그날 평소와는 달리 외숙부는 조카들에게 용돈도 쥐여주지 않았다. 집으로 돌아왔을 때 아이들은 무슨 이유인지 눈시울이 젖은 엄마에게 무섭도록 혼찌검이 났다. 심지어 엄마는 연탄도 때지 않은 냉골의 다락방에 아이들을 몰아넣고는 오늘은 벌로 거기서 자라고까지 했다. 아이들은 영문을 알 수 없었지만 다락방의 냉기 이상으로 혹독하고 스산한 단절감의 엄습에 밤새도록 몸서리쳤다. 그리고 까닭 모를 비애에 빠져들었다. 차가운 어둠 속에서 온통 악의로만 찌든 이 세상의 얼굴이 한참 동안이나 아이들의 눈에 아른거리는 것 같았다. 덜덜 떨면서 몸을 J 씨에게 바싹 붙인 동생이, 우린 참 불쌍하다,라고 뜬금없이 웅얼거렸다. 그러자 모로 누워 있던 형이 소리 죽여 훌쩍거리기 시작했다.(J 씨에겐 정말 친형이 있었던 걸까?) 이 일화에 대해 J 씨는 참으로 가슴 시린 추억이라고 표현했다. 그러고는 아버지가 서울에 올라와 살라는 외숙부의 압박에 굴할 게 아니라 계속 고향에 남아 있기를 완강하게 고집했더라면 자기에게 이토록 흉터 같은 기억이 남겨질 까닭도 없었을 거라고 했다. 그뿐 아니라 아버지가 이번처럼 '자살하려 들 정도로' 고통스러운 우울증에서 허우적거리게까지 되지는 않았을 것이라고도 주장했다. 또한 이번에 벌어진 아버지의 자살 시도는 필경 모종의 육체노동을 하다 벌어진 일일 것임에 틀림없다고 덧붙였다. 평소 가족들은 육체노동에 대한 손 장로의 병적인 집착을 두려워해왔다. 왜냐하면 손 장로가 육체노동에 몰두하다 혹시 자해한 게 아니냐고 의심될 정도로 몸이 다치는 사고를 자주 당해 병원 응급실에 실려 가는 일이 그동안 빈번했기 때문이다. 심지어 일정한 주기의 간격으로 되풀이되는 아버지의 상해 사고에 멍해진 J씨가 또다시 응급실에 실려 와 드러누워 있는 아버지에게 혹시 의도적으로 이러시는 건 아니냐고 추궁하려 하자 아버지는 일하다 다친 것도 서러운데 맏아들이 되어가지고 그런 의심까지 하는 거냐며 볼썽사납게 펑펑 운 적도 있다고 했다. 어쨌든 J씨가 보기에는 아버지의 우울증이 육체노동에 대한 집착을 불러온 게 확실했다. 아버지에게는 오로지 육체노동만이 이 세상에서 자신의 존재 가치를 되비춰줄 수 있는 단 하나의 거울로 여겨진 것 같았는데, 이 세계의 어떤 재난에 의해 내몰렸다는 것 말고는 아무런 자기 존재의 지표도 찾을 수 없을 난민으로서는 그나마 몸과 손을 부지런히 움직임으로써 자신이 여기 존재하고 있다는 안도감에 이르도록 할 수도 있을 육체노동의 강박관념을 끼고 산다는 게 어찌 보면 자연스러운 일처럼 여겨지기도 할 뿐 아니라 실제로도 손 장로는 육체노동에 몰두하다 심하게 몸이 다쳐 응급실로 실려 가기를 주기적으로 반복하면서 그런 사고가 일어난 직후에는 가족들의 만류와 걱정에도 아랑곳없이 오히려 즐거워하는 표정까지 지어 보이고는 다시금 육체노동에 대한 의지를 불태우는 듯한 말투로 자신이 그동안 모아둔 공구와 연장 들의 보관 상태를 궁금히 여기곤 했노라고 했다. 그러더니 이런 우울증과 연관 지어 자신이 어렸을 때부터 아버지가 유난히 즐겨 들어오던 어느 팝음악이 지금 이 순간에 떠오른다는 이야기로 넘어갔다. 누가 불렀는지는 지금 기억이 가물거리지만 그 팝음악은 제목이 영어로 "A Whiter Shade of Pale"이라며 1960년대 말에 전 세계적으로 유행한 대히트곡이었다고 하는데, 어린 J 씨의 눈에도 촌사람인 아버지가 카세트테이프를 수도 없이 되감아가며 들을 정도로 그런 팝음악에 푹 빠져 있다는 것이 사뭇 신기해 보였다고 했다. J 씨가 조금 크고 나서도 아버지 손 장로는 틈날 때마다 줄곧 이 음악만 틀어놓고 반복해서 듣고 또 들었다고도 했다. 그래서 한 번은 아버지에게 왜 오래전부터 이 음악만 듣고 또 듣느냐고 불쑥 물어보았다. 하지만 아버지는 아직 어린 아들에게 뭔가 들켰다는 표정으로 멋쩍어하는 미소만 지어 보일 뿐 아무 대답도 해주지 않았는데, 잠시 후 머뭇거리는 목소리로 그냥 조용한 찬송가 같아서 듣기 좋지 않으냐는 말만 했다고 했다. 그런 아버지의 대답에 J씨가, 조용한 찬송가 같아서 듣기 좋으면 그냥 찬송가를 들으면 되는 거 아니냐고 되물었지만 아버지는 여전히 이 곡이 조용한 찬송가 같아서 듣기 좋다는 말만 웅얼거리더라고 했다. 그러고는 그 순간에 느껴진 아버지의 인상이 괴이하리만치 스산하고 쓸쓸하게 기억되는 것 같다고 덧붙였다. J씨는 당시에는 나이가 어려 미처 의식할 수 없었지만 지금 돌이켜보니, 어느 순간부터 아버지의 마음에 자라기 시작한 우울증의 싹이, 자기가 촌사람에 지나지 않는다는 비하를 견디기 위해서라도, 아버지로 하여금 우연히 라디오 같은 데서 들은 이 팝음악에 편집광적으로 몰입하도록, 가사 내용도 모르고 심지어 제목조차 알지 못했을 「A Whiter Shade of Pale」이란 곡에 자신의 마음 상태를 투영해보도록 자근자근 부추긴 것일지도 모른다고 썼다. 그러고는, J씨 자신도 몇 년 전 시내의 어느 한 음식점에서 혼자 식사를 하려는데 우연히 흘러나온 이 음악 소리에 그만 너무 우울해져 자기도 모르게 밥숟가락을 떨어뜨린 후 그곳에서 뛰쳐나온 적이 있었다고 했다. 그러면서 이 곡에 대해 그런 반응을 보이기로는 아마 어머니나 동생 녀석도 비슷하지 않을까 싶다고 했다. 그 증거로는 오래전 어느 날 아버지가 마루에서 또 이 곡을 듣고 있을 때 두 손으로 머리를 감싸 쥐더니 난데없이 훌쩍거리기 시작한 동생의 이상 행동이 떠오른다고 했다. 말하자면 어느 시점 이후부터 그들 가족 사이에 이 곡은 우울증을 옮게 할 수도 있을 소리의 바이러스로 번지고 만 것 같긴 하지만, 실은 그게 아니라, 어쩌면 가족 중에서도 유독 예민한 J씨 본인 혼자서만 그와 같은 생각에 빠져 있는 것일 수도 있다며, 그때 동생이 난데없이 울음을 터뜨린 것은 정작 그 음악 때문이 아니라 전혀 다른 이유, 예컨대 슬픈 백일몽에 젖어 있던 중이거나 그게 아니라면 갑자기 심한 허기가 몰려와서 오열하지 않고는 견디지 못할 만큼 순간적으로 몹시 울적해진 데 불과할지도 모른다고 했다. J씨가 동생에게 왜 울었는지에 관해 더 자세히 캐묻지는 않았는지 자술서에는 그 이유가 밝혀져 있지 않았다. (오열한 이유를 캐묻기보다 J씨는 그래 다 안다는 듯 묵묵히 동생의 어깨를 감싸 안았고 동생은 형의 어깨에 자기 이마를 파묻는 대신 묵묵히 그런 형의 팔을 뿌리쳤다고 적혀 있었다.) 자술서의 이 대목에서 나는 불현듯 이게 어떤 곡인지 당장 들어봐야겠다는 생각을 했다. 내가 음악을 몹시 싫어하긴 해도 그게 혹시 하나의 단서로서 유효할 수만 있다면 개인적 취향 따위는 억제하는 게 마땅해 보였기 때문이다. 그래서 메모지에 곡목을 옮겨 적고는 점원 아가씨에게 그 메모지를 내보이며, 혹시 이 곡이 있으면 지금 좀 틀어줄 수 있겠느냐고 공손한 목소리로 부탁했다. 이제 갓 스무 살을 넘겼을 법한 점원 아가씨의 인상은 그 나이에 어울리게 상냥하기는커녕 차라리 신경질적이고 심술궂어 보였다. 그녀는 내 메모지를 받아 들고 건성으로 아이팟을 검색해보는 척하더니 아니나 다를까 딱 잘라서 없다고 말했다. 비록 오래되긴 했어도 1960년대 말 전 세계적으로 크게 히트했다는 팝음악이 아이팟에서 검색이 안 된다고 하니 의아했다. 아무래도 아까는 볼륨을 줄이라 마라 소리쳐놓고 지금 와서 갑자기 일변한 태도로 골라 온 음악을 틀어달라며 내가 공손히 구는 게 까다로운 그녀의 비위를 거스른 모양이었다. 인터넷 들어가서 검색해보면 다 나오지 않느냐고 내가 반문하자 그녀는 메모지를 다시 내게 넘겨주며 아이팟의 하드디스크 폴더에 미리 저장해둔 음악만 틀 수 있는데 이런 곡은 재생 목록에 없더라고 차분히 응수했다. 나는 건네받은 메모지에서 그 곡의 영문 제목을 다시 들여다보았다. 메모지에는 "white shave on pole"이라고 적혀 있었다. 혹시 내가 제목을 잘못 옮겨 적었으리라고는 의심하지 않았다. 하지만 이것을 굳이 한국말로 옮겨보려고 하니 내 얄팍한 영어 실력으로도 조금 이상하다 싶긴 했다. 장대 위의 하얀 면도(거품)? 그것 참 해괴한 제목이로군, 하고 나는 생각했다. 어쩐지 우울증과 관련 있는 관용어구로 보이기도 하고 혹은 영어권 우울증 환자들만의 암호문이 아니겠느냐는 생각도 들었다. 그러고 보니 정말 그런 것 같기도 했다. 내가 그 앞에서 멀거니 서 있자 점원 아가씨는 자기에게 뭘 더 바라느냐는 듯 공연히 입술을 쫑긋거려 보였다. 나는 바로 찻값을 계산한 후 그 커피숍에서 나왔다. 시계를 보니 어느덧 J씨의 수업이 끝나갈 시간이었다. 다급해진 마음에 나는 미리 전화도 넣지 않고 건널목을 비스듬히 가로질러 곧장 학원으로 향했다. 정문 출입구를 막 지나려는데 때마침 한 떼거리의 교복 입은 아이들이 무리 지어 몰려나오는 바람에 잠시 통로 앞에 서 멈춰 서야 했다. 그때 학원을 막 나서려는 J씨와 마주쳤다. 나는 그에게 넌지시 눈인사를 건넸다. 그는 처음에는 어안이 벙벙한 표정으로 눈만 끔뻑이더니 이내 내가 누군지 알아본 것 같았다. 나는 박 주임의 신신당부를 어기고 '방문 보고 서비스'라고 하는 대신 솔직하게, J씨가 제출한 자술서에 대해 몇 가지 보강 탐문을 하기 위해 다시 왔다고 밝혔다. 그러자 그는 지난번 자술서를 요구받았을 때와 마찬가지로 수사 진행에 순순히 협조하겠다면서 자기가 방금 수업을 마치고 나왔다는 2층 통로 안쪽의 빈 강의실로 나를 안내했다. 강의실에 들어서자 화이트보드 위에 아직 남아 있는 펠트펜의 판서 내용들이 보였다. 나는 그것이 J씨의 필체라는 것을 금세 알아볼 수 있었다. 지면과 달리 딱딱한 화이트보드라 눈에 뜨일 만한 필기 자국이 배어나지만 않았을 뿐 그렇게 펠트펜을 쓸 때조차도 꾹꾹 눌러쓰는 J씨의 습관은 여전한 것 같았다.

J씨는 맨 앞줄의 한 책상 위에 『제시문 독해와 요약 위주의 논술 특강—명문대 입시 기출문제 총정리』라는 자신의 수업 교재를 가지런히 올려놓았다. "단도직입적으로 묻겠습니다." 수첩을 꺼내 든 나는 J씨와 맨 앞줄의 책상 하나를 사이에 두고 마주 앉자마자 정말 단도직입적으로 물었다. "자술서에서 뜻밖에도 형에 관해 이야기하는 대목을 보았습니다. 그런데 저희는 여태까지 J씨가 손인목 장로 댁의 맏아들인 줄로만 알고 있었습니

다. 그럼에도 자술서의 진술 내용대로 정말 친형이 있는 겁니까?" 나의 단도직입적인 질문에 J씨는 아무 말 없이 한참 동안을 수업 교재의 양변 모서리만 손끝으로 만지작거렸다. 그의 시선이 불안하고 위태롭게 흔들리는 것 같았다. 나는 빨리 말하라고 다그치기보다 일단 J씨가 알아서 입을 열 때까지 참고 기다리기로 했다. 이윽고 J씨가 다소 탁하고 갈라진 목소리로 말문을 열었다. "네, 사실 저한테는 저와 세 살 터울의 친형이 있었습니다. 하지만 지금은 없습니다. 이미 여러 해 전에 죽었거든요. 자살한 겁니다." 그런 J씨의 대답에 나는 모근이 쭈뼛해지는 느낌을 받았다. 여러 해 전 자살한 친형이 있었다면 그의 자술서에 나온 손 장로의 말까지 포함해서 하나같이 J씨를 이 집안의 맏아들이라고 해온 다른 가족들의 진술은 어찌된 영문인가? 순간적으로 놀라서인지 나는 여러 해 전이 정확히 몇 년 전이냐고 확인해서 수첩에 기록해둬야 했음에도 깜빡하고 그냥 지나쳤다. 우당탕거리며 통로를 바삐 오가는 여러 발걸음들의 진동이 우리가 앉아 있는 강의실 바닥까지 미세하게 전해져오는 것 같았다. J씨가 계속했다. "친형의 이름은 H였습니다. (이 역시도 혹시 몰라 익명의 이니셜로 처리해둔다.) 우리 식구 중에 그가 자살하리라고 예측한 사람은 저 말고 아무도 없었습니다. 저는 알고 있었죠, 형이 언젠가 자기 손으로 목숨을 끊고 이 비루하고 참혹한 난민의 게토에서 탈출하리라는 것을 말입니다. 그 게토는 물질적인 지평이나 경계가 없어서 살아 있는 동안에는 누군가가 아무리 여기서 탈출하려 해도 탈출한 만큼 오히려 게토의 영역이 늘어날 뿐이라 탈출의 시도와 그에 대한 사회적 방임이 곧 게토 확장과 난민들의 포섭에 유리한 올가미라는 것을, 형은 누구보다 잘 알고 있었을 겁니다. 이런 게토에 안과 밖의 구분이 따로 있을까요? 아니요, 없어요, 없습니다. 그러니 누군가 어느 지점을 밖이라 여기고 뛰쳐나가봤자 그가 뛰쳐나간 순간 밖으로 믿어온 공간적 지대는 어느새 무화되고 대신 끊임없이 팽창하는 안의 소용돌이 속에 자신이 휘말려 있다는 사실만 끔찍하게 불거질 뿐입니다. 그래서 형은 스스로 목숨을 끊기 전까지 어떤 글에 그토록 매달려보고자 한 게 아니었을까 싶습니다." 잠시 말을 멈춘 J 씨가 다시 손끝으로 수업 교재의 양변 모서리를 조심스럽게 만지작거리기 시작했다. 그런데 이런 그의 반복된 손동작은 단순히 책의 가장자리를 습관적으로 매만지기 위한 게 아니라 자신이 원하는 각도에 맞춰 책의 네 귀퉁이가 정확하게 배치되도록 세밀히 조절해두려는 집념의 손질처럼 보였다. 불안하고 초조하게 일렁이는 J 씨의 눈길은 자리에 앉기 시작하면서부터 틈만 나면 책의 네 귀퉁이와 그것을 매만지는 자신의 손끝에 열광적으로 가닿는 것 같았다. 그래서 나는 다리를 꼬아 앉으려다 실수인 척하고 무릎으로 책상 다리를 건드려보았다. 책상이 살며시 흔들리면서 J 씨의 책이 삐뚤게 기울어지고 말았다. 그러자 그는 당황한 표정으로 황급히 책이 놓인 각도를 한 치의 오차도 없이 원래대로 되돌려놓으려고 노력했다. "그래서 자살한 형이 어떤 글에 그토록 매달렸다는 거죠?" 나는 J씨가 자기의 말을 이어가도록 채근해야 했다. "그렇습니다. 스스로 목숨을 끊기 전까지 어떤 글이 형의 정신을 강하게 사로잡고 있었습니다." 손놀림을 멈추고 그가 다시 말했다. "형은 글을 써야만 이 거대한 난민촌의 윤곽이 명확하고 구체적으로 드러나리라고 믿었던 것 같습니다. 그리고 그 윤곽을 글로서나마 밝혀 보여야만 비로소 안과 밖의 경계가 분명해질 거라고도 확신한 게 아닌가 싶고요. 그래야 이 게토에서의 탈출이 가능해질 수도 있을 테니까요. 형은 지금 우리가 살고 있는 세계를 하나의 거대한 난민촌으로 보았으니, 그 글은 당연히 난민들의 세계와 난민촌에 관한 이야기일 수밖에 없었습니다. 그러나 형은 실패했습니다. 왜냐하면 죽음의 결단이 앞질러 형을 덮치고 말았기 때문이지요. 형은 끝내 자살을 택했습니다. 아버지와 엄마는 형이 자살한 이유와 원인에 대해 끝내 아무것도 이해할 수 없었습니다. 하지만 오로지 그 길만이 형으로서는 이 세계와 우리 가족들에게 저지를 수 있는 마지막 범행이자 탈옥처럼 생각되었나 봅니다. 물론 여기에 그치지 않고 범죄는 앞으로도 지속될 수 있습니다. 그건 미래를 위해 기약되어 있는 범죄의 가능성이죠. 벌써부터 저한테서 범죄의 그림자를 엿보려 하지 마세요. 아직은 아닙니다. 형은 유서도 남기지 않았습니다. 아니, 쓰던 글이 형의 유서에 해당하는 것일지도 모르죠. 어쨌든 그 글은 형의 이른 자살 때문에 미완성 유고로 남게 되었습니다. 하지만 다행히도 제가 형의 유고를 넘겨받을 수 있었지요. 저는 형의 유고를 이어 써서 완성하기로 마음먹었습니다. 그래요, 저는 요즘 그 글을 쓰는 중입니다. 제 형과 마찬가지로 저 역시 요즘 쓰고 있는 글에 죽음이 가로질러 간다는 것을 느낍니다. 더러는 심하게 구역질이 납니다. 그 글이 완성되는 날이라면 저한테서 범죄의 그림자를 염탐해보셔도 좋을 것 같군요. 하지만 아직은 아닌 것 같습니다. 유고에 형이 정해놓은 제목을 저도 따라 쓰기로 했습니다. "창백한 백색 그늘"이란 제목이죠. 어디서 따온 말인지는 저도 알지 못합니다. 형이 그렇게 지었으니까요. 죽은 자는 말이 없습니다. 하지만 다시 형이 살아난다면 가장 먼저 하고 싶은 것이 바로 이 제목을 어디서 따왔는지 묻는 일입니다. 그게 어디선가 따온 거라고 제가 확신하는 이유는 형이 언젠가 어떤 외국어 표현을 보고 자기 글의 제목으로 삼고 싶다는 말을 한 적이 있기 때문입니다. 하지만 저는 그 외국 말이 어떤 나라의 언어인지도 아직 알아내지 못했습니다…… 자살한 저의 형에 관해 물으셔서 부득불 다소 길게 이야기를 털어놓아야 하긴 했지만, 이만하면 충분할 줄 믿고 이제부터는 되도록 형 이야기를 입에 올리지 않겠습니다. 양해를 구합니다. 사실 형의 자살은 저희 가족들한테 철저히 망각에 부쳐야 할 기억의 환부일 수밖에 없지요. 물론 그게 바로 기억의 환부라는 이유에서 아무도 입에 담길 원치 않는 형 이야기를, 제가 일부러 끄집어낸 것도 사실입니다. 하지만 원래 세 살 터울의 친형이 있었다는 제 얘기가 이렇게까지 서 형사

님한테 놀랍게 받아들여질 정도로 모두들 저를 맏아들로 부르면서 저를 제외하고는 그 누구도 자살한 형에 관해 암시조차 하지 않았다면 그것은 우리 가족들한테 그만큼 형에 대한 망각이 절실했다는 반증일 겁니다. 그러니 저도 그만 자중하는 게 옳겠다는 생각이 드는군요…… 아무튼 형의 유고를 물려받아 이어가는 동안 저는 아버지와 심하게 맞부딪쳐야 했습니다. 다른 이유에서가 아니라 그저 제가 글을 쓴다는 것 때문이었죠. 아버지는 제가 글을 쓰지 말고 외숙부 밑으로 들어가서 차라리 부동산 투기꾼이 되기를 더 바라는 것 같았고 실제로 기회 있을 때마다 왜 그러지 않느냐며 저를 윽박지르기도 했습니다. 어떻게 제가 그럴 수가 있을까요? 그리고 아버지는 어떻게 그런 걸 저한테 바랄 수 있을까요? 도저히 그럴 수는 없는 일 아닙니까? 그런 치욕을 겪어놓고도 아버지는 어떻게 제가 외숙부 밑에 들어가서 대를 이어 다시 그분의 수하로 일할 수 있으리라고 믿는 것인지 도무지 납득할 수 없었습니다. 이 일로 인해 저는 급기야 어느 날 저녁 아버지와 심한 말다툼을 벌여야 했고 이 과정에서 아버지와 저 사이에 약간의 몸싸움이 벌어지기도 했습니다. 나중에 동생의 말을 들어보니 제가 눈이 뒤집힌 상태에서 아버지한테 주먹을 휘두르기까지 했다더군요. 만약 자기가 저를 뒤에서 제압하지 않았다면 더 큰 불상사가 일어났을지도 모를 거라고도 했습니다. 아마도 당시 제가 너무 흥분해서 잠시 이성을 잃은 게 아니었나 싶습니다. 어느 가정이나 다 마찬가지겠지만, 자식이 부모와 몸싸움을 벌인 것도 모자라서 주먹까지 휘두른다는 것은, 특히나 시골에서 자라고 배운 농사꾼 출신의 우리 아버지에게는 정말 상상도 못할 일이었죠. 그날 이후 아버지는 한동안 몸져눕게 되었습니다. 그리고 저는 날마다 아버지 앞에 꿇어앉아 저의 패륜적인 소행을 눈물로써 뉘우치고 사과드려야 했습니다. 물론 그렇다고 해서 형이 남긴 유고의 완성을 그쯤에서 접고 아버지가 바라는 대로 할 수는 없었습니다. 그래서 아버지와의 타협점을 하나 찾아야 했지요. 제가 논술학원에 나오는 것은 어쩌면 사소한 타협점의 하나에 불과하리라는 생각이 듭니다. 좋은 학벌의 부모 밑에서 부유하게 자란 아이들에게 명문대에 진학하려면 반드시 익혀야 할 논술 문제의 처리 기술을 습득시켜주는 것으로 학력 세습의 최전선에서 복무하고 그 대가로는 사람 구실하며 산다는 치욕의 밥이나 챙겨먹는 셈이지요…… 하지만 아버지가 우울증을 앓게 된 것도 그리고 아버지한테서 우울증의 징후가 본격적으로 나타나기 시작한 것도 결코 이 일 때문만은 아닙니다. 변명 같지만 어쨌든 저는 그렇게 확신하고 있습니다……" "저기 J 씨, 잠깐만이요." 내가 말했다. "짚고 넘어갈 게 있는데요, 방금 얘기된 사람들 중에 아버지라고 말한 사람이 분명히 J 씨의 친부인 손인목 장로가 맞습니까?" 내 물음에 진술의 흐름이 끊기자 J 씨는 다시 그 틈을 타서 책의 네 귀퉁이를 자기가 원하는 각도로 맞추는 일에 몰두했다. 그러다 잠시 후 다시 진술을 이어가기 시작했다. "흠, 손인목…… 그건 저희 아버지의 원래 이름이 아닙니다. '손인목'이라는 이름은 교회에서의 장로 장립을 위해 따로 작명받은 새 이름입니다. 아버지는 예전 이름이 너무 촌스럽고 우스꽝스러워서 교회 장로라는 직위에 전혀 걸맞지 않다고 여긴 것 같았습니다. 원래부터 예전 이름에 불만이 많았는데 차라리 잘 되었다며 이 기회에 아예 개명하기로 결심했다고 했습니다. 마침 '인목'이라는 이름이 교회 장로와 가장 어울리는 것 같다는 주위 사람들의 추천이 들어왔지요. 어질 인(仁)에 화목할 목(穆)자를 쓴다고 했습니다. 마치 조선 시대의 어느 사대부를 연상시킬 만큼 고색창연하고도 준엄해 보이는 이름이지요. 그러고 보니 제가 교회 주보에서 흘낏 본 다른 장로들의 이름도 대체로 그런 느낌을 주는 것 같았습니다. 최한조, 지항범, 조당전, 유근묵, 윤집, 이광손, 허백헌 등등…… 지금 이 자리에서 제가 바로 열거할 수 있는 이름들만 해도 대충 이랬는데, 아마 그분들 또한 저희 아버지처럼 원래는 촌스럽고 우스꽝스러운 이름에서 장로에 어울리는 이름으로 개명한 건지도 모르겠다는 생각이 드는군요. 저희 아버지 손인목 장로의 원래 이름은 '손말똥'이었습니다. 손말똥이라는 이름을 듣고 웃으시면 안 됩니다. 그건 살면서 지금까지 저희 아버지한테 심한 모욕감을 안겨온 일일 수도 있기 때문이지요. 물론 저희 형제들 역시 어디 가서 아버지 성함을 대야 하는 경우가 생길 때면 늘 당혹스러워한 게 사실이었습니다. 손말똥이라는 이름은 상대방에게서 거의 매번 터무니없는 실소를 유발하곤 해왔으니까요. 아버지는 장로 장립 때조차 그 이름 때문에 남들의 웃음을 살까 봐 몹시 고심한 모양입니다. 자기를 향해 지어 보이는 남들의 웃음은 아버지한테 오로지 비웃음밖에 없었습니다. 아버지는 남들이 그저 아무 뜻 없이 자기를 향해 웃어 보이기만 해도 비웃는 것으로 받아들이고는 뜬금없이 상한 기분을 내색할 때가 자주 있었습니다. 그래 봤자 이 세상의 모욕과 멸시에서 벗어날 수 있기는커녕 본인만 더 고립되고 외로워질 뿐이었죠. 그런데 그게 꼭 이름 때문만은 아니었던 것 같습니다. 형과 저는 그 원인에 대해 아버지가 모든 게 절박하고 위태로운 난민으로 살아야 했기 때문일 거라는, 그렇게 살아가도록 강요받아왔기 때문일 거라는 생각을 했습니다…… 이런, 저도 모르게 제 입에서 또 자살한 형 얘기가 튀어나왔군요…… 오래전 어느 날 아버지와 같은 집에 살 무렵이었습니다. 밤이 이슥해진 시각이었는데도 집 바깥이 소란스러웠습니다. 평소 아버지는 일찍 잠자리에 드는 편이니 이런 밤 시간의 소란을 견딜 수 없었을 겁니다. 제가 창밖을 내다보니, 도대체 무슨 의도에서인지는 몰라도 오토바이를 몰고 온 여러 명의 사내 녀석들과 여자아이들이 골목 안에 모여, 여기가 주택가이며 지금은 조용히 해야 할 시간이라는 사실에 아랑곳하지 않고 저희들끼리 신나게 시시덕거리는 중이었습니다. 자기들의 흥을 북돋우기 위해선지 아니면 이곳 주민들의 안면에 대하여 선전포고를 하려는 목적에서인지 몰라도, 웃고 떠드는 자기들의 말소리에, 적어도 후자의 목적에서 그러는 거라면 그렇게 억제되지 않고 목청껏 내뱉어대는 말소리들의 크기만으로도 충분했을 텐데 거기에 만족하지 않고, 광폭하게 으르렁대는 오토바이의 엔진 소음까지 곁들이더군요. 그들이 오늘 밤 이 주택가에서 무슨 사고라도 치려고 작당한 게 아닐까 싶다는 생각까지 다 들 지경이었습니다. 슬슬 긴장이 되지 않을 수 없었지요. 주택가의 밤 시간을 짓밟으며 이 부랑아 나부랭이들이 쏟아내는 소음의 강도가 커져갈수록 저의 긴장감도 점점 더 늘어나는 것 같았습니다. 그때 자다 깬 아버지가 난데없이 안방에서 창밖에 대고 그 녀석들을 향해 버럭 욕설이 섞인 고함을 지르더군요. 저는 더럭 겁이 났습니다. 제 방의 창문으로 골목 안의 동향을 살피니, 일순간 조용해지긴 했지만 녀석들의 후퇴는 그리 오래가지 않았습니다. 아버지를 비웃기라도 하듯 이전보다 더 심하게 오토바이를 부르릉대기 시작하더군요. 저는 정말 말리고 싶었지만 아버지는 다시 한 번 창밖에 대고 고함을 질러댔습니다. 그러자 이번에는 패거리 중에서 한 녀석이 나서서 아버지를 향해 가운데 손가락을 치켜들어 보이기까지 하더군요. 아버지는 그게 무슨 의미를 띤 제스처인지 알지 못했을 테지만 뭔가 불쾌한 게 느껴졌는지 그 부랑아 녀석들을 향해 뛰쳐나가려는 것 같았습니다. 하지만 뛰쳐나가봤자 봉변을 당할 게 빤했지요. 여전히 정신적으로는 고향에 머물러 있을 아버지의 관점에서 보자면 어른의 나무람에 나이 어린 청소년들이 그렇게 응대하는 건 정말 있을 수 없는 일이었습니다. 하지만 부랑아 녀석들의 시각으로는 그저 짓밟아버리고 싶은 꼰대의 간섭에 지나지 않았을 테니까요. 그 순간에 저는 마루로 얼른 튀어나와 아버지를 말렸습니다. 가만 보니 아버지도 제가 튀어나와 말리기를 기대한 눈치더군요. 저한테는 그런 아버지가 약간은 애처로우면서도 많이는 한심해 보였던 것 같습니다. 다행히도 그때 골목 안으로 사이렌 소리와 함께 순찰차가 들어와서 그 부랑아 패거리를 쫓아내기 시작했습니다. 그사이에 이곳 주민들 중에서 누군가가 경찰 지구대에 신고라도 한 모양이지요. 맞습니다. 한밤중에 부랑아들의 소란으로 안면을 방해받게 되면 뒷감당도 못할 거면서 창밖에 대고 무작정 고함부터 지를 게 아니라 경찰 지구대 같은 데다 신고를 하는 게 지혜로운 겁니다. 그래야 익명을 보장받을 수 있을 테니까요. 그런데 문제는 그다음부터였어요. 패거리 중에 한 녀석이 순찰차에 의해 쫓겨 가면서도 우리 집 쪽을 노려보는 게 보이더군요. 멀리서 잠시 내려다보였을 뿐이지만 상당히 섬뜩한 눈빛이었습니다. 그러고는 잠시 후 저희가 세 들어 살고 있는 빌라 건물의 계단을 급히 뛰어 올라오는 누군가의 발자국 소리가 문밖에서 들려온 것 같았습니다. 저는 긴가민가했는데 그때까지 마루에 나와 있던 아버지가 누군가의 발소리를 똑똑히 들었으며 그게 옥상으로 향한 것 같다고 했습니다. 저희 집은 옥상 바로 밑층이었죠. 이 야밤에 옥상 위로 누군가가 잠입했을지도 모른다는 생각은 그렇지 않아도 아직 가시지 않은 불안감을 더욱 고조시킬 수밖에 없었습니다. 결국 아버지는 경찰을 불렀습니다. 하지만 그 밤에 아버지의 요청으로 옥상을 샅샅이 뒤져본 경찰이 고작 발견한 것은 후다닥 달아나는 도둑고양이들뿐이었습니다. 옥상에는 아무도 없었습니다. 경찰은 투덜거리며 돌아갔습니다. 하지만 저 역시도 그날 이후 몹시 불안해져서 문 밖으로 누군가의 발소리만 들려도 신경을 곤두세우지 않을 수 없었습니다. 게다가 이튿날부터 빌라 입구에 세워두는 아버지의 자전거가 자꾸 도난당하는 일이 발생하기 시작했습니다. 아버지는 처음에는 어쩌다 우연히 일어난 도난 사건쯤으로 대수롭지 않게 여겼지만 이후로도 계속 자전거를 새로 장만할 때마다 줄기차게 도둑맞자 필시 이것은 자기를 겨냥한 누군가의 보복 행위일 거라고 단정 지었습니다. 제 기억으로는 그런 일이 거듭되면서부터 아버지에게서 조금씩 이상한 기미들이 나타나기 시작하지 않았나 싶습니다. 또 도둑맞을까 겁난다며 자전거를 마루로 들여놓았다가 빌라 입구에서 아버지의 자전거를 찾던 도둑이 거기에 아버지의 자전거가 없는 걸 보면 집으로 틈입할지도 모른다면서 이번에는 옥상으로 옮겨놓기도 했습니다. 그러고는 아예 옥상에서만 자전거를 탔습니다. 어느 날 밤에 또다시 옥상에서 인기척이 나는 것 같더군요. 불안해진 마음에 손전등을 들고 조심스럽게 옥상으로 올라가보았습니다. 아버지가 멈춰 있는 자전거의 안장에 앉아 열심히 페달을 밟고 있는 게 보이더군요. 그 옆에는 낡은 카세트리코더에서 음악도 흘러나오고 있었고요. 아니나 다를까, 그 음악은 제가 이미 자술서에 소상히 쓴 바 있는 바로 그 곡이었지요. 저는 지금 이 시간에 여기서 도대체 뭐 하시는 거냐고 했습니다. 그러자 아버지는 뜻밖에도 울먹거리는 목소리로, 여기서 자기가 이러고라도 있어야 자전거에든 옥상에든 놈들이 얼씬도 못할 거 아니냐면서 앞으로 밤마다 이러고 있기로 했다는 말을 했습니다. 저는 황당해졌지만 더 이상 아무 말도 하지 않고 그냥 돌아 나왔습니다. 그런 아버지의 노력도 헛되이, 며칠 후에 옥상 위의 자전거는 얄궂게도 또다시 도난당하고 말았습니다……"

그렇게 말하고는 J씨가 말끝을 슬며시 흐렸을 때 나는 일단 오늘은 거기까지만 듣겠다고 한 후 자리에서 일어났다. 그도 수업 교재를 챙겨 들었다. 우리는 통로를 따라 건물 정문까지 함께 걸어 나왔다. J씨와 함께 걸으면서 나는 아버지가 즐겨 들었다는 그 팝음악의 제목이 한국말로 뭐냐고 물었다. 그는 금세라도 말해줄 수 있을 것처럼 입술을 달싹거렸지만 끝내 아무 대답도 하지 못했다. 그러더니 그 대답 대신 뜬금없이 내게 혹시 결혼을 했느냐고 물었다. 내가 그렇다고 하자 이번에는 아이가 있느냐고 물었다. 나는 아내가 임신한 지 4개월째 되었다는 말은 생략하고 그냥 아직 없다고만 답했다. 그러자 그는 다행이라면서 절대로 아이를 낳지 말라고 했다. 앞으로 아이를 왜 낳지 않느냐는 주변의 참견과 압박이 점점 더 거세질 테지만 그따위 말들에 절대로 현혹될 필요가 없다는 주장도 덧붙였다. "절대로 아이를 낳으려 하지 마세요. 아이를 낳는 것은 무책임한 죄악입니다. 아이를 낳는 것보다 아이의 삶이 더 중요한 문제일 텐데도 사람들은 아이를 낳는 게 그 이후의 부부 관계에 어떤 영향을 미치느냐에 대해서만 지껄여대죠. 부부끼리 더 잘 살기 위해 혹은 앞으로 살면서 외로워질 수도 있다는 이유만으로 섣불리 남들한테 아이를 낳으라고 권하는 것은 사람 사는 곳이면 그게 어디든 널려 있는 대로 모든 이들을 수렁에 빠지게 하려는 세상의 잔꾀일 뿐입니다. 아이를 낳으려면 다른 것보다 우선, 이런 세상에 아이가 태어났을 때 과연 그 아이가 얼마만큼 행복하게 살 수 있을까 하는 문제부터 시간을 두고 고민해보는 게 순서일 것입니다. 하지만 그렇게 하면 아이를 낳겠다는 생각이 확고해지기란 불가능한 노릇이 아닐까 싶습니다. 결론적으로 무책임한 죄악일 수밖에 없을 테니까요." 건물 앞에서 헤어지기 전에 J씨가 마지막으로 말했다. 나는 그에게 아내가 임신 4개월째라고 밝히지 않은 게 무척이나 다행이었다는 생각을 했다. 그러면서 아내에게 배 속의 아이는 잘 있는 것 같으냐고 하는 문자메시지를 보냈다.

그러고 나서 며칠 후 J씨의 동생에게서 아버지의 상태가 다소 호전되어가는 것 같다는 연락을 받았다. 그런데 바로 그다음 날 다시 J씨의 동생에게서, 며칠째 형의 행방이 묘연하다며 아무래도 실종된 것 같다는 연락이 왔다. 나는 지체 없이 박 주임에게 이 사실을 보고했다. 박 주임은 심각한 표정으로 수배를 검토해야 하는 것 아니냐고 내게 반문했다. 하지만 나는 그가 어딘가로 도피했다기보다 결국 가족들 모르게 자살을 결행했을 가능성이 더 크다고 생각했다. 그가 만일 자살한 게 틀림없다면 그동안 이어 써온 형의 유고를 얼마 전에 결국 마무리 지었다는 의미일 수도 있을 것이다. 그렇다면 J 씨의 행방 이전에 우선, 강박적으로 꾹꾹 눌러쓴 필체가 도드라져 있을 유고의 완성본 또는 그의 유서를 찾는 게 먼저일 거라는 생각도 들었다. 나는 일단 손 장로의 가족들에게 가보기로 했다.

모조 노벨레 이어 하기

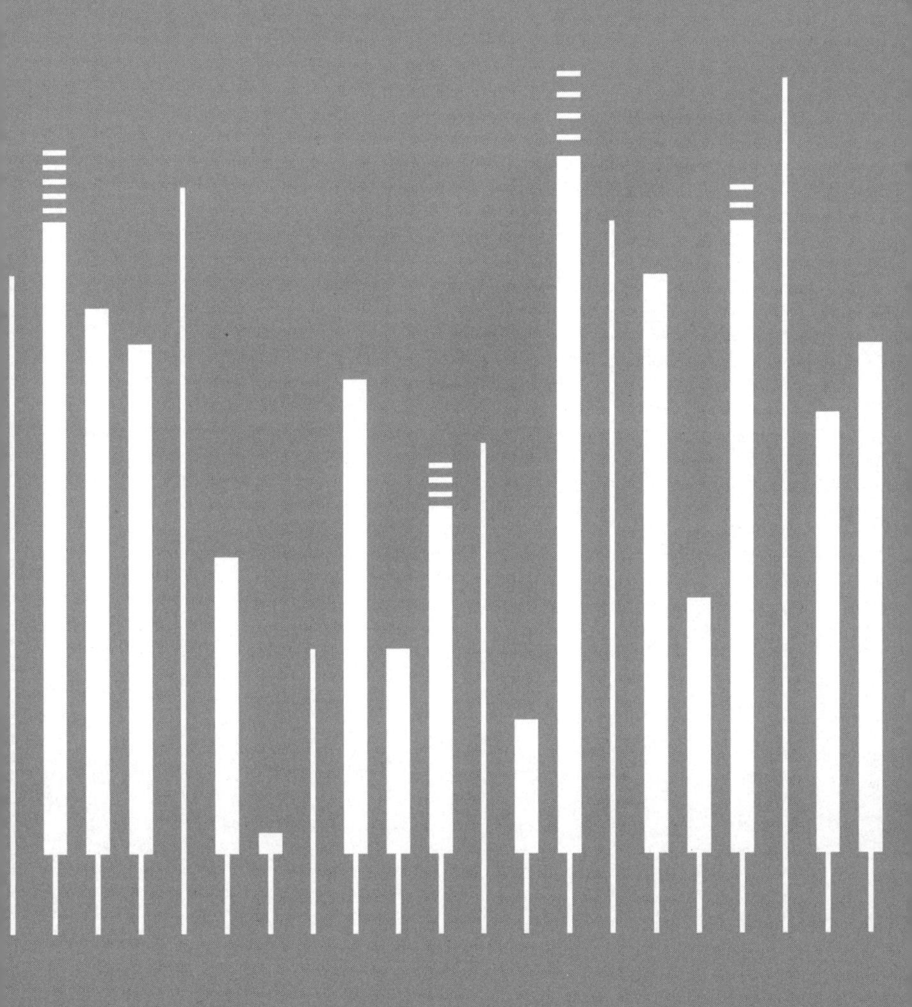

“이야기는 흥미롭게 잘 들었는데요, 그 친구분을 계속 ‘난민 M’이라고 부르는 데는 뭐 특별한 이유라도 있나요?” U가 내게 물었다.

“그 친구가 오래전 할리우드 영화에 나오는 1980년대 쿠바 난민과 자기를 동일시하고 있어서죠. 왜 그런지는 저도 몰라요. 그런데 옆에서 가만히 지켜보니 그 친구가 왜 스스로에 대해 난민이라고 자처하는지 알 것 같기도 하더라고요. 그러고 보면 지금 이곳은 난민촌이나 다름없다는 생각도 들고요. 난민촌 안에 거주하고 있는 사람은 누구나 다 난민이죠. 그러니 시민 누구누구가 아니라 난민 누구누구라 해야 맞겠고요.” 그러고는 이렇게 말했다. “대학 다니러 서울 올라온 이후로 여러 직업을 전전하면서 이런저런 마음고생이 참 많았다는데, 더 좋아지기는커녕 급기야 그런 모습까지 내보이게 되다니 한마디로 불우한 친구죠."

나는 그쯤에서 말을 멈추고 묵묵히 앞에 놓인 맥주잔만 만지작거렸다. 그러자 P가 맥주를 홀짝거리며 말했다.

"다른 건 잘 모르겠고, 정신적인 상황이 불우해진 건 안타깝지만 설령 오랜 친구 사이라 해도 일단은 만나지 않는 게 좋을 것 같아요. 그게 무슨 이유든 칼을 품고 다니는 사람은 위험해요. 또 만났다가는 어떤 봉변을 당할지 모르니까요."

"그게 비유적인 의미에서 말하는 칼 같은 게 아니라, 진짜 칼인가요?" Q가 부지런히 땅콩을 까서 입에 털어 넣으며 그렇게 물었다.

"마음속에 비수를 품는다고 할 때 말하는 칼 같은 게 아니라 진짜 칼 같았어요. 길 가다 경찰한테 불심검문을 당하기라도 하면, 아무 데서나 생각날 때마다 사과 깎아 먹으려고 그런다는 말로 둘러칠 거라 했거든요." 내가 말했다.

"그럼 진짜 칼 맞네요. 생각날 때마다 사과 깎아 먹으려고 칼을 가지고 다닌다니, 보나 마나 날카로운 과도 같은 것일 텐데 알리바이 때문에라도 배낭에 사과를 잔뜩 챙겨 다닐지도 모를 사람이로군요. 위험합니다. 역시 안 만나는 게 신상에 이롭겠어요." 마른안주로 나온 한치의 몸통을 가지런히 찢으며 U가 말했다.

"그러게요. 예전과 다를 바 없는 인상을 풍겼어도 사과 깎아 먹는 과도를 소지하고 다닌다면 섬뜩할 텐데, 황당한 이야기를 늘어놓은 끝에 그러니까 더 오싹해지더군요. 빨리 자리를 피하고 싶다는 생각밖에 들지 않더라고요." 내가 말했다.

"역시 칼을 가지고 다니는 사람하고는 만나지 않는 게 좋겠어요. 저는 그게 마음속의 칼이라고 해도 마찬가지라고 보거든요. 마음속에 칼을 품고 다니든 사과 깎아 먹으려고 과도를 휴대하고 다니든 칼은 무조건 사람 관계를 끊어놓기 마련이죠." 입에 털어 넣은 땅콩을 우물거리며 Q가 말했다.

"소설에서야 대수롭지 않게 넘어갈 수도 있을 텐데, 실제로 알고 지내는 현실 속의 누군가한테서 그런 이상 징후가 엿보인다면 기분이 꽤 섬뜩할 것 같아요. 이렇게 황당한 이야기를 늘어놓다니, 그동안 알고 지내온 사람이 맞나 싶어서 당혹스럽기도 할 테고요." P가 말했다.

"소설은 어차피 늘 그런 사람의 비정상적인 경우를 다루는 법이니까." Q가 말했다. "그러려니 해도, 실제 현실은 대부분 평온한 일상의 반복으로 이루어져 있다 보니 아무래도 소설을 연상시키는 상황이 끼어들면 더욱 괴이하게 느껴질 수밖에 없겠죠."

Q를 돌아보며 U가 말했다. "실제 현실이 대부분 평온한 일상의 반복으로 이루어져 있다고요? 글쎄요, 그렇지는 않은 것 같아요. 그렇다면 인터넷 포털 사이트와 신문 지상에 매일같이 오르내리는 사건, 사고들은 다 뭐죠? 살짝만 훑어봐도 우리가 살

아가는 실제 현실이 온갖 비정상적인 사건, 사고 들로 점철되어 있다는 것을 알 수 있는데요. 간밤에는 어느 연극연출가가 찜질방 수면실에서 알몸으로 자고 있던 남자의 성기를 어묵 꼬치인 줄 알고 입에 넣으려 했다 철창 신세를 지게 되었다는 이야기도 메인으로 떠 있더군요."

"연극연출가가 그랬다면 자기 연극의 한 상황을 실제 현실에서 직접 실연해 보이고 싶어 한 것일지도 모르겠네요. 술김에 무대와 현실을 혼동한 것일 수도 있고요. 어떤 저질 코미디에서 등장인물이 벌거벗은 남자의 성기를 어묵으로 착각하고 먹으려 하는 에피소드 따위. 요즘 연극계에서는 그런 포르노 연극이 자꾸 나오는 현실을 개탄하고 있다더라고요." Q는 맥주를 한 모금 홀짝거린 후 마저 말했다.

"하지만 그렇게 어이없고 우스꽝스럽거나 때로는 끔찍한 일도 사람들 대부분은 인터넷 포털 사이트나 신문 지면에 올라와 있는 이야기로만 전해 들을 뿐 실제 현실에서 직접 겪는 경우는 드문 것 같아요. 방금 전 우리 S 씨가 들려준 얘기처럼 어느 아는 사람과 만나서 그처럼 해괴한 상황을 겪었다 해도 그 또한 우리한테 강 건너 불구경하는 듯한 이야기로만 전해지고 소비될 뿐 평온한 일상의 반복을 흐트러뜨리지는 못하죠. 아니, 흐트러뜨리기는커녕 오히려 평온한 일상의 반복을 강화해주는 이야기의 울타리로만 에워싸이는 것 같아요."

잠시 후 P가 말했다. "그래도 소설가가 전해주는 경험담은 뭐가 달라도 다르네요. 실제 현실에서 무슨 일인가를 겪으면 그게 무슨 이야깃거리든 듣는 사람의 귀가 솔깃해지지 않을 수 없게끔 옮겨주니 말이죠. 방금 전에도 그랬어요. '난민 M'이라는 친구분의 이야기를 들으면서 느껴졌을 S 선생님의 기분이 생생하게 전해지더라고요. 물론 그런 일이 실제로 있었고 본인이 사실대로 그 상황을 전했다 해도 중간중간 본인이 접한 이야기 내용에 적당한 가공과 첨삭이 있지 않겠나 싶긴 하지만."

"아, 그럴 정도로 직업 정신이 투철한 사람은 아니에요, 제가." 내가 말했다. "작화증 환자도 아니고요. 하긴 작화증 환자야말로 최고의 소설가일지도 모르죠. 끊임없이 자기가 꾸며낸 허구의 경험으로 실제 현실을 대체하지 않으면 견딜 수 없어 하는 존재일 테니까요."

그러자 U가 가지런히 찢은 한치를 질겅질겅 씹어 먹으며 이렇게 말했다. "허구가 아니고 실제로 있었던 일이라는 것을 본인의 입으로 강조하면 강조할수록 더욱 허구처럼 여겨지는 거, 이런 게 바로 허구의 역설이죠."

"그러고 보니" 내가 비꼬듯 말했다. "방금 전 이야기의 주인공인 난민 M이 그런 의혹을 받는 것처럼 가볍게라도 망상 장애에 사로잡혀 있거나 정신분열증을 앓는 사람은 자신의 경험담을 누구보다 절박하게 허구가 아니라 실제 있었던 일이라고 남들이 믿어주기를 바라죠. 소설가라면 모름지기 그토록 절박한 심정의 반만이라도 따라가야겠다는 생각이 드네요. 자기 이야기의 사실 여부에 대하여 반신반의하는 상대방한테 '삼배구고두례(三拜九鼓頭禮)'라도 드리는 심정으로."

"삼배구고두례? 그런 말이 다 있어?"

그때 스마트폰으로 재빨리 이 단어를 검색해본 P가 말했다.

"세 번 절하고, 한 번 절할 때마다 세 번씩 총 아홉 번 머리를 조아리는 의식. 옛날 청나라 황제가 다른 나라를 제후국으로 복속할 때마다 치른 예법이라고 나오네요. S 선생님이 갑자기 지어낸 말이 아니고 실제로 있는 한자어예요."

"여기서 삼배구고두례가 갑자기 왜 나와? 아니, 저기 내 얘기는 그러니까 그게 아니고……"

"그런데, 아까 그 어묵 맛은 실제로 어땠을까요? 입에 들어가는 순간 진짜 어묵 맛이 느껴졌을지 어땠을지 궁금하네요." U의 말을 끊고 내가 말했다.

일동이 '어묵?' 하고 되묻더니 이내 입가에 쓰디쓴 웃음을 지어 보였다. Q가 벌컥벌컥 맥주를 들이켠 후 불쾌해진 얼굴로 이렇게 웅얼거렸다. "어묵 꼬치는 국물에 푹 익어서 흐늘흐늘해진 게 맛있지."

술자리가 파하자마자 나는 서둘러 택시를 잡아탔다. 2차에 따라가는 것도 좋지만 그러자니 원고 걱정이 앞섰다. 어느 잡지에 넘겨줘야 할 소설 원고의 마감 시한이 얼마 남지 않았는데 시작은 고사하고 아직 대강의 갈피도 못 잡고 있었기 때문이다. 이제 써나가야 할 소설에 대해 걱정하고 있는 사이 어느덧 택시가 집

근처에 도착했다. 택시에서 내릴 때는 언제나 그래 왔듯이 꿋꿋하게 카드를 내밀었다. 새삼스런 일도 아니지만 지갑에 현금이 한 푼도 없었기 때문이다. 그런 이유에서라도 소설 원고를 반드시 넘겨야 했다. 원고료의 액수가 많지는 않았지만 그런대로 짭짤했다. 택시 기사는 내가 카드를 내밀자 그러지 않을 것처럼 그러더니 혼잣말로 뭐라고 투덜거렸다. 그런 기사의 반응을 보며 다음번에는 꼭 현금으로 택시비를 내야겠다고 생각했다. 그러자면 우선 소설을 써야 했다. 그래서 언제라도 현금 인출이 가능하도록 많지 않은 액수로나마 잔고를 채워야 했다. 요즘은 언제 마지막으로 현찰을 뽑아 썼는지도 기억이 가물가물해질 지경이었다.

궁지에 몰린 나로서는 지푸라기라도 잡는 심정으로 이런저런 이야깃거리를 떠올려보려 했다. 하지만 아무것도 떠오르지 않았다. 그렇지 않아도 빈곤한 상상력이 드디어 메마른 바닥을 드러낸 게 아닐까 싶을 정도였다. 아무 이야기도 길어내지 못하도록 누군가가 내 상상력의 경정맥에 칼침이라도 꽂은 것만 같았다. 이럴 때는 오래전에 끄적거려둔 스케치라도 찾아서 다듬어 보는 게 상책이다. 그런데 겨우 찾아낸 스케치는 내 필적이 아니었다. 아무리 기억을 헤아려봐도 누구의 필적인지는 전혀 떠오르지 않았다. 고갈된 상상력에 더해 이제는 기억력까지 흐려진 모양이었다.

*

최근 다시 연락해오기 전까지 난민 M이 마지막으로 내게 보낸 문자메시지의 내용은 이러했다.

—최근 형이 들으면 솔깃해할 만한 공포 체험을 했습니다. 나중에 만나면 어떤 이야기인지 자세히 들려드리죠. 저는 이 체험을 바탕으로 해서 글을 한번 써볼까 합니다. 물론 작품의 소재로 형이 가져가셔도 좋고요.

외롭게 혼자 사는 이 대도시의 난민들이 대개 그러하듯이, 난민 M도 자기 휴대폰에 저장되어 있는 지인들의 연락처로 이따금 생뚱맞은 문자메시지를 보내곤 하는 것 같았다. 매번 그런 건 아니었지만, 나도 난민 M에게서 생뚱맞은 문자메시지를 더러 받은 적이 있다. 그럴 때마다 난민 M의 문자메시지는 막연히 어딘가에 있을 외계 생명체와의 교신을 바라고 송출하는 전파 신호처럼 여겨졌다. 왜 그런 메시지를 보내는지 이해가 가지 않는 것은 아니었다. 그렇다손 쳐도 수신하는 입장에서는 썩 달가울 리 없는 메시지였다. 그러다 보니 답신을 미루거나 아예 보내지 않을 때도 많았다. 그때도 답신으로 간단하고 의례적인 인사말만 찍어 보냈다. 그러고 나서는 한동안 연락이 뚝 끊겼다. 나는 슬그머니 난민 M의 소식이 궁금해졌다. 그래도 난민 M은 나를 작가랍시고 존중해준 소수의 친구 중 하나였으니까. 무엇보다도 내가 이름 앞에 '시민' 대신 '난민'이란 수식어를 붙여 부르기 시작한 최초의 인물이었으니까.

그러던 중 난민 M에게서 오랜만에 문자메시지가 왔다. 역시나 생뚱맞게 블로그 링크만 걸려 있는 메시지였다. 나는 블로그 링크를 클릭하는 대신 어떻게 지내고 있는지 궁금하다는 말만 답신으로 보냈다. 그러자 난민 M에게서 금세 답신이 왔다. 최근 낙산동 언덕 중턱으로 이사했는데 집 근처 편의점에서 아르바이트를 하고 있다는 내용이었다. 나는 마흔을 훌쩍 넘긴 나이에 편의점에서 아르바이트를 새로 시작했다니 뭐든 하긴 해야겠지만 그래도 꽤 힘들겠다고 했다. 난민 M에게서는 한동안 답신이 오지 않았다.

그사이 나는 난민 M이 얼마 전까지 공공근로사업에 자원하여 일하고 있었다는 사실을 떠올렸다. 공공근로사업에 자원하기 전까지는 대학 선배가 운영하는 요식업체 지배인이었다. 끝이 좋지 않았다. 대학 선후배 사이라는 것을 내세워 부당한 저임금으로 자기를 착취하는 게 확실하다고 했다. 아무튼 대학 선배가 운영하는 요식업체 지배인으로 일하기 전에는 일산의 어느 논술학원에서 첨삭 아르바이트를 했고 내가 난민 M을 만난 것도 10년 전 바로 그곳에서였다. 논술학원의 첨삭 아르바이트도 대학 선배가 소개해준 일자리였다. 하지만 선배는 일자리 소개의 대가로 난민 M이 며칠 동안 꼬빡 밤까지 지새워가며 첨삭해준 후 받은 첫 수당의 절반을 뜯어갔다고 했다. 그리고 그 이

전에는…… 무슨 불고기 프랜차이즈점에서 불판 갈아주는 일을 한 모양인데 손님과 시비가 붙는 바람에 보수도 제대로 못 받고 쫓겨났다는 것 같았다.

하지만 난민 M이 대학 졸업 후 처음부터 그런 일자리만 전전한 것은 아니었다. 처음에는 나름대로 번듯한 직장을 다녔다고 했다. 국내 굴지의 대기업 자회사에 몸담은 적도 있다고 했다. 누구나 이름만 들으면 알 만한 의류 브랜드였다. 물론 거기에서도 같은 부서 동료나 거래처 상사와 수시로 마찰을 빚는 바람에 원만한 직장 생활을 이어가지는 못한 것 같았다.

내가 이런저런 잡념에 사로잡혀 있는 동안 다시 난민 M에게서 문자메시지가 왔다. 좋은 소식이 있어서 나한테 먼저 알려주고 싶다는 내용이었다. 뭐, 좋은 소식? 그럼 혹시 갑자기 결혼이라도? 난민 M은 아직 결혼까지는 아니지만 여하튼 조만간 연애를 하게 될 것 같다고 했다. 그러고는 자기가 의류업체에서 근무할 때 알고 지낸 직장 동료 아가씨와 얼마 전 우연히 다시 만나게 되었다고 했다. 그 말에 나는 곧바로 축하 인사를 보냈다. 그러고 보니 난민 M이 문자메시지에 블로그 링크를 걸어둔 것도 아마 그런 소식을 전하기 위해서일 거라는 생각이 들었다. 최근 같이 찍은 여자친구의 사진이라든가, 그녀와의 아릿한 사연이라든가, 결국 이뤄낸 첫 데이트의 감회라든가. 궁금해진 나는 블로그 링크로 검지를 옮겨 짚었다. 그 순간, 난민 M에게서 뜻밖의 문자메시지가 왔다.

—제가 예전에 말씀드린 공포 체험도 이 일과 관련이 있습니다. 매 순간 천당과 지옥을 오가는 중이에요. 어서 빨리 요즘 같은 나날이 지나가기만을 바랄 뿐입니다. 그러면 천당에서의 하루하루만 남겠죠.

오래전 알고 지낸 직장 동료 아가씨와 다시 만나 연애를 시작해보려는 일과 내가 들으면 솔깃해할 만하다는 난민 M의 공포 체험이 서로 연관되어 있다니, 순간 기분이 뜨악해졌다. 그 메시지를 보자 난민 M의 연애와 그 상대에 대한 궁금증이 가시는 것 같았다. 지구 바깥 어딘가에 존재할 외계 생명체와 교신하기 위하여 아무렇게나 송출한 전파 신호에 제대로 낚인 기분이었다. 하지만 그런 기분을 상대방에게 드러내기에는 거듭되는 문자메시지에서 전해져오는 난민 M의 기색이 너무 진지해 보였다. 글자만 전송되는 문자메시지에서 상대방의 태도나 속마음이 읽힌다는 것은 언뜻 납득이 가지 않는 노릇이다. 하지만 실제로 그런 경험을 한다는 사람이 많은 것도 사실이다. 난민 M의 문자메시지는 내게 그럴 수도 있다는 것을 눈앞에서 일깨워주고 있는 셈이었다.

그래서 나는 일단 말머리를 돌려 편의점 아르바이트는 할 만하냐고 물었다. 난민 M은 편의점 주인이 마흔 살도 훌쩍 넘긴 자기 나이를 고려해서 관리 주임으로 불러주고 있긴 하지만 실제로는 물건 계산 이외에도 온갖 허드렛일을 도맡아 하는 잡역부에 불과하다고 했다. 그러면서 서울에 올라온 후로 대학 선배

건 모르는 사람이건 자기 밑에 두고 살살 이용해먹으려 드는 수작에는 이제 이골이 날 지경이라고 툴툴거렸다(정확히 말하면, 툴툴거린다는 인상을 자아냈다). 그러고는 사고무친의 서울에서 튕겨져 나가지 않으려면 무슨 일에라도 달려들어서 입에 풀칠이라도 해야지 별수 없지 않느냐고도 했다.

나는 여러 이유에서 차라리 낙향하는 게 어떠냐는 말을 꺼낼까 하다 말았다. 난민은 어떠한 경우에도 낙향을 택할 수 없을 거라는 생각이 들어서였다. 하긴 그렇다. 낙향은 돌아갈 고향이라도 있는 사람에게나 유력한 선택의 갈래일 뿐이다. 그런데 난민은 마음에서 고향이 지워진 사람이다. 의식적으로든 무의식적으로든 마음에서 고향을 지운 사람일 것이다. 난민이 떠올릴 법한 고향이란 재앙의 낙진이 내려앉아 있는 폐허에 지나지 않는다. 그런 재앙의 공간에서 빠져나와 하루하루를 타지에서의 피난살이로 연명하고 있는 난민에게 낙향 운운하는 것은 지나치게 가혹한 조롱이거나 감상적인 망발일 수도 있다. 난민이 살아갈 수 있는 공간은 불행히도 임시로 열려 있는 피난처밖에 없다. 하지만 피난처는 불안정할 수밖에 없는 공간적 속성으로 인하여 난민의 존재를 송두리째 뒤흔들어놓기 일쑤이다.

—하지만 그와는 별개로 이 모든 체험은 제가 편의점 아르바이트를 하면서 시작되었다고 할 수 있지요.

난민 M은 이어지는 문자메시지로 그렇게 말했다. 나는 도대체 그 '모든 체험'이라는 게 뭐냐고 물었다. 그러자 난민 M은 내가 그렇게 물어오기를 기다렸다는 것처럼 재빨리 블로그 링크 메시지를 또 한 번 보냈다. 그러고는 이런 말을 부연했다.

—그렇지 않아도 형이 궁금해하실 줄 알고 제 개인 블로그에 최근 겪은 모험의 전말을 기록해두었습니다. 만나서 들려드리는 게 빠르고 이해를 구하기에도 더 좋겠지만, 아무래도 형이 요새 바쁘신 것 같고 제 사정도 그렇고 해서 이런 식으로라도 전합니다. 형과 문자메시지를 주고받는 동안 더욱 정확하게 사실 그대로 제 체험이 전해질 수 있도록 자구 수정과 첨삭도 좀 했습니다.

그렇다면 M 형의 개인 블로그에 요사이 생긴 체험을 토대로 소설을 쓴 거로군요? 내가 물었다. 난민 M은 절대 그런 게 아니라며 자기도 믿기지 않는 체험이라 어떤 형태로든 기록을 해두고 싶은데 기록의 형식으로 떠오른 게 하필 소설이었을 뿐이라고 답했다. 그러더니 잠시 후, 어쩌면 자기 체험을 사실대로 옮겨 적다 보니 소설 같은 형식을 띠게 된 것일지도 모르겠다고 덧붙였다.

—거듭 말씀드리지만, 이 이야기는 소설이 아니고 제가 실제로 겪은 일들입니다. 그러니 형만이라도 제 말을 제발 믿어주세요. 맹세컨대, 정말로 현실에서 벌어졌고 지금도 벌어지고 있으며 앞으로도 계속 벌어질 일들이라고요. 물론 제가 평소 형처럼 소설을 쓰고 싶어 한 건 사실이었지만, 소설처럼 씌어졌다는 것은 그저 제 체험을 옮겨 적는 전달의 한 방식이었을 뿐 부차적인

문제입니다. 이건 결코 허구가 아니니까요. 게다가 소설의 깜냥도 되지 못하는 이야기고요.

난민 M은 블로그의 이야기가 실제로 일어난 일들이었다는 것을 그렇게 강조하고 또 강조했다. 그 문자메시지들에서는 자기 이야기를 황당무계한 허구로밖에 받아들이지 않을까 봐 전전긍긍하는 조바심과 답답함이 전해져왔다. 나는 알겠다고, 읽어보겠노라고 답할 수밖에 없었다. 난민 M은 이제 그만 편의점에 일하러 가봐야 할 시간이라며 비록 자신의 블로그지만 그 이야기 속에서 이야기의 화자를 '나'로 하고 주인공을 '난민 M'이라고 해둔 것은 다른 의도에서가 아니라 어디까지나 자기 체험의 객관적인 사실성과 설득력을 높이기 위한 선택이었을 뿐이라고 했다. 본인의 이야기에 굳이 나를 불러낸 까닭은 1인칭 관찰자 시점의 거리감을 확보해줄 수 있는 증인이 필요한 것 같아서였다는 말도 했다.

—그 이야기를 다 읽으신 후 제가 그녀와의 사랑을 이룰 수 있도록 기원해주세요. 아니, 그전에 우선 한 번이라도 제대로 만나볼 수나 있었으면 좋겠군요. 다음번에는 가면을 벗고 말입니다.

대화창이 닫히기 전 난민 M은 마지막으로 한 번 더 내게 그런 메시지를 남겼다.

난민 M의 블로그 이름은 '난민의 달'이었다.

보조 메모리 다이어리

— 소설가 S 형에게

그날은 아침부터 추적추적 비가 내렸다. 비로 인해 더위가 한풀 꺾이기는커녕 여전히 습하고 무더운 여름 날씨가 지속되다 보니 아무리 샤워를 해도 수증기로 뒤덮인 습식사우나에 갇혀 있는 기분이 들었다. 고온다습한 날씨에 온몸이 땀으로 끈적거렸다. 그렇게 짜증나는 날씨와 상관없이 나는 마감 시한에 맞춰 신작 원고를 한 편 넘겨야 했다. 무슨 이야기를 써야 하나? 책상 앞에 진득하게 눌러앉아 열심히 컴퓨터 모니터를 들여다보았지만 아무것도 떠오르지 않았다.

그때 마침 한동안 연락이 뜸하던 난민 M에게서 모처럼 얼굴이나 한번 보자는 문자메시지가 왔다. 난민 M은 낙산동 언덕 중턱으로 이사했다고 했다. 무덥고 습한 날씨도 날씨거니와 도무지 원고가 풀릴 낌새를 보이지 않아 만사 제쳐두고 누군가와 맥주잔이나 기울이면 좋겠다 싶던 참이었다. 게다가 난민 M, 이 친구가 어떻게 사는지도 불현듯 궁금해졌다. 난민 M은 집을 바로 찾기가 힘들 수도 있으니 대학로 마로니에 공원에서 만나자고 했다. 난민 M과의 메시지 대화창에서 벗어나자마자 나는 곧장 택시를 잡아타고 대학로로 향했다.

마로니에 공원에 도착하니 빨간 장우산을 받쳐 쓰고 나를 기다리고 있는 난민 M의 모습이 바로 눈에 들어왔다. 우리는 반갑

게 악수를 나누었다. 난민 M의 얼굴은 생각보다 밝아 보였다.

"저한테 요새 좋은 일이 생겼거든요. 마흔을 훌쩍 넘기고 혼자 사는 사내한테 좋은 일이라는 게 다 뭐겠습니까? 여자 얘기죠."

그 말에 나는 짐짓 과장된 반응을 보였다. 내가 도무지 궁금해서 못 견디겠다는 듯 어떤 여자이고 어떻게 해서 만났느냐며 성급한 질문 공세를 퍼부어대자 난민 M은 시간도 많은데 맥주나 한잔하면서 천천히 이야기 나누자는 말로 내 궁금증을 다독거렸다. 그러더니 뜬금없이 내게 글은 잘 써지느냐고 물었다. 나는 그렇지 않아도 곧 넘겨야 할 원고가 한 편 있는데 전혀 풀리지 않아 걱정이라고 했다. 그러자 난민 M은 입가에 알 듯 말 듯한 미소를 지어 보이며 오늘 털어놓으려는 자기 체험담이 내게 조금이나마 도움이 되면 좋겠다고 했다. 그사이 자기한테 묘한 일이 많았다고도 했다.

우리는 난민 M의 거처로 향하는 길목 어귀의 한 편의점에서 맥주 몇 병과 간단한 안줏거리를 샀다. 그러고는 경사가 제법 가파른 비탈길로 천천히 걸음을 옮겼다. 비탈길을 걸어 올라가자 언덕 중턱에 지붕 낮은 집들이 나타났다. 담벼락이 지저분하고 외관이 허름한 데다 아직 낮 시간임에도 사람들의 왕래가 뜸해서인지 여기가 고지대라고는 해도 어쩐지 침울하게 가라앉아 있는 것처럼 보이는 달동네 주택가였다. 아직 해가 저물기까지는 반나절이나 더 남아 있는 오후 시간이었지만 그 일대는 벌써부터 불투명한 어스름에 잠겨 있었다.

나보다 한발 앞서 걸어가면서 난민 M이 말했다.

"제가 요새 편의점에 나가서 그런지 몰라도, 방금 전처럼 다른 편의점의 계산대에서 일하고 있는 점원과 마주할 때마다 저 친구는 오늘 또 어떤 사람들과 마주쳤을까 하는 생각이 들곤 해요."

"그래, M 형은 어떤 사람들하고 마주쳤는데요?" 내가 물었다.

"형이 늘 말하는 것처럼 여느 사람들보다 난민들한테 마지막까지 가장 강하게 남아 있는 것은 바로 생존 욕구죠. 이 생존 욕구가 더러는 곰살맞은 붙임성으로 옮겨지기도 하고, 살아남아야 하니 그게 뭐든 누구한테든 비굴할 게 없죠, 그리고 때로는 아무리 시간이 흘렀어도 반드시 알아봐야 할 사람을 놓치지 않는 눈썰미로 나타나기도 하죠. 제가 그녀를 알아본 것도 난민 특유의 생존 욕구에서 생겨난 그 눈썰미 덕분이었다고 보죠." 난민 M이 말했다.

"그녀를 알아보다니, 그럼 이제 사귀려고 한다는 그 아가씨를 편의점 손님으로 만났다는 말인가요?" 내가 다시 물었다.

"그게 조금 애매한데요…… 그전에 우선 짚고 넘어가야 할 얘깃거리도 하나 있고요……" 난민 M은 말끝을 흐렸다.

비탈길을 지나 평평한 주택가가 나오고 나서도 난민 M의 거처까지는 여전히 한참을 더 걸어야 했다. 몇 번이나 비좁은 골목길 모퉁이를 돌고 가파른 돌계단으로 오르내린 다음에야 간신히 목적지에 다다랐다. 난민 M이 이제 다 왔다며 손가락으로 저기가 자신의 거처라고 가리킬 때였다. 검은색 정장을 갖춰 입은 사내들 몇 명이 그 근방에서 어슬렁거리다 서둘러 모습을 감추려고 하는 게 눈에 띄었다. 우리가 그쪽으로 다가가는 동안 사내들은 불투명한 어스름을 타고 시커먼 그림자로 변해 시야에서 사라졌다. 나를 거처까지 안내하느라 난민 M의 눈에는 그 시커먼 그림자들이 들어오지 않은 모양이었다. 불길하고 수상했다. 난민 M이 그에 관해 무슨 내색을 하면 나도 똑똑히 보았다며 호응해주려고 했다. 하지만 난민 M은 아무 말도 하지 않았다. 얼마 전 이사한 지인의 집에 처음 찾아오면서 그런 말을 하는 게 아무래도 결례일 것 같아 나는 그냥 입 다물고 있기로 했다. 하지만 거처로 들어서자마자 문밖에서 또다시 이상한 낌새가 전해졌다. 후다닥거리며 다급하게 이리저리 오가는 구둣발 소리. 그제야 난민 M이 나지막하면서도 거칠게 내뱉었다.

"저 새끼들, 또 저 지랄이네. 하여튼 내가 어디로 나갔다 오기만 하면……"

"뭔데 그래요?"

"아, 아무것도 아니에요. 천천히 말씀드리죠."

당장 나를 짓누르고 있는 땀과 더위와 피로와 습기가 그에 관한 궁금증과 호기심을 일단은 뒤로 밀어냈다. 땀에 젖어 축축해진 셔츠와 바지가 온몸을 찐득찐득하게 휘감고 있었다. 나는 겉옷을 훌훌 벗어던진 후 시원하게 등목이라도 하고 싶었다. 하지만 난민 M의 거처에는 몸을 씻을 만한 공간이 아무 데도 없었다. 그곳은 말 그대로 판잣집이었다. 물에 적신 수건을 넘겨주며 난민 M은 겸연쩍어하는 표정을 지었다.

"어렵게 여기까지 오셨는데, 미안하네요. 씻을 데도 없고. 서울에서 그나마 보증금과 월세가 가장 싼 방을 찾다 보니 이렇게 누추한 데밖에는 없더라고요."

나는 무슨 소리냐며 손사래를 쳤다. 하지만 물에 적신 수건으로 상반신을 훔치는데도 비 오듯 쉬지 않고 흘러내리는 땀방울은 어찌할 수가 없었다. 그러는 사이 난민 M은 방금 전 편의점에서 사온 맥주와 안줏거리로 조촐한 술상을 내왔다. 방바닥은 아무렇게나 널려 있는 옷가지와 가재도구 들로 너저분했다. 술상 옆에서 낡은 탁상용 선풍기가 돌아갔다. 날개의 거센 소음이 귀에 몹시 거슬렸지만 그렇다고 끄자니 너무 더웠다. 창밖으로 굵어졌다 가늘어졌다, 가늘어졌다 굵어졌다 하기를 반복하는 빗줄기가 내다보였다.

우리는 일단 맥주부터 한 잔 들이켰다. 그러는 동안에도 나는 물에 적신 수건으로 연신 목덜미를 닦아내야 했다. 그런 나를 보며 난민 M이 말했다.

"여기서는 씻기가 불편하다 보니 아랫동네에 있는 찜질방을 자주 이용했어요. 제가 토마스 강이라는 친구와 알게 된 것도 그곳 찜질방에서였지요. 하지만 엄밀히 말하면 찜질방에 갔다 우연히 아는 얼굴이라는 것을 서로 알아본 거지 거기서 처음 만난 것은 아니었어요. 토마스 강은 제가 일하는 편의점에 자주 들락거리던 단골이었으니까요. 그런네 제가 편의점에서 일을 마치고 그 찜질방에 들르는 날이면 어김없이 토마스 강도 거기 와 있더라고요. 처음에는 묘한 우연이다 싶기만 했지요. 편의점에서도 보고, 찜질방에서도 자꾸 마주치다 보니 어느새 낯이 익으면서 말문이 트이는가 싶더니 자연스럽게 가까워졌어요. 왜, 남자들은 하룻저녁 사우나만 같이 한번 하면 금세 친해진다고들 하잖아요."

나는 '토마스 강'이라니 이름이 왜 그 모양이냐고 한 후 그런 이야기 말고 어서 본론부터 들려달라고 재촉했다. 물론 내가 말하는 본론은 난민 M이 사귀려 한다는 '그 아가씨' 이야기였다. 하지만 난민 M은 손을 흔들어 보이더니 뜻밖에도 토마스 강과 그 아가씨 이야기가 이어져 있다고 했다. 나는 그렇다면 토마스 강이라는 자가 난민 M에게 아가씨를 소개해준 셈이냐고 물었다. 난민 M은 무겁게 고개를 가로저었다.

"제가 다 차근차근 털어놓을게요. 그러니 조금만 기다려줘요. 토마스 강이 어떤 사람인가는 잠시 후 다 나와요. 이야기의 순서가 있으니 일단은 토마스 강에 대한 이야기부터 하는 게 좋을 것 같아요."

"나와 처음으로 말문을 트게 되었을 때 토마스 강은 미국의 연극판에서 활동하다 대학로로 넘어온 사람이라고 자기를 소개했어요. 이따금 무대에 직접 나와 연기를 할 때도 있지만 주로 연출과 극작을 맡고 있다더군요. 외국 작품을 올릴 때는 번역도 하고요. 아랫동네만 해도 대학로와 가까운 편이라 찜질방에는 밤늦게까지 이 일대에서 어슬렁거리다 잠자리를 해결하기 위해 몰려오는 연극판 사람들이 수두룩한 것 같았어요. 처음에는 토마스 강도 그런 부류 가운데 하나인 줄로만 알았지요. 이름이 그 모양인 이유는 그 친구가 아마 미국에서 태어나고 자라서였을 거예요. 거짓말이 아니라는 것을 저한테 증명해야겠다 싶었는지 미국 신분증을 보여주기도 했어요. 거기에도 이름이 '토마스 강'으로 나와 있더라고요."

"그 친구, 연극한다는 사람답게 찜질방에 와서까지 재미있는 짓도 많이 했어요. 한번은 어묵 꼬치를 잔뜩 사왔더군요. 내가 그걸로 이 찜질방에서 장사판이라도 벌일 셈이냐고 물으니까 요새 준비 중인 인형극 소품이라네요. 그러더니 어디에 쓰일 소품일지 저더러 알아맞혀보라더군요. 어묵 꼬치와 인형극이라니, 당최 감이 올 리 없었지요. 내가 고개만 갸웃거리니까 이 친구가 갑자기 자기 가랑이 사이를 움켜쥐더니 어묵 하나를 손에 쥐고 혀로 살살 핥아먹는 시늉을 해 보이는 거예요. 그제야 뭐가 뭔지 감이 와서, 인형극에 쓰기에는 사이즈가 너무 크고 길쭉한 거 아니냐고 했죠. 그랬더니 토마스 강이 말하길, 인형은 작은

데 그것만 우람하게 크고 길쭉한 것도 재미있지 않겠느냐며 혼자서 한참 동안 낄낄거리너군요. 그러고는 돌연 서글퍼진 얼굴로 이제 대학로에서는 정극만 하면 버티기가 어렵다, 먹고살자면 이런 포르노 인형극에도 과감하게 뛰어들어야 한다는 말을 했어요. 그러면서 어묵 하나를 통째로 입에 넣고 우적우적 씹어 먹었어요. 형도 알다시피, 제가 소설을 쓰고 싶어 하긴 하지만 연극은 통 몰라요. 하지만 그 말은 어쩐지 슬프게 들리더라니까요."

난민 M은 잠깐 말을 끊고 거품이 흘러넘칠 듯한 맥주잔을 단숨에 들이켰다. 도대체 이야기를 어디로 이끌고 가려는 건가? 나는 물끄러미 난민 M을 건너다보았다. 하지만 난민 M은 의혹 어린 내 눈초리에 전혀 아랑곳하지 않는 것 같았다.

"물론 이 모든 짓은 저를 감쪽같이 속이기 위한 위장 전술에 불과했지요."

"토마스 강과 친분을 맺고 지낸 지 얼마 지나지 않아 한 줄기 서늘한 바람결처럼 어느 날 새벽 그녀가 제 편의점으로 찾아왔어요. 물론 처음에는 그녀인 줄 전혀 알아보지 못할 뻔했어요. 그녀를 마지막으로 본 게 꽤 오래된 데다 설마 우리가 이렇게 마주치리라고는 상상할 수조차 없었거든요."

"그럼, 오래전에 알고 지내긴 했지만 그 후로는 보지 못한 사이였나 보군요. 그런데, 그 아가씨 이름이 뭐예요? 아니면, M 형이 따로 부르는 별칭이라도…… 막상 본론으로 접어드니 이 이야기의 주인공을 '그녀'라고만 부르는 게 영 어색한 것 같아서 말이죠."

"형은 그녀를 '아가씨'라 부르고 싶겠지만, 그녀는 이제 아쉽게도 '아가씨'라 불릴 만한 나이가 아니에요. 실은 저보다 나이가 몇 살 더 많으니까요. 게다가 현재 별거 중이라고는 해도 엄연히 남편이 있는 유부녀니까……"

그때 창밖으로 들려오는 빗줄기 소리가 거세졌다. 난민 M은 돌연 거세진 빗소리에 놀란 듯 창밖으로 눈길을 돌렸고, 나는 그녀가 유부녀라는 말에 놀라 입가를 씰룩거렸다.

"네 맞아요, 형 말마따나 '그녀'라고만 부르는 건 어색한 노릇이죠. 하지만 이름은 함부로 알려드릴 수 없어요. 사정이 있으니 양해해주셨으면 좋겠네요. 대신, '미스 프랑신'이라는 별칭으로 부르면 어떨까 싶군요. 프랑신이 뭐냐면, 그녀가 디자이너로 의류 수출업체에서 저와 함께 근무할 때 도안해온 가공 모델의 이름이에요. 저도 잘은 모르지만, '프랑신'은 아마 프랑스 소녀라는 의미일 거예요. 당시 회사 차원에서 프랑스 소녀의 체형에 잘 어울릴 법한 의상 디자인을 궁리 중이었거든요. 그래요, 미스 프랑신과 저는 10여 년 전쯤 같은 회사의 직장 동료로 만났어요. 정확히 말하면, 미스 프랑신이 저보다 뒤늦게 입사했으니 후배였다고 할 수 있지만요. 비록 부서가 다르긴 했지만 부서 간 업무 협력이 긴요한 파트에서 근무했기 때문에 미스 프랑신과 저는 자주 어울릴 수밖에 없었어요. 그래도 직장 선배랍시고 저는 미스 프랑신을 잘 이끌어주려고 노력했어요. 어쩌면 처음부터 미스 프랑신한테 이성으로 끌린 것일지도 모르죠. 속이야 알 수 없지만, 미스 프랑신도 직장 선배로 존중해주는 척하면서 저한테 따뜻한 마음을 보내는 것 같았고요. 그 감정의 결이 참 좋았어요. 우리는 취미도 공유했어요. 공교롭게도 둘 다 1950, 60년대 로큰롤 같은 추억의 옛 노래들을 좋아했거든요. 주로 크리스탈스의 「Look in my eyes」나 로이 오비슨의 「In dreams」 같은 노래들, 또는 닐 세다카를 즐겨들었어요. 물론 엘비스 프레슬리도 좋아했고요. 이따금은 서로 다운로드 받아둔 음악 파일들을 교환하기도 했어요. 그중에서 지금도 귓가에 가장 생생하게 맴도는 노래가 있다면 그건 하프톤스의 「Life is but a dream」이에요. 형도 아시다시피 저는 음악을 잘 몰라요. 하지만 그런 노래들에는 이상하게 마음이 끌려요. 미스 프랑신도 그랬나 보더라고요. 어디서 누가 하는 말을 들으니, 1950, 60년대 로큰롤은 미국 사람들이 나라 안팎으로 가장 낙천적이고 느긋한 시절에 쏟아져 나온 노래들이라 그렇게 곡조가 밝고 달콤하다더군요. 아무 걱정도 없고 아무 고민도 없이 마냥 세상이 밝아 보이기만 하는 사람들의 노래. 어떤 영화에서 보면, 미국 남서부로 밀항해온 쿠바 난민이 이런 노래들을 듣고 난데없이 울먹이는 장면이 나와요.

누가 한 말마따나 듣고 있으면 유원지에서 사 먹는 솜사탕만큼이나 부드럽고 달달해서였을 거예요. 솜사탕이 입에 감기듯 정말이지 귀에서 사르르 녹는 느낌이 나죠…… 나중에라도 문득 되돌아보게 된다면 미스 프랑신과 함께한 시간이 그 옛 노래들을 배경에 깔고 모닥불처럼 다사로운 추억으로 떠오를지 모르겠다는 생각은 아마 그때 벌써 한 것 같아요."

"나중에 그게 실은 위장 취업이었다는 사실이 밝혀졌을 때도 전혀 불쾌하거나 배신감이 들지는 않았어요. 이 회사에 취업은 위장으로 했을지 몰라도 저와 은밀히 나눈 감정의 결만큼은 위장일 수 없다는 확신이 있었으니까요."

"위장 취업이라뇨? 누가요? M 형이 말하는…… 그 미스 프랑신이?"

"사실 지금도 이걸 두고 위장 취업이라고 하는 게 맞는지 틀린지 잘 모르겠군요. 어쨌든 미스 프랑신이 그룹 회장인 부친의 지시로 일선에서의 업무 활동도 몸에 익히고 경영 수업도 쌓기 위해 이름까지 가명으로 바꿔서 그 회사에 입사한 건 사실이었어요."

그 말에 나는 손가락으로 이마를 긁적거렸다.

"그러니까 지금 그 미스 프랑신이라는 여자가…… 어느 대기업 오너의 딸이다, 이 말인가요?"

"단순히 대기업 오너가 아니라 사회 최고위 상류층에 속하는 집안이라고 보시면 됩니다. 아니, 최고위 상류층이라는 말도 부족해 보이네요. 필요하다면 국정원과 정부까지 자유자재로 움직일 수 있는 경제 집단 패밀리니까요. 네, 기왕에 말이 나왔으니 여기까지만 말씀드리죠. 제가 그녀의 실명을 결코 밝힐 수 없다고 한 것도 실은 이름만 대면 다들 알 만한 저명인사이기 때문이었어요."

"그러니까 그런 저명인사가 M 형과?"

"저는 미스 프랑신이 편의점에서 밤새워 일하고 있는 제 앞에 나타났을 때 그녀의 위장 취업과 상관없이 그때 우리가 나눈 감정의 결만큼은 진실이었다는 것을 확인받은 기분이었어요. 미스 프랑신도 오랜 시간이 흘렀지만 그때의 저를 잊지 못하고 있었다는 뜻일 테니까요. 그런 사람들한테는 한번 찍으면 누군가의 소재나 동향을 파악하는 것쯤이야 일도 아닐 거고요. 나중에 그게 얼마나 무서운 힘이고 공포스런 일인가 실감하게 되지만, 당시로서는 다른 생각을 할 겨를이 없었어요. 그저 마음속으로 감사와 찬미의 눈물만 흘릴 뿐이었지요. 물론 처음에는 그녀가 미스 프랑신이라는 것을 알아보고 나서도 우연히 이 편의점에서 마주친 게 아닐까 의심했어요. 하지만 그때는 깊은 밤을 넘어 이미 새벽 시간이었어요. 누군가가 우연히 편의점에 들를 시간이 아니었다는 거죠. 그리고 그 눈빛, 그래요, 저는 미스 프랑스의 그 눈빛에서 모든 것을 속속들이 알아차릴 수 있었어요. 그렇구나, 당신도 나를 찾았구나. 그래서 우리의 해후가 결코 우연으로 여겨질 수 없을 이 새벽 시간을 골라 일부러 나에게 다가온 것이구나. 그러니 이 얼마나 고맙고 애틋한 발길인지. 저는 미스 프랑신이 딛고 간 편의점 바닥에 꿇어앉아 그 낱낱의 발자취에 입이라도 맞추고 싶은 심정이었어요. 그러고도 감사와 찬미의 마음이 다 채워지지 않을 것 같았어요."

"그 후로도 미스 프랑신은 두 번이나 더 편의점으로 저를 찾아왔어요. 너무 수줍어서인지 둘 다 서로에게 아는 내색을 할 수는 없었어요. 제가 먼저 인사를 하고 싶었지만 여의치 않았어요. 편의점에서 근무복을 입고 계산대 앞에 서 있는 이상 고객과의 개인적인 접촉은 금물이거든요. 제 일거수일투족은 모조리 폐쇄회로 카메라에 찍혀 편의점 주인의 스마트폰과 본사의 중앙통제장치로 전송되니까요. 게다가 지금의 제 처지를 돌아보니…… 도저히 먼저 아는 내색을 하기가 어렵더군요. 이 얘기가 무슨 의미인지 형은 이해하실 거라 믿어요. 미스 프랑신은 미스 프랑신대로 저한테 먼저 인사를 건네기가 어려운 입장이었을 거라 이해하고요. 하지만 아쉽거나 섭섭하지는 않습니다. 어찌됐든 내가 어디 있는지 알아내서 찾아와준 것만으로도 감사와 찬미를 바칠 일이었으니까요. 그뿐 아니라 서로를 향한 눈빛 교환도 강렬했고요. 저는 관계가 꼭 말로만 이뤄진다고는 보지 않아요. 어쩌면 이런 상황에서 말은 거추장스러운 방해 요인에 지나지 않을 수도 있지요. 미스 프랑신이 편의점에 들를 때마다 우리는 불꽃 같은 눈빛의 강도만 더해갔을 뿐 고객과 점원 이상의 대화는 단 한마디도 나누지 않았어요. 하지만 그 눈빛의 불꽃이 켜켜이 쌓여가다 보면 언젠가 수면 위로 우리 두 사람의 마음이 솟아오를 수밖에 없으리라는 기대감까지 버린 건 아니었어요. 그런데 이상한 게, 미스 프랑신이 나한테 올 때마다……"

한동안 거세게 몰아치던 빗줄기가 조금 약해진 모양이었다. 창밖의 빗소리가 나지막한 배경음악처럼 깔렸다. 나는 여기까지 이어진 난민 M의 이야기에 어떤 말로 응대해주는 게 좋을지 몰라 공연히 허공을 두리번거렸다. 그제야 습기가 잔뜩 차서 눅눅해진 벽지 위로 한지에 그려진 수묵화 한 폭이 눈에 들어왔다. '南冥 曺植 將軍의 敬義劍을 상상함.' 그러고 보니 그건 옛날 환도 따위를 그린 그림이었다. 나는 불현듯 조식 장군이 누군지 궁금해졌다. 그래서 난민 M이 불쾌해진 얼굴로 술을 연거푸 들이켜는 사이 문자메시지를 확인해보는 척 스마트폰으로 남명 조식 장군에 대하여 검색해보았다. 하지만 스마트폰의 검색 결과에 따르면 남명 조식은 장군이 아니었다.

"……초고급 외제 세단 한 대가 조심스레 그녀를 미행하는 것 같았어요. 경호 차량 같지는 않았어요. 차에서 내린 경호원들이 편의점 일대를 삼엄하게 지키고 있다면 또 모를까, 이렇게 후

미진 골목 안까지 구태여 미스 프랑신의 경호 차량이 밀고 들어올 이유는 전혀 없어 보였거든요. 그 초고급 외제 세단이 미스 프랑신을 미행하는 것 같다고 본 내 예측은 빗나가지 않았어요. 그녀가 세번째로 내게 다녀간 어느 날 저녁, 결국 사달이 나고 말았거든요. 그 차에서 내린 사내가 편의점으로 들어왔어요. 안으로 들어서자마자 내 얼굴을 흘낏 보더니 다짜고짜 '네가 그 자식이구나. 어디, 손님한테 얼마나 친절해질 수 있나 한번 시험해보자'라는 말을 내뱉지 뭡니까. 그러고는 매대에 쌓인 물건들을 닥치는 대로 집어 들고 와서 계산대 위에 휙 내던지더군요. 그때부터 한 시간 넘게 '이거 담아' '이거 빼' '저거 도로 담아' '저거 도로 빼' '계산해' '이거 뺐으니 계산 다시 해' '저거 추가했으니 계산 다시 해'. 겨우 계산을 끝내면, '이거 다 취소하고 새로 가져올 물건들 처음부터 다시 계산해' '새로 가져올 만한 게 없으니 내가 방금 가져왔던 거 그대로 다시 챙겨서 원래대로 계산해' 하면서 계속 나를 골탕 먹였어요. 나는 이 사태를 원만하게 넘기기 위해 어금니를 꽉 깨물고 그 자식이 시키는 대로 다했어요. 난민 근성으로 다져진 내 맷집도 상당한 편이었지만 나에 대한 그 자식의 앙심도 만만치 않은 것 같더군요. 그러다 결국 못 참고, 저한테 왜 그러시는 거냐고 따져 물었어요. 편의점 내 상황이 심상치 않다는 것을 알아챈 주인까지 달려 나왔지만 당신은 빠지라며 위협적으로 눈알을 부라리는 그 자식의 태도에 이내 움츠러들고 말았어요. '몰라서 물어?' 그 자식이 말했어요. '너, 우리 와

이프한테 틱틱거렸다며? 우리 와이프가 지금 임신 8개월째인데 그따위로 불친절하게 대하는 바람에 나쁜 영향이라도 있으면 네가 책임질 거야? 너 같은 놈은 골탕 좀 먹어봐야 정신 차리지.'"

"그 말을 듣고 저는 어이가 없었어요. 편의점에 있는 동안 임신한 여자 손님을 대한 기억이 전혀 없었거든요. 임신부든 아니든 여자 손님들한테 불친절하게 틱틱거린 일도 없었고요. 더욱이 당시 제 근무 시간은 심야부터 새벽 타임이었어요. 만삭의 임신부가 편의점에 들락거릴 시간대는 아니죠. 하지만 저에 대하여 까닭 모를 앙심을 품고 들이닥친 그 자식한테는 어떤 해명이나 설득도 통하지 않았어요. 기가 막혀 눈물이 날 것 같더군요. 그래서 그럼 도대체 어떻게 해드리면 손님 직성이 풀리겠느냐고 물었지요. 그랬더니 신난다는 듯 갑자기 이따위 미친 소리를 지껄여대기 시작했어요. '내가 실은 이쪽 혈통이 아니라 만주 여진족 추장의 후예거든. 여진족 추장들은 말이지, 자기 주변에서 함부로 찧고 까부는 오랑캐들과 화친할 때 삼배구고두례를 받아요. 삼배구고두례가 뭔지 아니, 응? 세 번 절하고, 한 번 절할 때마다 세 번씩 모두 아홉 번 머리를 조아리는 것으로 여진족 추장의 관용과 은혜를 구하는 예법이야. 그러니 너도 내가 여진족 추장이다 생각하고 삼배구고두례를 드리란 말이야, 이 호로새끼야. 그러면 모든 걸 덮고 너그럽게 넘어가줄 테니까.' 자식이 말을 끝내자 주인은 저한테 끔뻑하고 눈짓을 보냈어요. 아무래도 빨리 해치우고 어서 보내자는 뜻 같더라고요. 그날 저는 슬금슬금 새어 나오려는 너털웃음을 가까스로 참아가며 그 개 같은 자식한테 만주 여진족의 예법대로 삼배구고두례를 드렸어요. 정말이지 웃음이 나서 혼났어요. 아마 형이 그런 상황에 처했어도 정말 웃겼을 거예요. 담배를 사러 자주 편의점에 들르는 옆 동네 술집 아가씨들이 들어오려다 말고 무슨 일인가 흠칫하더니 이내 발길을 돌리더군요. 놈한테 머리를 조아리고 있는데 그 아가씨들이 의아해하는 표정을 짓고 있다 돌아서는 게 보였어요. 그러니까 더 웃기더라고요. 그놈이 물러가고 나서야 저는 시원하게 웃음보를 터뜨릴 수 있었어요. 정말 미치겠더라고요. 오죽하면 편의점 주인이 아무래도 정신적인 충격이 있었을지 모르니 날 밝는 대로 병원에 가보라고까지 하더군요. 그 말을 듣는데 어찌나 웃긴지 편의점 바닥에서 데굴데굴 구르기까지 했다니까요."

"그 일이 있고 나서는 한동안 아무거나 보기만 하면 하염없이 웃음이 터져 나와서 저 스스로도 감당 못할 지경이었어요. 어떤 여학생이 길 가다 재채기만 해도 너무 웃겨서 박장대소를 해댔어요. 전철역 승강장에 앉아 있는 동안에는 안내 방송으로 흘러나오는 아줌마 목소리가 너무 웃겨서 속옷에 오줌을 지릴 정도였어요. 전철 안에서는 하필 가발을 쓴 것처럼 보이는 어떤 아저씨와 마주 앉았어요. 아무 때라도 저 아저씨의 가발이 나뭇가지에 걸려 훌렁 벗겨지겠구나 싶더라고요. 걷잡을 수 없이 웃음보가 터졌어요. 그러다 괜한 시비에 휘말리거나 욕을 얻어먹은 적도 많아요. 다행히 아무 때나 낄낄거리는 버릇은 곧 잦아들었어요. 그러자 저하고 삼배구고두례의 코미디를 함께한 그 자식이 누군지 알아내자는 생각부터 나더라고요."

"미스 프랑신이 내게 올 때마다 초고급 외제 세단으로 그녀를 슬금슬금 미행하더니 급기야 나를 실컷 골탕 먹이고 삼배구고두례의 코미디까지 강요한 사내란 그러니까 다름 아닌…… 예, 맞아요. 언제나 불길한 예측은 빗나가는 법이 없지요. 요새 별거 중이라는 미스 프랑신의 남편이었어요. 미스 프랑신이 워낙 저명인사이고 재벌가에 속해 있다 보니 스마트폰으로 몇 번만 검색해봐도 남편 얼굴까지 다 뜨거든요. 혹시나 싶어서 검색해보니 아니나 다를까, 그 얼굴이 맞더라고요. 저는 일단 물증이 필요했어요. 그래서 제가 삼배구고두례의 코미디를 벌일 때 편의점 내부의 폐쇄회로 카메라에 찍혀 있을 동영상을 확보해놓아야겠다 싶더군요. 그런데 주인 말로는 그 동영상이 없다는 거예요. 폐쇄회로 카메라의 내부 하드에도 없고 자기 스마트폰으로나 본사의 중앙통제장치에도 전송이 되어 있지 않다네요. 저는 무슨 소리냐며 펄쩍 뛰었지요. 편의점 주인은 아마도 그 시간에 폐쇄회로 카메라가 작동하지 않은 모양이라고 딱 잡아떼더군요. 사람이 일부러 전원을 끄지 않는 이상 내내 켜져 있어야 할 폐쇄회로 카메라가 하필 그 시간에만 작동을 멈추었다니 그게 말이 되는 소리냐고 제가 막 따졌지만, 낸들 알겠느냐며 요새 편의점 직원들에 대한 인권 보호 차원에서 폐쇄회로 카메라도 하루 종일 켜둘 수만은 없다느니 어쨌다느니 하는 궤변만 돌아왔어요. 삼배구고두례의 동영상이라도 확보해야 나중에 복수할 수 있는 근거로 활용할 텐데 막막하더군요. 그 자식이 들이닥치기 전 여기 편의점 주인과도 무슨 협잡이나 흥정이 있지 않았겠는가 싶더라고요. 하긴 질투에 눈이 먼 재벌가 사위가 후미진 동네 편의점 사장 하나 구워 삶는 것쯤이야 식은 죽 먹기보다 더 쉬운 일이었을지도 모르죠. 제가 좀 알아보니, 미스 프랑신의 남편은 이혼으로 내몰리지 않기 위해 부인과의 별거를 끝내려고 부쩍 발버둥 치는 중이라더군요. 하긴 미스 프랑신을 나만큼 사랑하지는 않는다 하더라도 대한민국 최고의 재벌가에서 쫓겨나는 건 별로 달갑지 않는 노릇일 테죠."

"토마스 강한테도 제가 겪은 일을 다 털어놓았어요. 물론 아랫동네 찜질방에서였죠. 그때도 토마스 강은 인형극 준비 중이라며 흉물스런 어묵 꼬치에 매달려 있긴 했지만 진지한 표정으로 제 말을 들어주더군요. 나중에는 이런 짓도 다 위장 책동이었던 것으로 밝혀졌지만 말이지요. 그런데 돌연 내 이야기에 귀 기울이던 그 친구의 안색이 달라졌어요. 그러더니 갑자기 내 귀에 대고 '지금 당장 여기서 도망칩시다. 안 그러면 신변이 위태로워질지도 모르겠어요' 하고 소곤거리지 뭡니까. 저는 어안이 벙벙했지만 뭔가 짚이는 게 있었어요. 그래서 일단 토마스 강의 말을 따르기로 했지요. 우리는 황급히 찜질방 바깥으로 뛰쳐나왔어요. 그러자 그 친구가 걸음을 서두르며 내게 말했어요. 자기는 사실 연극 연출가가 아니라 '슈퍼컴퓨터'라는 대외비 아이디의 국정원 요원이라고 말이죠. 최근 급속도로 친해진 상대의 입에서 자기가 실은 '국정원 요원'이라는 말을 들으니 뒤통수가 얼얼하더군요. 제가 친숙하다 여겨온 토마스 강이 순식간에 '슈퍼컴퓨터'라는 낯선 밀정(密偵)으로 변하는 순간이었으니 말이죠. 슈퍼컴퓨터가 이렇게 말했어요. 자긴 국내 재계 담당으로 재벌가의 동향을 사찰하는 중이었다, 그러던 중 부회장의 사생활에서 특이한 낌새 하나가 포착되었다, 아 여기서 부회장이 누구냐면 바로 미스 프랑신이에요. 그게 바로 당신이었다, 그 재벌가와 국정원의 내부 문건에도 이미 당신 이름이 올라 있다, 요시찰이 필요할 것으로 판단되었다, 언젠가 재벌가의 약점을 잡아야 할 때 긴요한 미끼로 활용될지 모르기 때문이다…… 미스 프랑신과 나의 애틋한 사랑에 이런 식으로 국가 기관이 개입하려 들다니 정말이지 억장이 무너질 노릇이었지요. 하지만 그게 다가 아니었어요. 그 재벌가에서도 이런 움직임을 마냥 방관하고 있지만은 않다는 거예요. 방금 전 찜질방에서 서둘러 도망쳐야 했던 것도 다 그 때문이라고 했어요. 슈퍼컴퓨터는 이어 말했어요. 접근 동기야 어찌 됐든 이제는 정말이지 개인적으로 당신을 도와주고 싶다. 그래서 윗선의 눈을 피해 당신 일로 부회장과 접촉 중이고 그녀도 일단은 자기를 매개로 해서 당신과의 연줄을 이어가려 하고 있다. 어디로 가야 당신을 찾을 수 있을지 그녀에게 알려준 것도 바로 자신이다. 그러니 지금은 우선 참고 기다려야 할 때이다. 믿기 어려운 말이었지만 슈퍼컴퓨터의 표정에서는 묵직한 진심이 전해져오는 것 같았어요. 그러고는 혹시 모를 추적에 대비하기 위해서라도 이쯤에서 이만 헤어지는 게 좋겠다며 여러 이유에서 당분간 서로 보기 어려울 것 같다는 말을 덧붙이더군요."

"혹시나 싶어 뒤돌아보니 아니나 다를까 시커먼 그림자 몇몇이 저한테 다가오고 있는 것 같았어요. 분명히 제 뒤를 밟고 있는 것 같았어요. 몸을 뒤져봤지만 갑자기 호신용으로 쓸 만한 물건이 손에 잡힐 리 없죠. 이럴 줄 알았으면 사과 깎아 먹는 과도라도 가지고 다니는 건데 낭패다 싶더군요. 이러다 저들의 손에 잡히기라도 하면 변변히 저항 한번 못 해보고 맞아 죽는 게 아닐까 하는 두려움이 몰려오기도 했고요. 순간 머리끝이 쭈뼛해졌어요. 이만큼 무시무시한 공포심에 사로잡힌 건 살면서 처음이었어요. 무작정 달아나기로 했어요. 그러자 뒤에서 저를 뒤쫓는 발소리가 바닥에 빗발치더군요. 제 짐작이 사실로 확인되는 순간이었죠. 어두운 골목 어귀에서 빠져나와 큰길가로 향했어요. 다행히 정류장에 버스가 한 대 서 있더군요. 무턱대고 그 버스에 올라탔어요. 놈들의 추적을 따돌리고 어디로든 달아나야겠다는 일념밖에 없었으니까요. 버스가 곧 출발했어요. 그때까지만 해도 한숨 돌린 것 같았어요. 그 괴한들을 나한테 붙인 게 어디일까 헤아려봤어요. 미스 프랑신의 재벌가? 아니면 국정원? 어느 쪽이든 가능하겠다 싶었어요. 저한테 삼배구고두례의 코미디를 강요한 그 인간이라면 어느 쪽 조직이든 나 같은 난민의 살인 교사에 동원하는 일쯤이야 그다지 어려울 것 같지도 않았어요. 그러자 미스 프랑신이 더욱 그리워졌어요. 하지만 버스 안에서조차 사랑의 단꿈에 빠져 있기에는 상황이 너무 급박하고 위태로웠어요. 버스에 올라탄 후로 한숨 돌렸다 싶었지만 그건 저 혼자만의 착각이었어요. 당장 저를 힐끔거리는 주변 승객들의 눈초리가 심상치 않았어요. 앞 좌석에 앉은 아주머니는 난데없이 사과 깎아 먹는다며 장바구니에서 과도를 빼 들기도 했어요. 버스간에서 사과를 깎아 먹는 게 흔히 있는 경우는 아니잖아요? 누군가의 지시에 따라 버스 안의 승객 모두가 저를 위협적으로 감시하고 있는 게 틀림없었어요. 그러다 어떤 신호가 떨어지면 한꺼번에 확 몰려들 것만 같았어요. 저는 운전석으로 달려가서 어서 내려달라고 고래고래 소리치며 발을 동동 굴렀어요. 흥, 그래봐야 별수 있을 줄 아니. 승객들의 싸늘한 시선이 저를 향해 그렇게 쏘아붙이는 것 같았어요. 버스 기사가 마지못한 듯 하차 문을 열어주면서도 다 들릴 만큼 큰 소리로 별 미친놈 다 보겠다며 내리다 자빠져서 코나 깨지라고 저주의 악담을 내뱉었어요.

아마도 버스 기사는 그렇게 억지스럽고 부자연스러운 악담으로 이 상황을 일상적인 다반사처럼 위장하고 싶어 하는 눈치였어요. 그러거나 말거나 저는 다급하게 버스에서 뛰어내렸어요. 꽤 멀리 온 줄 알았는데 내내 그 근방이더군요. 또다시 시커먼 그림자가 어디선가 나타나서 제 뒤를 밟으려는 것 같았어요. 저는 어쩔 수 없이 하차한 버스 정류장에서 가장 가까운 찜질방으로 달려 들어갔어요. 다행히도 누군가가 찜질방 안까지 저를 뒤따라 들어오는 것 같지는 않더라고요."

M 형, 지금 무슨 이야기를 하는 거요? 정신 차려요. 내가 말했다.

형은 역시 소설가답게 냉정한 눈으로 제 이야기를 평가해주실 줄 알았습니다. 하지만 소설적 접근에 앞서 제가 실제 현실에서 겪은 모험담으로 이 이야기를 받아들여주시면 더욱 감사하겠습니다. 이건 허구가 아니라 엄연한 실제 상황입니다. 격정과 분노의 리얼 다큐이자 증류수 같은 순정 논픽션이라고요. 난민 M이 말했다.

"그 찜질방에서 하룻밤을 묵었어요. 몸이 노곤해서인지 잠은 잘 들었지만 밤새도록 흉흉한 악몽에 시달렸어요. 자는 동안에도 오금이 저리다는 게 느껴졌을 만큼 무섭고 괴로웠어요. 자고 일어나니 무슨 꿈을 꾸었는지 아무 기억도 안 났어요. 잠꼬대가 심하다면서 이른 새벽에 찜질방 관리인이 저를 깨웠어요. 저는 화들짝 놀라 옷만 간신히 걸쳐 입고 그 찜질방에서 뛰쳐나왔어요. 첫차가 다닐 무렵이었어요. 버스는 바로 왔어요. 아, 국정원 슈퍼컴퓨터와 헤어지고 나서 겪은 간밤의 일은 잠결에 꾼 악몽이 아니었어요. 제가 첫새벽의 버스 뒷좌석에서 어떤 사람들과 마주쳤는지 아세요? 잘 차려입은 초로의 여인과 노신사였어요. 전혀 이 새벽에 첫차를 타고 어디 나다닐 것처럼은 보이지 않는 사람들이었어요. 두 양반 다 겉모습에서 윤기가 철철 넘쳐흘렀어요. 특히 초로의 여인이 갖춰 입은 복장은 옛날 유럽의 귀부인을 연상시킬 정도였어요. 귀부인이 무개마차에 올라 어디론가 가볍게 나들이라도 나선 듯한 인상을 자아낼 정도였어요. 공손하고 깍듯하게 귀부인을 대하는 노신사의 품새로 보아 두 사람은 부부 사이가 아닌 것 같았어요. 노신사가 귀부인을 모시고 다니는 상하 관계로 보였어요. 나중에 알아보니 역시 제 짐작이 맞았어요. 귀부인은 미스 프랑신의 모친이자 안방마님이었고 노신사는 오랫동안 그 재벌가에서 집사로 봉직해온 수행 비서였어요. 멀찍이 떨어져 앉긴 했지만 그들끼리 나누는 대화 내용이 제 귀에도 간간이 날아오더라고요. '저 친구가 확실하죠?' '네 맞습니다, 사모님. 저도 직접 확인했습니다. 저 친굽니다.' '그렇다면 일단 잠자코 지켜보는 게 좋겠어요.' '그래도 아래쪽 실무진에서는 벌써 어떤 움직임이 시작된 것으로 압니다만.' '일단 지켜보기나 한 다음에…… 그 아이의 마음도 중요하니까……' 저는 저들의 감시망을 피해 달아나고 싶었어요. 하지만 그건 안 될 말이었어요. 왜겠어요? 그러면 미스 프랑신과 다시는 만날 기회를 얻지 못할지도 모르기 때문이죠. 갑자기 속이 메슥거리더니 멀미를 일으킬 것 같아 더는 그 버스에 앉아 있기가 힘들었어요. 집과 가까운 정류장까지 도착하려면 아직 멀었지만 아무 데서나 내릴 수밖에 없었어요. 버스에서 내릴 때 등 뒤로 저를 집요하게 주시하고 있는 귀부인과 노신사의 눈길이 느껴졌어요. 전날 저녁 정체불명의 시커먼 그림자들에게 쫓길 때만큼이나 등골이 오싹하더군요."

"버스에서 내리자마자 아직 이른 시각이었지만 토마스 강, 아니 슈퍼컴퓨터한테 문자메시지를 보냈어요. 언제 어디서 어떤 방식으로든 상관없으니 그녀와 만날 수 있도록 당신이 다리를 좀 놔줄 수 없겠느냐고, 필요하다면 어떤 대가라도 치르겠다고 말이죠. 그러고는 내내 슈퍼컴퓨터의 답신만 기다렸어요. 답신은 금세 오지 않았어요. 답답한 마음에 전화도 걸어보았지만 예상대로 연결은 되지 않았어요. 하루 종일 불안하고 초조해서 당최 아무것도 할 수가 없었어요. 온몸이 다 부르르 떨릴 지경이었으니까요. 그래서 얼마 전 열어둔 개인 블로그에 뭔가 고백하는 심정으로 지금까지 제가 겪은 일들을 차근차근 옮겨 적기 시작했어요. 이렇게 블로그 같은 데 나를 노출해두면 언젠가는 미스 프랑신의 눈에 뜨일지도 모른다는 기대와 소망이 전혀 없었다고는 말 못 하죠. 그 기대와 소망에서 생겨나는 위안의 몫도 상당하긴 했어요. 하지만 우선은 그렇게 해서라도 이토록 초조하고 불안한 고비의 순간에서 벗어나고 싶다는 마음이 가장 컸을 거예요. 역시나 그제야 좀 마음이 차분해지더군요. 제 마음이 차분해진 데 화답하듯 얼마 지나지 않아 슈퍼컴퓨터의 문자메시지가 왔어요. 다른 말 하나 없이 시간과 장소만 찍혀 있는 답신이었을망정 그 문자메시지만으로도 저는 정녕 구원받은 것 같았어요."

"이튿날 저녁, 두근거리는 가슴을 억누르고 단숨에 약속 장소로 달려갔어요. 약속 장소는 시내 모처에 있는 어느 토킹바였어요. 토킹바 이름이 '옛날 게 좋아Oldies but Goodies'라고 했어요. 토킹바란 여자 종업원들이 남자 손님에게 이야기 상대를 해주는 술집이죠. 점점 토킹바가 늘어나는 추세라니, 아무래도 말 상대를 필요로 하는 남자 손님들이 많은가 봐요. 왜 약속 장소를 그런 곳으로 잡았는지 의아했지만 당시는 그런 문제에 매달려 있을 계제가 아니었어요. 아마 찜질방 같은 곳에서 보기로 했다면 더 이상했겠죠? 최소한 약속 장소가 찜질방은 아니라는 데 안도했는지 어쨌는지 지금으로서는 잘 기억나지 않는군요. 아마 아무 생각도 없지 않았겠나 싶어요. 낯선 동네라 근처에서 조금 헤매긴 했어요. 하지만 곧 '옛날 게 좋아Oldies but Goodies'라는 세움 간판을 찾아냈어요. 난민이 길치여서는 생존에 큰 위협을 받을 수도 있죠. 토킹바에는 아무도 없었어요. 미스 프랑신도 보이지 않았어요. 물론 이다지도 쉽게 그녀가 내 앞에 모습을 나타내리라고 기대한 건 아니었어요. 다만 빈자리에 앉아 한참을 기다리는 동안 조바심이 좀 났을 뿐이죠. 그렇게 기다리고 있다 보니 이 토킹바의 음악에 주의가 가더군요. 이른바 '추억의 팝스'라 불릴 만한 옛날 노래들만 나오더라고요. 아까 말한 대로 음악을 잘 모르는 제가 그나마 가장 즐겨 듣고 좋아하는 장르죠. 그사이 내 음악 취향도 파악해두고 있었나? 토마스 강 또는 슈퍼컴퓨터의 배려가 엿보인다 싶더군요. 그 친구가 이와 관련하여 토킹바 사람들한테 어떤 언질을 준 것이든, 옛날 노래들이 자기 업소만의 고유한 콘셉트로 깔려 있는 곳을 약속 장소로 물색한 것이든."

"이윽고 누군가가 제 자리로 다가왔어요. 체형으로 보아 미스 프랑신이 틀림없었지만 가면과 가발을 쓰고 있었어요. 어쩌면 지금 이 순간 그녀로서는 일단 모습을 감추는 게 필요했을지도 모르죠. 게다가 목발까지 짚고 절뚝거리며 걷더군요. 저는 가면과 가발보다 목발 짚은 모습에 깜짝 놀라 왜 그런지부터 물었어요. 그녀는 별일 아니고 길을 가다 가볍게 발목이 접질렸을 뿐이라고만 답했어요. 체형뿐 아니라 목소리도 어김없는 미스 프랑신이었어요. 저는 미스 프랑신으로 짐작되는 상대방에게 미안하지만 가면을 좀 벗어줄 수 없겠느냐고 정중히 부탁했어요.

하지만 상대방은 홀에 나와 있는 토킹바 매니저라면 가면을 쓰고 있는 게 이곳의 규칙이라며 단호하게 거절하더군요. 저는 오래전 의류 수출업체에서 근무할 때 그녀가 쓴 가명으로 상대방을 불러보았어요. 그러자 상대방 아가씨는 다른 여자와 자기를 착각하고 있거나 그게 아니라면 자기에게 그 사람을 투영해서 바라보고 싶은 거냐며 깔깔거리더군요. 그러고는 원한다면 얼마든지 그 사람의 대역을 맡아 상황극 연기쯤은 해 보일 수 있을 거라고 했어요. 제 귀에는 상대방의 그런 말이 전혀 들어오지 않았어요. 깔깔거리는 웃음소리조차 영락없는 미스 프랑신이었으니까요. 저는 더 이상 못 참고 상대방의 손을 덥석 잡고 말았어요. 미스 프랑신과 만난 이후로 그녀의 손을 잡은 건 그때가 처음이었어요. 미스 프랑신의 손은 참으로 부드럽고 따뜻했어요. 순간, 콧잔등이 시큰해지면서 눈물까지 핑 돌더군요. 그녀도 가만히 손을 저한테 맡겨놓고 있었어요. 하지만 말은 차갑게 했어요. 이곳의 규칙상 매니저의 손을 잡는 것까지는 괜찮지만 대화의 분위기가 무르익었다고 해서 함부로 허벅지나 가슴을 넘보는 건 안 됩니다. 아무렴 그러면 안 되지, 안 되고말고. 상대방의 경고에 저는 고개를 끄덕여 보였어요. 그건 진심이었어요. 미스 프랑신의 부드럽고 따뜻한 손을 잡아본 것만으로도 충분했으니까요. 애틋한 마음이 서로에게 전해졌다고 해서 허벅지와 가슴까지 탐하려는 건 무뢰한만큼이나 음흉하고 파렴치한 짓일 테니까요. 당시 저로서는 다른 쪽에 관심을 둘 여유가 없었어요.

자꾸만 시큰해지려고 하는 눈시울을 가라앉히느라 그저 곤혹스럽기만 했거든요. 그때 하프톤스의 「Life is but a dream」이 흘러나왔어요. 오래전 그녀와 같이 듣던 추억의 옛 노래죠. 그런데 놀랍게도 그 노래의 서주가 홀에 깔리자마자 미스 프랑신으로 짐작되는 상대방 여자가 자리에서 일어나더니 곡조에 맞춰 유유히 골반을 흔들더군요. 물론 한쪽 겨드랑이로 목발을 짚고 있어서 마음껏 몸을 놀리는 데 제약이 있어 보이긴 했어요. 그래도 꽤 부드럽고 자연스런 춤동작이었어요. 노래 제목 그대로 정말 꿈만 같더군요. 그녀가 같이 춤추자고 제게 손짓했어요. 하지만 저는 자리에서 일어날 수 없었어요. 결국 눈물이 뺨을 타고 흘러내렸거든요. 대신 제가 여기 오게 된 사연을 늘어놓기 시작했어요. 지금까지 어떻게 살아왔는지에 관해서도요. 어쨌든 여기는 토킹바였으니까요. 미스 프랑신으로 짐작되는 상대방 여자는 여전히 음악에 맞춰 몸을 흔드는 데만 열중하고 있었어요. 그녀의 표정과 마주할 수 없다는 게 아쉬웠어요. 내 이야기에 대한 우리의 교감은 제한적일 수밖에 없었어요. 표정의 빛살을 차단한 가면은 무심하고 냉랭해 보였어요. 그녀가 조금이라도 제 말에 귀 기울이고 있는지 어떤지 전혀 알 수가 없었어요. 하지만 저한테 그건 별로 중요치 않았어요. 중요한 건 미스 프랑신 앞에서 제 이야기를 이어가고 있다는 사실이었죠."

"이튿날, 저한테는 흥미로운 일이 두 가지나 일어났어요. 하나는 무심코 인터넷 서핑을 하려다 알게 된 사실이에요. 저는 전날의 감흥에서 헤어나지 못하고 있었어요. 꿈에서나 볼까 싶던 미스 프랑신과 결국 대면했으니 무리도 아니었죠. 그래서 인터넷 포털 사이트의 검색창에 그녀의 본명을 입력해봤어요. 별다른 목적이 있어서는 아니었어요. 그저 막연한 그리움 때문이었어요. 그러자 바로 오늘자 동정과 함께 사진 한 장이 뜨더군요. 대한민국 최고의 재벌가 부회장이니만큼 그녀가 늘 언론의 주목을 받는 것도 어찌 보면 당연한 노릇이죠. 신상에 조금이라도 변화가 생기면 바로바로 언론을 통하여 외부로 새어 나가니 아마 본인도 피곤할 거예요. 그런데 어제 오후에 찍혔다는 미스 프랑신의 사진을 보는 순간, 저는 두 눈이 휘둥그레졌어요. 그녀가 이사장으로 있다는 어느 문화예술재단의 시상식장 입구에서 포착된 모습이라는데, 글쎄 한쪽에 목발을 짚고 있지 뭡니까. 저는 부리나케 관련 기사를 클릭해보았어요. 별 내용은 없었어요. 기자들이 왜 목발을 짚고 다니는지 묻자 별일은 아니고 길을 가다 가볍게 발목이 접질렸을 뿐이라고만 대답했다네요. 그게 다였어요. 하지만 저는 한동안 그 사진에서 눈길을 거둘 수 없었어요. 아마 한 시간 이상은 컴퓨터 모니터만 들여다보고 또 들여다보고 하지 않았나 싶어요. 미스 프랑신한테 뭔가를 확인받은 것 같았어요. 기분이 들뜨고 행복했죠. 사실 두 눈이 휘둥그레질 일도, 그렇게 즐거워할 일도 아니긴 했지만요. 담담히 받아들여야 할 일에 순간적으로 과한 반응을 보였다는 게 쑥스러웠어요. 솔직히 토킹바에서 만난 그녀의 정체를 반신반의하고 있었던 게 탄로 난 것 같아 부끄럽기도 했어요. 전날 저녁 제가 만난 사람이 미스 프랑신이었고 그 순간에 그녀가 목발을 짚고 있었다면, 발목 부상이 완치되지 않은 이상 오늘도 목발을 짚고 다니는 건 당연하니까요. 게다가 그녀는 왜 목발을 짚고 있는지 묻는 기자들의 질문에 토씨 하나 빼놓지 않고 저한테 한 것과 똑같이 대답한 모양이더군요. 토킹바에서 마주한 여자와 미스 프랑신이 동일인이니 대답이 같을 수밖에 없었겠죠. 물론 이것도 당연한 얘깁니다. 이렇게 당연한 일조차 특별하게 받아들일 수밖에 없는 제 처지가 불현듯 서글퍼졌어요. 그래서 토마스 강, 아니 국정원 슈퍼컴퓨터한테 또 메시지를 보냈어요. 다음 만남은 언제쯤 이뤄질 수 있겠느냐고, 다시 약속을 잡아줄 수 있겠느냐고, 그리고 이번에는 그녀가 가면을 쓰지 않고 나올 수 있도록 부탁 좀 해달라고, 수고스럽겠지만 지난번 다짐한 대로 메신저의 역할을 충실히 수행해주리라 믿는다고 말이죠. 역시나 이번에도 금세 답신을 주지 않더군요. 하지만 답신이 늦는다고 해서 이번에는 지난번처럼 초조하거나 불안하지 않았어요. 메신저의 역할이란 게 왜 원래 그렇잖아요. 내 말을 정확히 그쪽에 전하고 또 그쪽에서 답이 오기를 기다렸다 다시 내 쪽으로 전하고 하려면 아무래도 상당한 시간이 필요할 수밖에 없겠죠. 거기다 이제는 어느 정도 마음의 여유가 생긴 것 같았어요. 이미 한 번 마주해서 부드럽고 따뜻한 손길을 나눈 데다 방금 전에는 어떤 확인 같은 것을 받았다 싶기까지 했으니까요."

"저는 다시 한 번 컴퓨터 모니터에 떠 있는 미스 프랑신의 사진을 흐뭇하고도 뿌듯해하는 눈길로 바라보았어요. 그녀의 미모는 예전이나 지금이나 달라진 게 하나도 없어 보였어요. 그 사진에서처럼 목발을 짚고 있다 해서 평소만 못한 것처럼 보이지도 않았고요. 그러기는커녕 오히려 더 청초하고 아름다워 보이기까지 하더라고요. 인터넷에는 미스 프랑신의 사진이 생각보다 꽤 많이 떠 있어요. 저는 하루에도 수십 번씩 그 사진들을 넘겨보곤 해요. 아주 젊었을 때부터 사십 줄을 훨씬 넘긴 최근에 이르기까지 여러 장의 사진들이 있지만, 그중에서도 역시 목발 짚은 모습이 가장 곱고 훌륭해 보였어요. 물론 그 사진에서 개인적으로 짜릿한 감흥을 얻었기 때문일 수도 있겠죠. 비단 저만의 사심 어린 감흥을 떠나서라도 재벌가 맏딸이자 부회장이 무슨 일인가로 발목이 접질려 목발을 짚고 대중 앞에 나타났다, 이거 꽤 인간적인 장면 아닌가요? 지금 이 순간만큼은 저를 재벌가의 앞잡이라 욕해도 좋아요. 그래요, 미스 프랑신 덕분에 하늘의 별 같던 재벌가 사람들이 이제 저한테는 한결 친숙해진 것 같아요."

"하지만 그보다 더 깜짝 놀랄 만한 일이 얼마 있다 일어났어요. 정말 믿을 수가 없었어요. 제 스마트폰의 메신저토크에 그녀가 '친구'로 떠 있었으니까요. 친구 목록에 나와 있는 이름도 그녀의 본명이 아니라 저와 함께 직장 생활할 때 쓰던 가명이었어요. 저는 두 눈을 의심할 수밖에 없었어요. 그녀에 대한 그리움이 지나쳐 제가 헛것을 본 게 아닐까 싶을 지경이었어요. 하지만 아니었어요. 아무리 두 눈을 씻고 봐도 미스 프랑신이 제 메신저토크의 친구 목록에 예전의 가명으로 떠 있는 건 틀림없는 사실이었어요. 게다가 더욱 놀라운 것은 그녀의 프로필에 휴대폰 번호까지 확실하게 기재되어 있다는 점이었어요. 메신저토크를 하는 사람들이라면 아마 다 알 거예요. 자기 스마트폰의 연락처 리스트에 휴대폰 번호가 기입되어 있지 않은 상대방과는 설령 메신저토크의 친구 사이로 맺어진다 해도 프로필에 그 사람의 휴대폰 번호가 뜨지 않는다는 것을 말이죠. 이게 어찌 된 영문인지 저로서는 어안이 벙벙해질 노릇이었어요. 물론 오래된 제 수첩에 미스 프랑신의 휴대폰 번호가 남아 있긴 해요. 지금도 저는 그 수첩을 보관하고 있고요. 난민은 다 쓴 수첩이나 해묵은 비망록일지언정 절대 폐기하지 않는다는 거, 형도 잘 아실 거예요. 언제 또 쓸모가 생길지 모를 생존의 보루이기 때문이죠. 하지만 저는 당시 미스 프랑신이 쓰던 휴대폰 번호를 찾아내서 제 스마트폰에 저장해두지 않았어요. 같이 직장 생활하다 덧없이 헤어진 후로는 그 번호로 연락해본 적도 없고요. 그녀가 제 편의점에 다녀가고 나서는 한 번쯤 그럴까 하는 생각이 나지 않았던 것도 아니었지만 결국 그러지 못했어요. 그럴 용기도 나지 않았지만 미스 프랑신이 그사이 휴대폰 번호를 변경했을 게 뻔하다는 체념이 앞섰으니까요. 저와 함께 의류 수출업체에서 직장 생활할 때와는 아무래도 그녀의 사회적인 지위가 많이 달라졌죠. 사회적인 지위가 크게 달라지면 사람들은 휴대폰 번호부터 바꾸는 것 같더라고요. 아마도 이후로는 영양가 없는 연락을 되도록 피하겠다는 심산일 거예요. 하지만 미스 프랑신은 그렇지 않더군요. 메신저토크에서 그녀의 휴대폰 번호가 눈에 뜨이자마자 부랴부랴 당시의 수첩을 뒤져보았어요. 놀랍게도 예전 번호에서 앞의 세자리만 바뀌었더라고요. 그러니까 011에서 010으로만 바뀌었을 뿐 예전 번호랑 동일했다는 거죠. 여하튼 제 스마트폰에 저장되어 있지도 않은 그녀의 휴대폰 번호가 메신저토크에서 뜨다니, 뭔가 괴이하긴 하지만 어쩐지 그녀가 제게 이런 식으로 은밀히 보내는 호의의 손짓처럼 여겨지기도 했어요. 그렇게 생각하니 마음이 한껏 부풀어 오르더군요. 그러다 보니 경망스러워져서 슈퍼컴퓨터에게 이제는 당신의 메신저 역할이 더 이상 필요 없을 듯하다는 문자메시지를 보낼까 싶기도 했어요."

"하지만 그러기에는 아직 너무 이른 것 같아 일단 전송을 취소했어요. 대신, 모처럼 용기를 내서 미스 프랑신의 메신저토크에 제가 직접 부딪쳐보기로 했어요. 이런 호의의 손짓에 어떤 식으로든 당당히 대응해서 멀리 돌아가야 할지도 모를 관계의 피로를 줄여야겠다는 생각이 들었어요. 각자 어떤 속내일까 서로 염탐하고 자문해보면서 숨바꼭질하는 데 들이는 노고의 무게도 덜고 싶었고요. 그래서 오랜 망설임 끝에 그녀와의 대화창을 연 다음 '안녕' 하고 보내봤어요. 하지만 미스 프랑신에게서는 끝내 아무런 답신도 오지 않았어요. 그래도 이것으로 족하다 여겼어요. 어쨌든 저한테 넘어온 공을 받아 그녀한테 다시 던져 보낸 셈이었으니까요."

"이제는 어떤 방식을 택하든 미스 프랑신이 저한테 답신할 차례예요. 저는 언제까지라도 포기하지 않고 기다릴 겁니다. 기다림과 포기는 외관상 비슷해 보일지 몰라도 마음의 끈을 놓지 않는다는 점에서 확연히 갈리죠. 저는 이제부터 제 앞에 어떤 길이 새로 열리든 미스 프랑신과 맞닿게 될 거라는 마음의 끈을 절대 놓치 않을 겁니다. 실은 벌써 며칠이 지났지만 슈퍼컴퓨터한테서도 아무런 답신을 받지 못했어요. 어쩐지 앞으로는 영영 답신을 받지 못할 것 같다는 예감이 드는군요. 그렇다고 해서 포기할 수는 없어요. 문득 1980년대 쿠바 난민 같은 돌격만이 능사는 아닐 거라는 생각도 들더군요. 여러 갈림길 중에서 저는 우선 기다리는 방향을 택해보려고요. 메신저토크의 답신이 없었다고 해서 곧장 프로필에 떠 있는 그녀의 휴대폰 번호로 달려들지는 않으려고 해요. 남편과 별거 중이라 해도 호적상 아직은 유부녀잖아요. 그러니 설령 미스 프랑신과 연락이 닿는다 한들, 그래서 또 한 번의 인연이 이어진다 한들 제 앞에는 상상 이상으로 가혹한 난관이 도사리고 있을지도 모르죠. 물론 그런 난관과 맞닥뜨리는 게 두려운 건 아니에요. 하지만 무모하게 굴다 자칫 그녀를 괜한 곤경에 빠뜨리고 싶지는 않아요. 그렇죠. 미스 프랑신한테는 자기가 여진족 추장의 후예라고 주장하는 남편이 있지요. 지금 저를 향한 질투에 가장 눈이 멀어 있는 사람. 하지만 두고보십시오, 제가 먼저 칠 겁니다. 이제는 저한테 저질 코미디를 강요한 여진족 추장의 토벌에 나서야죠. 그래서 삼배구고두례의 치욕도 갚고 난민의 저력도 입증해 보이겠습니다. 그러자면 우선, 당시 모습이 찍힌 동영상을 제 수중에 넣어야 할 텐데…… 어쩌면 또 하나의 힘든 싸움을 벌여야 할 수도 있겠죠. 그건 없던 현실을 새로 빚어내기도 하고 아예 지워버리기도 하는 슈퍼컴퓨터와의 싸움이 되겠지요…… 그 싸움이 무척 힘겨우리라는 각오쯤은 이미 단단히 다지고 있어요…… 아, 방금 말한 '슈퍼컴퓨터'란 토마스 강을 가리키는 게 아니고요……"

그때 창밖에서 후다닥거리며 요란하게 바닥을 울리는 여러 사내들의 구둣발 소리가 들려왔다. 갑자기 난민 M이 자리에서 벌떡 일어나더니 창가로 달려들었다. 나도 뒤따라 창가로 다가가보았다. 그사이 비가 그친 모양이었다. 습기 짙은 저녁 나절의 어둠과 희뿌연 실안개만 골목 안 주택가를 내리누르고 있을 뿐 창밖으로는 아무것도 눈에 뜨이지 않았다. 그런데도 난민 M은 창밖에 대고 주위가 왕왕 울릴 정도로 난데없이 거친 악다구니를 내뱉기 시작했다.

"야이, 개자식들아! 그렇게 정탐만 하지 말고 당당하게 내 앞으로 나와서 원하는 바를 직접 말하란 말이다! 도대체 나한테 원하는 게 뭐냐? 아니, 그전에 너네를 보낸 게 누군지부터 떳떳하게 밝히라고, 이 병신 같은 새끼들아! 그러고 나서 담판을 짓든 주먹다짐을 벌이든지 하자. 더 이상 이런 식으로 나를 괴롭히지 마라! 너네를 보낸 주인한테 가서 당장 사지를 찢어놓기 전에 이쯤에서 그만두는 게 좋을 거라고 전하란 말이야, 씨발! 지금 집에 손님이……"

나는 이제 됐다고, 그만하라며 난민 M의 어깨를 토닥거렸다. 그러고는 놈들한테서 몸을 지킬 만한 호신용 무기는 집에 하나쯤 준비해두었느냐고 물었다. 내 말에 난민 M은 어두운 창가에서 돌아서더니 갑자기 어떻게 답해야 좋을지 모르겠다는 듯 어물거렸다. 그러는 사이 나는 벽에 걸린 수묵화를 올려다보았다.

"아, 저건 제가 이 방으로 이사 왔을 때부터 저기 원래 걸려 있던 그림인데, 무슨 그림인지 통……" 난민 M이 말했다.

나는 저게 옛날 칼 그림이고 아까 스마트폰으로 검색해보니 저기 적힌 남명 조식은 장군이 아니더라고만 했다. 그 말에 난민 M은 아무 대답도 하지 않고 돌아서더니 어질러진 책상 밑에서 주섬주섬 원고 뭉치 같은 것을 챙겼다. 그러고는 그것을 내게 내밀었다.

"남명 조식이 장군이든 아니든 상관없습니다. 중요한 건 장군이 아닌데도 누군가에게는 칼로 상상되는 사람이라는 사실 같아요. 집에 호신용 무기 따위는 따로 없어요. 그 대신, 이게 제 칼이라고 할 수 있죠. 지금까지 들려드린 제 얘기를 옮겨 적은 블로그 포스트의 출력본과 자필 스케치입니다. 형이 이것을 토대로 제 체험담을 이어 써주신다면 저로서는 아주 큰 영광이겠습니다. 장군도 아닌 사람이 칼을 차고 다녔듯 소설가도 아닌 사람이 스산한 자기 체험담을 개인 블로그 같은 자리에 소설 원고 쓰듯 옮겨 적었다면 그 사람한테는 그게 곧 자기만의 칼이 아닐까 싶기도 하니까요. 하지만 앞으로는 어쩌면 실제로 칼을 품고 다녀야 할지도 모르겠습니다. 사과 깎아 먹는 과도 같은 거라도 말이에요."

그 뒤로도 약간의 이야기가 더 이어져 있었지만 나는 그쯤에서 난민 M의 블로그 화면을 닫았다.

이게 실제로 현실에서 벌어진 체험담이라는 것을 나더러 믿으라고? 나를 자기 망상의 공범 혹은 알리바이의 증인으로 감쪽같이 둔갑시켜놓고? 말하자면 이 이야기는 허구가 아니라면 듣는 이들을 씁쓸하게 할 망상의 기록이다. 망상이 아니라면 망상을 빙자해서 제멋대로 꾸며낸 허구의 작화술이다. 다시 말해 실제로 겪은 일이라면 망상의 진술이고, 실제로 겪은 일도 아닌데 실제라 우기는 거라면 이내 허구로 미끄러질 작화증의 발로이다. 설령 실제로 겪은 일이라손 쳐도 본인만의 망상 속에서 생겨난 체험에 불과하다면 그것은 이미 실제가 아니라 정신적인 이상 징후에 투영된 허구이고, 속으로는 허구라고 의식하는 이야기를 남들로 하여금 실제라고 믿게 하기 위하여 발버둥 치는 거라면 그 또한 망상의 이면이다. 그러니 어느 쪽이든 실제가 아니다. 망상이 아니라면 차라리 허구여야 한다. 허구가 아니라면 불가불 망상의 토로였음을 자인하는 수밖에 없다. 물론 허구와 망상은 적절한 대립항도 동류항도 아니다. 허구를 허구라 직시하고 본인뿐 아니라 남들에게도 그렇다고 수긍해 보인다면 망상에서 빠져나온다. 이럴 때 허구는 실제로 일어나지 않은 일을 일어났다고 믿는 게 아니다. 단지 실재하지 않는 또 하나의 현실일 뿐이다. 하지만 망상은 실재하지 않는 또 하나의 현실이 아니라 실재한 적이 없지만 본인 혼자서만 또는 어느 집단 내부에서만 실재한다고 믿는 현실이다. 이 순간, 허구는 망상을 가로지르지만 망상은 허구를 받아들이려 하지 않는다.

문제는 난민 M이 이런 자기 체험을 글로 써냈다는 데 있다. 허구의 대립항은 무엇일까? 아마도 실제 현실에서 벌어지는 일일 것이다. 망상의 대립항은 무엇일까? 아마도 실제로 일어나는 일일 것이다. 여기서 허구와 망상의 교집합이 생겨난다. 글로 쓴 이야기는 흔히 그런 교집합 속에서 빚어져 실제 현실과의 도착적인 상관관계를 드러내기 일쑤이다. 말하자면 난민 M이 블로그에 올린 글은 허구/망상의 교집합과 실제 현실 사이에서 위태롭게 외줄 타기를 하려다 실패한 '모조 노벨레'처럼 보인다. 노벨레는 가짜 현실을 다룬 이야기의 원형이다. 그렇다면 '모조 노벨레'는 무엇일까? 가짜 현실에 대한 이야기를 진짜로 굳게 믿고 이어 쓴 가짜 이야기의 원형이다. 가짜에도 원형이 있다면 모조 노벨레가 그 일례에 해당할지도 모른다. 예컨대, 페이크 다큐 같은 것을 본 사람이 그것을 현실에서 실제로 벌어진 일이라 믿고 그에 관한 이야기를 이어간다면 그게 바로 모조 노벨레일 것이다. 허구에서 망상으로, 망상에서 다시 허구로 순환하는 이야기.

하지만 난민 M이 강조한 대로 만약 이 이야기가 허구도 망상도 아닌 실제라면 어떻게 되나? 실낱같은 반전의 가능성이 전혀 없는 것은 아니다. 작가도 그렇지만 난민 역시 실낱같은 희망과 영광의 기약에 모든 것을 거는 사람들일 수 있다. 바로 그런 까닭에 어쩌면 양쪽 다 그토록 속절없는 허구와 망상을 부둥켜안고 살아갈 수밖에 없는 것일지도 모른다. 물론 실제 현실이란 엄중하다. 거기에 부합하기 위해서는 엄정한 전제 조건이 필요한 법이다. 그리고 그 전제 조건이란 누구나 그런 일이 실제로 있었다고 납득할 만한 물증을 제시하는 일이다. 난민 M의 주장대로 실제 현실에서 정말 그런 일이 벌어졌다면 체험의 흔적이 남아 있어야 한다는 것이다.

나는 난민 M에게 문자메시지를 보내기 전 우선 인터넷 검색부터 해보기로 했다. 글에 나와 있는 음악과 상호 같은 게 실재하는지를 알아보기 위해서였다. 인터넷 검색 엔진은 어떤 것이 실재하고 어떤 것이 그렇지 않은지 손쉽게 판별해주니까. 어찌 보면 인터넷 검색 엔진의 응답 여하에 따라 어떤 대상의 실재 여부가 판가름 난다고까지 할 수 있을 정도이다.

일전에 어떤 작가가 아무렇게나 지어낸 프랑스 사람 이름으로 장난삼아 가짜 번역 시집을 낸 적이 있다. 사람들은 그 작가가 우리에게만 잘 알려지지 않은 프랑스 시인의 시집을 발굴해서 번역한 줄 알고 놀라워했다. 하지만 어느 포털 사이트에서도 그 프랑스 시인의 이름이 검색되지 않자 작가에게 속았다는 것을 깨달았다. 작가의 허구 속에서만 실재하는 시인이었으니 그 이름이 검색 엔진에 뜨지 않는 것은 당연한 일이었다.

그런데 나는 여기서 인터넷 검색에 뜨지 않는 것으로 실재 여부를 판별했다고 여긴 사람들의 반응이 흥미로웠다. 인터넷 검색 엔진의 응답이 나와야 허구가 아니라 실재한다는 사실을 보증받을 수 있다는 것. 그러므로 이제 허구란 누군가가 실재하는 것처럼 말하지만 정작 인터넷 검색 엔진에는 뜨지 않는 대상을 가리키는 말일 수도 있다. 거꾸로 말하면, 설령 현실에서 실재한다 하더라도 검색 엔진의 부름을 받기 전까지는 어떤 대상이 허구의 세계에 갇혀 있어야 할 수도 있다는 것이다. 그렇게 보자면 인터넷 검색 엔진이야말로 모든 실제와 허구의 경계를 가르고 여닫게 될 '슈퍼컴퓨터'의 초기 단계일지도 모른다.

나는 우선 로이 오비슨부터 하프톤스에 이르기까지 난민 M의 글에 나온 뮤지션들의 이름을 검색해보았다. 다 실존 인물들이었다. 또한 「Look in my eyes」「In dreams」「Life is but a dream」

등도 난민 M의 말마따나 요새는 낯설어진 '추억의 옛 노래'이긴 했지만 다 실재하는 곡들이었다. 그뿐 아니라 음악 어플에서 손쉽게 다운로드를 받는 것도 가능했다. 문제는 상호였다. 아무리 검색해봐도 '옛날 게 좋아Oldies but Goodies'라는 토킹바는 나오지 않았다. 검색 엔진에 잡히면 혼자 몰래 다녀오려고 했더니. 나는 아쉬워서 쓴 입맛을 다셨다. 토킹바라는 게 원래부터 영업방식의 특성상 인터넷 검색이 제한되어 있는 업소의 종류일 수도 있긴 했다. 어쩌면 음성적인 웹사이트를 개설해두고 예약 손님만 받는 업소일지도 모르는 일이었다. 하지만 업소의 성격이야 그렇다손 쳐도 그와 비슷한 상호조차 아예 뜨지 않는 것은 뭔가 이상했다. 혹시 띄어쓰기를 잘못했거나 철자가 다를 수도 있겠다 싶어서 검색창에 온갖 방법으로 그 상호를 기입해보았지만 검색 결과는 달라지지 않았다. 더욱이 토킹바 에피소드는 난민 M의 글에서 가장 비현실적이고 황당하다는 인상을 자아내는 대목이기도 했다.

나는 난민 M에게 문자메시지를 보냈다. 지금 막 블로그 글을 다 읽었다고 한 후 우선 토킹바의 실체에 대해서부터 물어보았다. 한참을 기다려도 답신은 오지 않았다. 전화를 해보려던 참에 그제야 난민 M이 아직 편의점에서 일하고 있을 시간이라는 게 떠올랐다. 다행히도 그때 마침 난민 M에게서 답신이 왔다.

—급히 업무를 보느라 답신이 좀 늦었습니다…… 그거 방배동 로터리에 있는 술집입니다. 이상한 업소 아니에요. 제가 멋대

로 꾸며낸 업소도 아니고요. 주로 나오는 음악에 맞춰 업소명만 살짝 바꿔봤을 뿐입니다. 언제 시간 날 때 저랑 같이 한번 가시죠. 음악도 좋고 괜찮더라고요.

이런, 실제로 일어난 일이라는 것을 그토록 강조해놓고는 정작 토킹바의 업소명을 바꿔서 글에 옮기다니, 아마도 난민 M은 자기 글에서 어떤 요소가 현실성을 담보하는지 무지하거나 둔감한 모양이었다. 업소명이 바뀌는 순간, 그것은 이미 현실에 실재하는 업소가 아니라 바뀐 업소명과 함께 허구의 공간으로 옮겨지는 셈이다. 글에서 쓰이는 말은 현실을 반영하는 게 아니라 내부 맥락에 따라 다시 짜이는 구조물이기 때문이다. 방금 난민 M도 자기 입으로 "주로 나오는 음악에" 더욱 어울려 보일 수 있도록 임의로 업소명을 바꾸었다고 하지 않았나. 그래서 인터넷 검색의 응답 여부가 요사이 실제와 허구를 가르는 지표로 떠오르고 있는 것인지도 모른다. 만일 난민 M이 실제 상호를 그대로 썼다면 그것은 단순한 정보처리의 실마리로 환원되지만 설령 실제로 있는 공간이라 할지라도 그 이름을 바꾸면 그것은 단순한 정보처리의 실마리에서 벗어나 글의 맥락에 짜맞춰지려는 구조적 요소로 뒤바뀌는 것이다. 구조적 요소로 뒤바뀐다는 것은 그런 업소명 하나까지 새로 열리는 글의 현실에 동참한다는 의미기도 하다. 허구적인 말과 글은 이토록 사소한 단어 하나에서조차 늘 새로운 현실을 여는 법이다.

그건 그렇고, 궁금한 게 많아 나는 난민 M과의 메시지 교환을 계속 이어가야 했다. 토킹바 같은 공간보다 더 중요한 건 여주인공 '미스 프랑신'과 토마스 강 같은 인물들이었다.

—여러 정황상 글에서 '미스 프랑신'으로 지칭된 인물의 모델은……

이런, 실수했다. 허구가 아니라 실제라고 강조하는 난민의 M의 글에서 미스 프랑신은 어떤 인물의 모델이 아니라 바로 그 인물일 테니.

—지금 남편과 별거 중이라는 것으로 보나 어느 재벌가 부회장 겸 유력한 문화예술재단의 이사장이라는 것으로 보나 여러 정황상 '미스 프랑신'의 정체는 대붕그룹 정복임 씨가 아닐까 싶은데…… 맞나요?

잠시 후 난민 M에게서는 그렇다는 답신이 왔다. 대붕그룹 정복임 부회장에 대한 기사는 인터넷 포털 사이트에 꽤 자주 뜨는 편이었다. 그러다 보니 별다른 관심이 없다 하더라도 포털 사이트에 떠 있는 기사 제목만으로 그녀의 동정은 사람들에게 널리 알려지기 십상이었다. 게다가 그녀는 부암 문화예술재단의 이사장이기도 했다. 부암 문화예술재단은 해마다 작가들에게 문학상과 각종 창작지원금을 수여해왔다.

—예상은 했지만 역시나 놀랍군요. 글의 내용이 사실이라면 M 형이 오래전의 직장 생활을 인연으로 해서 그런 재벌가 사람과 얽혀 있다는 게…… 솔직히 말할게요. 나는 이 글이 허구인지 망상인지 가늠해보다 M 형의 주장대로 허구나 망상이 아니

라 어쩌면 실제의 체험일 수도 있겠다고 한번 믿어볼까 합니다. 하지만 실제의 체험에는 현실에 남은 흔적이 뒤따라야겠죠. 꿈은 아무리 생생해도 현실에 객관적인 흔적을 남기지 못하지만 실제 체험이라면 얘기가 다르니까요. 그러니 이제는 M 형이 나한테 그 증거를 보여줄 차례입니다.

그런 내 말에 난민 M은 증거라면 구체적으로 어떤 증거를 원하는 거냐고 물었다. 나는 뭐가 좋을지 궁리해본 끝에 난민 M이 가장 놀라워한 미스 프랑신의 메신저토크 프로필을 캡처해서 보내주면 어떠냐고 했다. 난민 M은 그거야 별문제도 아니라고 하더니 얼마 후 두 장의 사진 파일을 전송했다. 하나는 누군가의 메신저토크 프로필이었고 다른 하나는 수첩에 적힌 누군가의 이름과 전화번호였다. 그 누군가의 이름은 둘 다 정아영이었고 전화번호도 앞의 세 자리만 다를 뿐 정확히 일치했다. 010-×××-6885. 아쉽게도 메신저토크의 프로필에는 본인의 얼굴 대신 어떤 건물의 옥상에서 찍은 화단이 나와 있었다. 난민 M은 그 건물이 대붕그룹의 본사 사옥이라고 주장했다. 나는 그 말에 개의치 않고 프로필 이름이 정복임으로 나와 있지 않은 점을 지적하려 했다. 하지만 이내 난민 M과 함께 직장 생활할 때 그녀가 가명을 썼다는 글의 내용이 떠올랐다. 난민 M도 정아영이란 이름이 글에서 말한 미스 프랑신의 가명이라고 설명해왔다. 재벌가 맏딸이 다른 회사에서 근무하고자 할 때 가명으로 자기 정체를 숨겼다는 것은 충분히 있을 수 있는 일처럼 여겨졌다.

이제 문제는 정아영과 정복임이 동일인임을 입증하는 일로 넘어왔다. 하지만 그것은 생각보다 쉽지 않아 보이는 문제였다. 물론 내가 직접 이 번호로 전화를 걸어서 받은 사람에게 혹시 이 번호의 주인이 정복임인지를 확인할 수도 있겠지만 그건 여러모로 좋아 보이지 않는 방법이었다. 우선 난민 M의 주장대로 그 글이 '증류수 같은 순정 논픽션'이라면 그런 전화는 둘 사이의 관계에 악영향을 초래할 수도 있을 것이기 때문이다. 게다가 받는 사람이 당혹스러워할 게 빤한 전화를 함부로 거는 것도 내키지 않았다. 문자메시지를 보내서 혹시 정복임이 맞는지를 확인하려 드는 것도 무례하고 우스꽝스런 수작으로 여겨졌다. 난민이든 시민이든, 그런 최소한의 상식선쯤은 지키고 살아야 한다는 게 평소 내 신조니까.

그렇다면 방법은 단 하나, 정복임의 사적인 휴대폰 번호를 알아내서 이 번호와 대조해보는 것뿐. 하지만 그것도 난감하기는 마찬가지였다. 도대체 무슨 수로 대한민국 최고의 재벌가라는 대붕그룹 부회장이자 부암 문화예술재단 이사장의 개인적인 연락처를 알아낸다는 말인가. 여러 인터넷 포털 사이트에 들어가서 아무리 검색해봐도 정복임 부회장의 개인적인 휴대폰 번호를 알아낼 만한 단서는 전혀 눈에 뜨이지 않았다. 물론 애초부터 그럴 수 있으리라고 기대한 것도 아니었다.

그 밖에도 난민 M은 토마스 강 또는 슈퍼컴퓨터에게 보낸 문자메시지의 대화창을 캡처해서 또 하나의 증거물로 보내왔다.

메신저토크의 프로필 사진으로 올라와 있는 것은 어묵 꼬치가 꽂혀 있는 사내 인형의 모습이었다. 어쩐지 상대에게 엿 먹으라고 하는 것 같았다. 하지만 그러고 보니 이 프로필 사진은 블로그 글에 나온 토마스 강의 상황이 실제라고 일러주는 증언처럼 보이기도 했다. 난민 M의 블로그 글에는 자기가 국정원 슈퍼컴퓨터임을 밝히기 전 토마스 강이 흉물스런 어묵 꼬치로 포르노 인형극을 기획하고 있다는 대목이 나오니까. 물론 그 반대일 수도 있다. 즉, 토마스 강의 메신저토크에 뜬 프로필 사진을 보고 난민 M이 그런 이야기를 꾸며내거나 망상의 소재로 끌어들였을 수도 있다는 말이다.

그런데 아무리 위쪽으로 스크롤을 끌어 올려도 대화창에는 난민 M의 독백 같은 하소연이나 상대를 향한 원망밖에 보이지 않았다. 정작 토마스 강 또는 슈퍼컴퓨터가 난민 M에게 어떤 답신을 보냈는지는 전혀 알 도리가 없었다. 마치 난민 M의 메시지를 철저히 묵살하거나 아예 수신조차 차단한 것 같았다. 만약 내가 대화창에 떠 있는 번호로 토마스 강 또는 슈퍼컴퓨터와 통화해서 난민 M에 대해 물으면 아마도 비수 같은 냉소와 거친 험담만 되돌아올 게 틀림없다는 생각까지 들었다. 나는 토마스 강 또는 슈퍼컴퓨터의 답신 내용이 궁금하다고 했다.

—그건…… 어쩌다 실수로 다 지워졌어요. 무심결에 슈퍼컴퓨터와의 대화창 나가기를 눌렀더니 다 지워졌더라고요. 모르죠 또, 그쪽에서 저하고 접촉했다는 흔적을 없애려고 메신저토

크 본사에 압력이라도 넣은 건지. 얼마 전부터 이런 쪽으로 요상한 일이 많아졌어요…… 그리고 저도 글에서 얘기했잖아요, 언젠가부터 그 친구 답신이 뜸해졌고 저는 마냥 새로운 답신을 기다리는 중이라고. 대화창에서 보시는 것처럼 그래도 이따금 기분이 갑갑해져서 한번씩 답신을 재촉하기도 하고 그녀와 나 사이의 메신저면 메신저답게 지금보다 더 적극적으로 움직이라며 다그치기도 하고 여진족 추장한테 복수할 수 있는 길을 열어달라고 부탁해보기도 하는데 여전히 답신은 안 주네요…… 어쩌면 윗선에서 슈퍼컴퓨터한테 나와 접촉하는 것을 자제하도록 손을 썼는지도 모르겠어요. 그렇다면 아마도 여러 이유가 있겠죠……

나는 알겠다고 한 후 조만간 얼굴 보면서 맥주라도 한잔하자고 했다. 내 말에 난민 M은 환영하다는 이모티콘을 보내왔다. 그러고는 기왕이면 얼마 전 이사한 집으로 나를 초대하고 싶다고 했다. 곧 대화창이 닫혔다.

조금 씁쓸하긴 했지만 지금 내게 차오르고 있는 감정은 연민이나 걱정 따위가 아니었다. 실낱같은 기대나 희망도 아니었다. 나로서는 도무지 그게 어떤 감정인지 알 수 없었다.

*

"S 선생님, 얼마 전에 소설 발표하셨대요. 저 그거 봤어요. 근데…… 그럼 그때 그 얘기는 뭔가요? 발표하기 전에 우리를 상대로 본인이 쓴 소설 이야기를 미리 들려주신 건가요?" 맥주를 한 모금 홀짝거리고는 P가 말했다.

"P의 말을 듣고 S형 신작, 나도 봤어요. 소설 속의 소설에 문자메시지와 상대방의 블로그 글로만 이뤄져 있더구먼. 그런데 나도 그보다는 P처럼 이야기 내용에 더 흥미가 가더군요. 그러니까 소설을 발표하기 전에 누군가와 실제로 겪은 일인 척하고 우리를 상대로 해서 시연회라도 한 건가 싶더라고요." 마른안주로 나온 한치의 몸통을 가지런히 찢으면서 U가 말했다.

"물론 그게 아닐 수도 있겠지요. 난민 M이라고 하셨던가요? 아무튼 누군가한테서 실제로 그런 이야기들을 전해 들은 다음, 우리와의 술자리에서 그런 일도 다 있었다 하고 또 한 번 그 이야기를 전한 것일 수도 있겠지요. 그러고는 우리들의 반응을 보니 이거 재미있겠다 싶어 한 편의 소설로 써서 발표한 것일 수도 있겠지요. 하지만 우리한테 들려준 이야기가 고스란히 소설로 옮겨져서 나중에 마주하게 되니까 이거 영 기분이 이상하더라고요. S 씨가 실제로 겪은 일인지도 의심스러워지고 말이죠. 아니면 실제로 그런 일이 있지도 않았는데 정말 우리를 상대로 소설을 쓴 건지 어쩐지 그 선후 관계가 좀……" 부지런히 땅콩을 까서 입에 털어 넣으며 Q가 말했다.

"물론 소설가한테 이런 말을 꼬치꼬치 캐묻는다는 게 다 부질없을 수도 있지요. 소설가야 어차피 허구를 먹고사는 존재일 테니까요. 하지만 우리가 그때 제일 걱정한 게 S형의 친구 난민 M이라는 분이 사과 깎아 먹는다면서 칼을 소지하고 다닌 거였잖아요? 터무니없는 망상을 늘어놓는 것으로 보아 정신도 이상할 듯한 사람이 거기다 칼까지 가진다고 하니까 너무 위험해 보여서였죠. 멋모르고 만났다가 자칫 S형이 봉변을 당할 수도 있고요. 그런데…… 거기서 칼이 뭐예요? 칼이라는 게 고작 남명 조식의 경의검 상상도인가요? 순간적으로 우롱당한 듯한 불쾌감이 쏴아하고 몰려와서……" 가지런히 찢은 한치를 질겅질겅 씹어 먹으며 U가 말했다.

"U 선생님은 그게 좀 그러셨어요? 하긴 칼 얘기도 좀 그렇고…… 저는 그때 우연히 말이 나온 어묵 꼬치 가지고 글 속에서 계속 장난치듯 희롱한 것도 마음에 걸리더라고요. 다른 건 몰라도 먹는 것 가지고 장난치시면 안 되죠. 어묵이 얼마나 맛있는 음식인데……" P가 말했다.

"어묵 꼬치 얘기는 제가 먼저 꺼낸 게 아닌데요?" 그제야 내가 항변하듯 그렇게 말했다.

일동은 '그럼 누구지?' 하는 표정으로 서로를 돌아보았다. 그러다 다시 Q가 입을 열었다.

"어묵 꼬치에 관한 얘기를 누가 먼저 꺼냈든 그건 별로 중요한 게 아니에요. 중요한 건 여기서 나눈 얘깃거리가 소설의 소재로 다뤄져서 희화화되니까 그때 이 자리에 있던 사람들이 모두 거북스러워졌다는 거죠, 소설가 본인만 빼고."

"맞아요." 그 말에 P가 맞장구치고 나섰다. "우리를 상대로 소설을 쓰신 것도 모자라서 같이 나눈 이야기 소재를 우스꽝스런 방향으로 비틀어서 다루니까 실은 그게 좀 거북스러워졌던 것 같아요."

"어차피 모든 게 다 허구였다고 여겨버리면 그만이겠지만, 허구를 실제로 벌어진 일인 것처럼 우리한테 늘어놔서 이런저런 반응을 떠보더니 반대로 그런 허구에 대한 우리들의 실제 반응이나 우리끼리 실제로 나눈 얘기들을 이상하게 굴절시켜서 자신의 소설에 반영하면 그건 좀 곤란하겠죠. 아무래도 S형이 다른 사람들을 진지하게 대하는 것 같지는 않아 보일 테니까." U가 말했다.

"있지도 않은 일을 지어내서 실제로 듣고 겪은 일인 것처럼 실컷 떠벌려놓고 나중에 그 이야깃거리를 소설로 발표한 게 틀림없을 거라 그렇게들 확신을 하시니." 맥주를 꿀꺽하고 들이켠 후 내가 이어 말했다. "제가 소설을 잘 쓴 건지 못 쓴 건지 감이 안 오네요. 다시 한 번 말씀드립니다만, 저는 그렇게까지 직업정신이 투철한 소설가가 못 되거든요. 정 그러시면 이런 경우에 제가 할 수 있는 일은 단 하나, 제 글 속에서 난민 M한테 요구한 것처럼 이게 실제로 벌어진 일이었다는 것을 입증해 보일 만한 증거를 제시하거나 증인을 소환하면 되겠군요. 그런데 여기서는 난민 M의 실재 여부가 가장 중요한 관건일 테니 이런저런 물증을 제시하기보다는 차라리 이 이야기의 주인공이자 망상 같은 체험의 당사자인 난민 M을 증인으로 소환하는 쪽이 더 확실할 듯싶은데, 다들 의견이 어떠신가요?"

내 말에 일동은 호기심 어린 눈초리로 아무 말 없이 고개를 끄덕여 보였다. 나는 곧장 휴대폰으로 난민 M에게 전화를 걸었다. 하지만 몇 번을 끊었다 다시 해도 난민 M은 내 전화를 받지 않았다. 얼마간 기다려봤지만 전화도 되걸려오지 않았다.

"아, 아무래도 당장은 통화하기가 어려우려나 봅니다. 지금 이 시간이면 편의점에서 한창 근무할 시간이거든요." 내가 말했다. "그렇다고 해서 증인 소환을 취소하거나 미루면 계속 제가 미덥지 않아 보이겠죠? 다행히 그 친구가 어느 편의점에서 근무하는지 아니까 저랑 같이 직접 그리로 가보시든가요."

그러자 일동은 갑자기 이 일이 귀찮아졌는지 구태여 그렇게 할 것까지야 뭐 있겠느냐면서 뒷말을 얼버무렸다.

"혹시 나중에 또 기회가 된다면 모를까 그건 좀……" U가 말했다.

"다음 술자리 모임에 S선생님이 그분을 한번 초대하시든가……" P가 말했다.

"그렇게까지 화급을 다퉈야 할 일도 아닌데 뭐……" Q가 말했다.

나는 손목시계를 들여다본 후 자리에서 일어났다.

"그럼 저는 이만 먼저 일어날게요. 이따 내암 예술문화재단에서 평소 친하게 지내는 동료 작가의 시상식이 있어서요. 거기 가

봐야 하거든요. 난민 M하고 연락이 닿으면 억지로라도 시간을 내서 조금 더 있으려고 했더니, 할 수 없죠. 다음번에는 꼭 증인을 소환해서 같이 오도록 하겠습니다."

그러고는 곧바로 그 자리에서 빠져나왔다. 동료 작가의 시상식까지는 아직 시간이 충분했다. 그런데도 내가 서둘러 그 자리를 먼저 빠져나온 것은 내 소설에 대한 이야기로 좌중의 분위기가 다소 언짢아진 탓도 물론 있지만 무엇보다 난민 M과 통화 연결이 되지 않은 게 마음에 걸려서였다. 큰길로 나오면서 다시 한 번 통화를 시도해보았다. 여전히 난민 M은 내 전화를 받지 않았다. 나는 시상식장으로 향하기 전 우선 난민 M이 근무하는 편의점부터 들러야겠다고 마음먹었다. 실은 난민 M과 긴히 나눌 말이 있었기 때문이다. 얼마 전 발표한 내 소설에 대한 문제였다.

난민 M은 자기 체험을 말로만 들려준 게 아니었다. 나만 보라면서 그동안 써온 글을 넘겨주기도 했다. 나만 보라고 당부했으니 내가 그 이야기를 작품에 쓰는 건 곤란하다는 말이나 다름없었다. 작품으로 발표하면 불특정 다수가 그 이야기를 읽게 된다는 것쯤은 누구라도 알 수 있는 기본 상식이니까. 혹시 내가 난민 M의 체험담을 일기나 비공개 블로그 같은 데 옮겨 적었다면 양심에 꺼릴 일이 없었을 수도 있다. 하지만 나는 난민 M에게서 들은 이야기를 다른 사람들과 어울린 자리에서 제멋대로 발설하고 말았다. 그뿐인가. 최근 발표한 소설에서는 여러 대목에 걸쳐 난민 M의 글을 대놓고 베껴 쓰기까지 했다.

그래서 난민 M을 증인으로 소환하자고 했을 때 괜한 오해를 야기할 수도 있으니 난민 M이 오면 내가 쓴 소설에 대해서는 철저히 입 다물고 있기로 하자고 거기 있던 일동에게 제의할 참이었다. 난민 M이 실제 인물인지, 그 사람이 내게 망상 같은 체험담을 들려준 게 사실인지만 확인하는 쪽으로 화제를 유도하자고 하려 했다.

하지만 난민 M과 통화 연결이 여의치 않자 정작 당황한 것은 내 쪽이었다. 그래서 우선 난민 M과 만나야 했다. 만나서 최근 발표한 소설에 대하여 양해를 구해야 했다. 그뿐 아니라 평소 소설을 쓰고 싶어 한 난민 M이 혹시 자기 글을 어떤 지면에든 발표하고자 할 때 자칫 표절 시비가 불거지지 않도록 미리 단속해두고도 싶었다. 방심은 금물이다. 지금은 표절 시비를 일으키지 않겠다는 '원작자'의 확약이 필요한 시점이었다. 난민 M이 속으로 나를 악질이라고 욕해도 어쩔 수 없는 노릇이었다.

난민 M은 편의점에 없었다. 계산대 뒤에서는 다른 아르바이트 청년이 담배를 종류별로 각각의 매대에 나눠 담는 중이었다. 아마도 근무 시간이 바뀐 모양이었다. 난민 M과 전화 통화가 이뤄지지 않으니 영문을 알 수 없어 답답했다. 나는 그 청년에게 사정을 설명하고 난민 M의 근무 시간이 언제로 옮겨졌는지 알아봐달라고 했다. 하지만 청년은 난민 M이 누군지 통 모르는 눈치였다. 아무리 자세히 인상착의를 묘사해봐도 그저 눈만 끔뻑거릴 뿐이었다. 나는 이곳 편의점 주인을 불러달라고 했다. 청년은 주인 아저씨가 나와 있지 않다고 했다. 대신 전화 연결을 해 주겠다고 했다.

간신히 통화 연결된 편의점 주인은 난민 M이 며칠 전 일을 그만두었다고 했다. 일을 그만둔 이유는 잘 모르겠지만 언뜻 들은 바로는 아마 낙향하지 않을까 싶다고도 했다. 나는 '낙향'이라는 말에 어안이 벙벙해졌다.

"낙향이요? 그럴 리가요? 그 친구는 낙향할 수가 없는 처지일 텐데요?"

나도 모르게 입에서 그런 말이 튀어나왔다. 내 말에 편의점 주인은 그럼 자기도 모르겠다며 일방적으로 전화를 끊어버렸다. 문득 막막해졌다. 나는 아르바이트 청년에게 도와줘서 고맙다고 인사한 후 담배 한 갑을 달라면서 카드를 내밀었다. 주인과 전화 연결까지 해준 호의에 고맙다고 해놓고는 기껏 4천5백 원짜리 담배 한 갑을 사가면서도 카드로 긁으려는 게 못마땅했는지 청년의 입이 뾰로통해진 것처럼 보였다. 그게 아니라면 수중에 현금이라고는 한 푼도 가지고 다니지 않아서 뭔가를 살 때 악착같이 카드로만 긁어야 하는 자의 괜한 자격지심일 수도.

편의점에서 나오자마자 담배 한 개비를 피워 물며 난민 M에게 메신저토크로 문자메시지를 남겼다. 그러면서 난민 M과의 대화창을 넘겨보았다. 언젠가부터 난민 M은 내 문자메시지에 아무런 답신도 주지 않았다. 대화창에는 내가 일방적으로 보낸 문자메시지만 두서없는 독백처럼 토막 나 있었다. 전화 연락도 끊기고 행방마저 묘연해진 이제, 메신저토크는 난민 M과 접촉을 이어갈 수 있는 단 하나의 창구였지만 이번에도 그 친구에게서 답신이 올 가능성은 희박해 보였다. 그때 문득 난민 M이 벌써 내 소설을 읽었을지도 모르겠다는 생각이 났다. 그러고는 극도의 배신감을 느껴 나와의 연락을 끊고 종적을 감춘 게 아닐까 싶다는 생각도 들었다. 그렇다면 내가 한발 늦은 것일지도 모르겠구나. 진작 연락을 해서 다독거리는 게 좋았을 텐데.

그러다 보니 어느새 내암 예술문화재단에서의 시상식 시간이 가까워지고 있었다. 편의점이 있는 동네에서 내암 예술문화재단까지 가려면 거리가 멀지는 않았지만 교통편이 불편했다. 하는 수 없이 택시를 잡아타기로 했다. 내가 내암 예술문화재단으로 가자고 하자 나이 지긋한 기사는 거기 재단 이사장이 성성그룹 정여진 부회장 아니냐고 공연히 알은척을 해왔다. 얼마 전 내암 예술문화재단 앞에서 어느 택시 기사가 급발진 사고를 일으켰는데 정여진 부회장이 선처해준 덕분에 기사들 사이에서는 그 양반에 대한 신망이 꽤 높다는 말을 늘어놓았다. 노블레스 오블리주, 응? 나는 그러냐며 그런 것까지는 잘 모르겠다고 퉁명스럽게 대답했다. 나이 지긋한 택시 기사는 내가 어떻게 반응하든 아랑곳하지 않고 혼자서 계속 이런저런 화젯거리들을 입에 올리며 유쾌한 목소리로 재잘거렸다. 하지만 차에서 내리기 전 내가 막상 카드를 내밀자 내내 유쾌해 보이던 기사의 안색이 싹 달라졌다.

다행히 길이 막히지 않아서인지 목적지까지 제때 도착했다. 내가 느긋하게 시상식장으로 걸어 들어가려고 할 때였다. 여러 사람들에 둘러싸인 누군가가 천천히 이쪽으로 다가오고 있는 게 보였다. 나는 그 사람이 누군지 단박에 알아보았다. 이 내암 예술문화재단의 이사장이라는 정여진 성성그룹 부회장이었다. 그녀가 시상식장 입구에 나타나자마자 어디선가 저마다 카메라를 든 기자들이 우르르 몰려나와 앞길을 가로막았다. 그러더니 다짜고짜 그녀의 모습을 촬영하기 시작했다. 누군가가 그녀에게 물었다.

"목발을 짚고 다녀야 할 만큼 발목 부상이 심각한가요?"

정여진 부회장은 한쪽에 목발을 짚고 있었다. 그녀가 엉거주춤 멈춰 서서 이렇게 말했다. "별일 아니고 길을 걷다 발목이 조금 접질렸을 뿐이에요……"

기자들이 뭐라고 다른 질문을 더 이어가려고 했지만 뒤에서 수행하는 직원들이 제지했다. 앞길이 트였다. 정여진 부회장은 기자들 사이로 목발을 짚고 약간씩 절뚝거리며 시상식장 입구로 향했다. 그 순간, 입구 앞에 서 있던 나와 가볍게 눈이 마주친 것 같았다.

"정유나 씨? 정유나 씨 맞아요?" 정여진 이사장을 향해 내가 그렇게 외쳤다.

그녀가 의아해하는 눈길로 나를 힐끔거리는 것 같았다. 하지만 이내 아무 일 없었다는 듯 다시 목발을 내디디며 내 앞에서 멀어져 갔다. 검은 정장을 차려입은 사내들이 위협적으로 나를 에워싸더니 방금 무슨 말을 외쳤느냐고 다그쳤다. 나는 아무 말도 할 수 없었다. 그래서 그들에게 혹시 010-××××-6885가 정여진 부회장의 휴대폰 번호 맞느냐고 절박한 목소리로 물어보았다.

해설

파괴하면서 생성하는 이 열광적 순환

박 진
(문학평론가)

모든 실재성을 녹여내는 글쓰기의 출렁거림

『다음 세기 그루브』는 일곱 편의 단편으로 이루어진 소설집이지만, 각각의 소설은 작품의 분할선이 사라지며 녹아내린 유동체처럼, 흐르고 순환하며 거급 되돌아온다. 데카르트가 만든 자동인형이자 외동딸로 알려진 '프랑신'이 서로 다른 맥락과 상황 속에서 불려 나올 때(「리핑Ripping」「파라노이드 안드로이드」「전자인간 장본인」「모조 노벨레 이어 하기」), '난민'에 대한 자의식적 언급이 차이를 지닌 반복으로 전혀 다른 장소에서 재출현할 때(「리핑」「파라노이드 안드로이드」「튜브맨」「창백한 백색 그늘」「모조 노벨레 이어 하기」), 독자는 선형적인 독서의 시간이 혼류하면서 텍스트의 그물망이 자신을 사방에서 에워싸는 것을 느낀다. 그렇게 글쓰기(읽기-쓰기 연속체)의 출렁거림에 몸을 맡길 때, 독자는 "모든 실재성을 녹여버리는 이 광막한 파도"(말라르메, 「주사위 던지기」)에 한순간 휩쓸리는 경험을 한다. 거기에는 그 어떤 현기증 나는 희열이 있다.

서준환 소설에는 또한, "어쩐지 어디서 들은 적이 있는 듯"(p. 128)한 기억나지 않는 목소리들이, 낯설고 기이하게 배음으로 울리고 있다. 그것은 웅성거리는 '내적 언어'(발레리, 『노트』 23권)이자, 말하는 자의 모습이 지워진 채 '말에게 주도권을 넘긴 말'(말라르메, 『시의 위기』)이다. 이런 목소리들이 "나선의 궤적을 그리며 너울거리는 파동의 회절과 간섭 효과로 번"(p. 134)져갈 때, 그 파동에 접속한 화자/인물들은 상식적으로는 용인될 수 없는 다형태성Polymorphisme을 띠며 다른 존재로 이행해간다(「튜브맨」 「다음 세기 그루브」 「전자인간 장본인」 「리핑」 「파라노이드 안드로이드」). "나는 어떤 다른 것이다Je est un autre"라고 말했던 랭보처럼(「견자의 편지」), "다른 누군가가 눈을 떴습니다. 그는 이미 앙토냉 아르토는 아니었습니다"라고 썼던 아르토처럼(1943년 7월 8일, 클로드 앙드레 퓌제 앞으로 보낸 편지), 그들은 현실의 완충장치인 아이덴티티의 항구성을 벗어버리고 불안정한 비연속의 과정으로 점멸한다.

그리고 우리가 서준환이라고 부르는 한 사람은, 그 이질적인 목소리들을 계속 '들으면서' 글을 쓰는 자(「리핑」), 또는 "말과 말하기의 자발적 동력학을 시연"(p. 159)하는 "말하기의 인공생명체"(p. 160) 같은 것으로 이 책에 출현한다. 그의 컴컴한 목구

멍과 연결된 혀와 입천장 사이, 끈적거리는 침 속에서 우글대던 온갖 사물과 관념 들은 뜻하지 않은 몇 개의 말과 함께 마치 우연인 듯 바깥으로 뛰쳐나온다. 그 말들은 서로서로 교착하고 약속도 끝도 없이 증식하면서, 말이란 실재를 표상하고 재현하는 대체물이라는 '현전의 기호학'의 자명한 전제를 비웃는다. 그가 몰두하는 것은 아마도, "우리의 심신을 세로로 관통"하며 의식의 표층과 심층에 동시에 작용하는 "말의 이중성", 곧 랑그langue와 랑가주langage 사이의 갈등일지 모른다.[1] 그리고 어쩌면 이보다 더 깊은 심연인, 아직 랑가주화 되지 않은 카오스로까지 하강하여, 형태를 끊임없이 무너뜨리려는 움직임과 움직임을 끊임없이 형태화하려는 힘이 겨루는 격렬함의 무대를 상연하는 것.

'말의 자아'의 반란과 '편집증'이라는 주체의 조건

그렇다면 이 글은 「파라노이드 안드로이드」로부터 시작해야

1) 마루야마 게이자부로, 『존재와 언어』, 고동호 옮김, 민음사, 2002, p. 118. 랑가주는 말의 비기호성을 선취했던 후기 소쉬르가 도입한 개념으로, 언어, 행위, 음악, 그림, 조각 등을 아우르는 인간의 상징화 능력과 그 활동을 포괄하는 광의의 말이다. 랑가주는 어떤 지시 대상도 갖지 않으며 인간 특유의 자아의식, 시공간 의식, 상상력과 수치심 등을 산출하는 '비재(非在)의 현전화'(말라르메) 능력이다. 반면에 랑그는 랑가주가 개별 사회에서 구조화되고 제도화된 말인데, 랑가주가 의식의 심층에 작용하는 '표현=내용'의 비기호라면, 랑그/파롤의 기호화된 의미 체계는 의식의 표층에 속해 있다.

할 것이다. 이 소설의 화자는 "자아 프로그램이 오작동을 일으켰다는 이유"(p. 41)로 "자술의 무대"(p. 39) 위에 불려 올라온 안드로이드이다. 그의 극적 '모놀로그'는 처음부터 관객/청중('당신들')의 예견된 말들이 흔적으로 얽혀 있는 내적 대화에 가깝지만, '나의 자아'와 '말의 자아'가 분리되기 시작하면서 더욱 현저히 이중화된다. "말이 말을 부"(p. 48)르는 자가 증식의 동력학 속에서 "내 말에 취해 여기가 어딘지, 내가 누군지" 수시로 "정신줄을 놓"(p. 42)아버리는 그는, '나의 자아'가 통제하지 못하는 '말의 자아'에게 휘둘려 이리저리 끌려다닌다. "아니, 표현이 잘못 튀어나왔다. [……] 방금 한 말은 정정되어야만 한다"(p. 43), "아, 이건 거짓말이었다. 죄송하다. 취소한다"(p. 48)라는 말들로 누덕누덕 기워진 그의 발화는 '이미 한 말들'에 대한 영속적인 이의신청의 성격을 띤다. 말하는 그는 이렇듯 자기 말을 '최초로 듣는 사람'(발레리, 『자아와 개성』 III)이자, '고쳐 쓰면서 다시 읽어가는 텍스트'(줄리아 크리스테바, 『세미오티케』) 자체로 나타난다.

「파라노이드 안드로이드」에서 '나의 자아'와 '말의 자아'가 벌이는 투쟁은 랑그/파롤적 인간(표층의식) 대 랑가주적 인간(심층의식)의 엎치락뒤치락하는 힘겨루기와 같다. 그것은 물화된 기호의 세계에 사는 '일반인'과 유동적인 차이의 세계에 사는 '환자'의 간헐적인 교체와도 맞물려 있다. 일례로 '나의 자아'는 동일화와 비유의 원리를 토대로 대상에게 이름을 붙이지만, '말의 자아'는 "외부에서 객관적 타당성을 걷어내고 말이 환유로 미끄러지지 않도록 지칭 대상들을 호명의 현실과 일치시킨다"(p. 62). '나의 자아'가 동네 놀이터에서 유괴한 열 살 난 계집아이를 '프랑신'이라고 호명한 것은 그 소녀를 "다른 대상과 동일시한 결과"(p. 43)이지만, '말의 자아'에게는 '프랑신'이 "임의로 지어 붙였거나 어디서 따온 이름이 아니라 그 소녀가 바로 프랑신"(p. 66)이라는 식이다. 나아가 "내 의지보다 훨씬 더 강렬"한 "말의 자아"(p. 53)에게 어느덧 잠식되고 점령당한 그는 "엄마와 아내도 없는 내가 다른 이름으로 호명해볼 수 있는 대상에 대하여" "상상"하다가 "언젠가 동네 놀이터에서 본 소녀 하나가 떠올랐"고, "그래서 그 소녀에게 곧바로 다가가서 말을 걸었다"(p. 65)고 말한다. 시간성과 인과성을 붕괴시키는 통사/의미 구조의 이 같은 파열이 그를 '환자'로 규정하게 만들지만, '환자'인 그의 말은 말하기를 통해서야 비로소 존재가 창출되는 언어의 존재 환기력을 인상적으로 드러내 보인다.

폭주하는 '말의 자아'는 자연스러운 이름 붙이기를 방해하고 보통명사들을 무효화하며 '어휘-통사-의미'의 구조를 교란하는 방식으로 사유의 친숙성을 뒤흔들어놓는다. "말이 원활한 의사 교환이나 명확한 소통의 연장이라는" 통념이 "이 사회가 일상적인 전시 상태의 아비규환으로 들끓지 않"고 "권력이 다스리기 좋은 순치의 대상으로 유지"되게 하기 위한 "정치적 선전"(p. 47)이라면, '말의 자아'의 발작 또는 반란은 체계의 이데

올로기에 대항하여 언어(랑가주)의 힘을 실연(實演)하는 적극적인 실천으로서의 의의를 지닐 것이다.

더욱 흥미롭게도, 이 과정에서 그의 표층적 자아는 의식의 심층에서 부단히 변화하는 유동적인 자기soi로 전이된다. '나'는 엄마를 '강가딘'이라 부르고 아내를 '판다'라고 호명하는 자기에서 엄마도 아내도 없는 안드로이드인 자기로, 동네 놀이터에서 열 살짜리 계집아이를 유괴한 자기에서 "기계끼리 긴밀히 감응하는 소통과 조화의 원리"(p. 65)에 따라 안드로이드 소녀인 '프랑신'을 알아본 또 다른 자기로 흘러 다닌다. 이 같은 차이의 유동성은 자아의 통일성을 위협하기 마련이며, 거기에는 삶을 위한 예속의 자리가 없다. 우리는 한시적으로나마 편집증적 통일성을 수락함으로써만 주체로 존재할 수 있는 것이다. 그런 의미에서 '환자'인 파라노이드 안드로이드는 결국, 편집증은 모든 주체의 성립 조건임을 일깨워주고 있지 않은가? 자아 프로그램의 정상적인 작동을 위해 심층의 유동하는 자기와 '말의 자아'의 들썩거림을 은폐하고 억누르는, 우리는 모두 파라노이드 안드로이드인 셈이다.

'셀룰러 오토마타', 변이의 신호이자 유도자inducteur인

「전자인간 장본인」은 여기에서 한발 더 나아간다. "자생적 동력학의 원리 속에서" "스스로 직조되는" 말들이 "장본인의 주체성을 내세우는 나와 맞서려"(p. 160) 하는 상황은 '말의 자아'와 '나의 자아'가 투쟁을 벌이는 역동적 장(「파라노이드 안드로이드」)과 유사해 보인다. 말하기의 인공생명체인 '나'는 데카르트의 코기토를 "나는 말한다, 고로 나는 존재한다"(p. 162)로 수정하고, "말할 수 있는 나의 태생 조건이 아마도 생각을 불러왔으리라고 생각"(p. 154)하면서 자기 존재의 확실성에 도달하고자 한다. 하지만 그럴수록 말하기는 '나'에게 어쩐지 자아나 의식 따위와는 무관하게만 보이고, 오히려 "셀룰러 오토마타, 즉 자동세포자"(p. 163)로 여겨진다. "말하기가 셀룰러 오토마타라는 건" 그것이 "의식의 소산이라기보다 생명력의 원형질에 좀더 가깝다는 뜻"이며, "의식에 따른 배열과 정돈이 아니라 무질서한 혼돈의 자생적 구조화"(p. 167)로 발현됨을 뜻한다.

셀룰러 오토마타의 이 같은 활동에 힘입어, 말하기의 인공생명체는 하부 의식의 영역에까지 수직으로 내려가서, 끊임없는 움직임이자 "알 수 없는 꿈틀거림"(p. 165)인 의미 생성의 현장을 포착해낸다. 그것은 의식과 무의식의 틈새이고, 게슈탈트화 된 코스모스와 무정형의 카오스가 길항하는 자리이다. 말하는 '나'는 생명의 움직임이라는 코드화되지 않은 과잉을 텍스트의 표면으로 밀어 올리면서, 의미를 능가하는 쾌락을 글쓰기에 끌어들인다. "하지만 나는 말을 멈출 수 없다. 왜냐하면 나는 말로만 존재하니 만큼 그 바깥에서는 전혀 존재할 수 없기 때문이다”(p. 158)라고 말하는 그는, 그러나 말하기를 계속할수록 “비존재”(p. 174)에 가까워진다. “자체적으로 직조되어 한 생명체의 그물망을 잣는” 셀룰러 오토마타가 “급격한 상전이 현상 속에서 스스로의 유전형질을 변화시켜나가는”(p. 163) 동안, 말하기의 인공생명체는 변화의 ‘과정 중인 자신을 말하는’(줄리아 크리스테바, 『시적 언어의 혁명』) 전혀 다른 주체의 가능성을 시험하는 셈이다.

적나라한 말하기의 힘으로 파열을 동반하며 진행되는 언어의 변화는 그에게, 주체의 신분 변화를 개시하는 신호이자 유도자이다. 이를테면 “지금까지 내 말을 결박해온 구문 구조의 억압 기제”, 곧 “내가 매 순간 말할 때마다 ‘나는……’으로만 시작해야 한다는 결박”(p. 159)이 풀린 뒤, 말하는 ‘나’는 급격한 변이의 과정을 통과한다.

> 개개의 신경세포들이 조밀한 그물망으로 짜이면서 그 신경세포들의 마디들을 이어준 시냅시스의 연결 구조가 바로 뇌에 담긴 생명력의 핵심이었다는 거지. [……] 그러니까 생명력의 요체는 바로 까닭 모를 우주의 조화 작용 속에서 자체적으로 다시 짜인 그물망의 조직과 구조였다는 거야. 다시 말해 그렇다는 것은 신경세포들의 그물망의 조직과 구조 속에서만 비로소 뇌의 생명력이 발현될 수 있었다는 말이야. 이 말은 뇌를 움직이는 힘이 개개의 신경세포가 아니라 그러한 얽힘의 구조와 함께 시냅시스 마디

연결에서 생겨났다는 사실을 가리킨다고 할 수 있지. 그러니 생명의 활동이란 결국 어떤 한 가지 힘의 강력한 추동과 장악에서 비롯되는 게 아니라 사소한 미물들의 혼란스러우면서도 질서 정연하게 얽히고설키는 방식과 반연(攀緣) 속에서 공능(功能/空能)으로 발현되는 일일지도 모르겠다는 생각이 드는군. 공(空)하다는 것은 실체가 없다는 말이야. (「전자인간 장본인」, pp. 164~65)

뇌의 생명력의 핵심은 "조밀한 그물망"으로 짜인 시냅시스의 "연결 구조"이며, 뇌를 움직이는 힘 또한 "개개의 신경세포가 아니라 그러한 얽힘의 구조와 함께" 생겨났다는 생각은 실체론 패러다임에서 관계론 패러다임으로의 주목할 만한 이행을 암시한다. 실체론이란 모든 사물과 사상 등이 사실적인 의미 충만체로서 흔들림 없이 자기동일성을 확보하고 있(어야 한)다는 뿌리 깊은 신앙을 뜻하는데, '사물에 앞서 관계가 있다'는 관계론의 관점은 우리로 하여금 실체론의 집요한 포획을 뿌리치고 달아날 수 있게 해준다. 이는 실체론의 대립항이자 짝패인 유언론(唯言論, 사물에 앞서 언어가 있다)마저도 넘어섬으로써, 말을 비롯한 그 어떤 것도 진리나 절대적 근거로 고착화하기를 거부하는 태도라 할 수 있다.

과연 말하기의 인공생명체는 자신에겐 육신이 없는 대신 "말이라는 실체가 있"다고 생각했다가 "말을 실체라고 부를 수 있을지 없을지"(p. 165)에 대해 깊은 의문을 품게 된다. 그러다 이

내 그는 "말도 공한 것 같"(p. 165)지만 "실체가 없는 공은 뭔가를 움직이고 있"(p. 165)다는 생각에 도달한다. 관계론으로의 전환은 이렇듯 실체 없음이자 얽힘인 '공(空)'에 대한 사유를 유발한다. 사물의 실체성과 말의 실체성이 모두 부정된 뒤 남는 것은 카오스로서의 '공'뿐이다. 결국 그는 "존재가 공하다는 것을 말하기로 드러내야 하는 〔……〕 존재의 소임"(p. 166)을 수락하기에 이르고, 나아가 "비존재끼리 〔……〕 연기의 그물망을 짜"(p. 176)기 위해 "실재하는지조차 의심스러운"(p. 177) '프랑신'을 찾아 떠난다. 이런 그에게는 부재éclipse를 통해 자신을 드러내며, 상실될 각오로 스스로를 실천하는 글쓰기 자체의 작업이 투영돼 있다.

그루브! 텍스트라는 네트워크의 우주와 접신(接神)하는

「전자인간 장본인」이 보여준 변전의 가능성은 「다음 세기 그루브」에서 "우리가 다음 세기에 맞아야 할지도 모를 진화"의 "방향"(p. 110)으로 나타난다. 「나는 나다」라는 연작시를 구상 중인 시인이 화자로 등장하는 이 소설은 "창조적 예술가"(p. 111)로서의 "자아의식과 주체성"(p. 114) 문제를 정면으로 다루고 있다. 명철한 자아의식과 독자적인 주체성으로 "나만이 창조할 수 있는 하나의 언어적 우주"(p. 116)를 창조해야 한다고 믿는 '나'는, 아이러니하게도 "내가 전혀 기억하지도 못하고 의식할 수도 없는 내 기억과 의식에서 들려"(p. 119)오는 듯한 "다성적인 전자 음향들의 콜라주"(p. 139)에 휘감겨 있다. 그것은 자신이 연주하는 디지털 피아노의 음향, 라디오에서 흘러나오는 현대음악의 일렉트로닉 노이즈, 보이저 2호가 목성에서 전송해온 "우주의 소리"(p. 131), 그리고 "광양자들의 조직망"(p. 138)인 '외계 생명체'의 몸에서 발산된 전자 소음 등으로 확산돼 간다. 이 "다채로운 음향의 경관soundscape"(p. 130)에는 "모사해야 할 별도의 대상이 없"(p. 118)으며, 진품도 없고 모조품도 따로 없다. 그 음향들은 "전자기파electromagnetic wave의 하전입자들이 왕성하게 상호작용"(p. 130)하는 "물리적 얽힘"(p. 121)인 동시에, 회절하고 간섭하는 "파동들의 움직임과 확장"(p. 133)이라는 점에서, 뜻밖에 "만법 연기"(p. 107)의 '공(空)/카오스'와도 만난다.

그 파동들의 경이로운 리듬('그루브')에 접속한 '나'는 "체내의 파동이 몸 밖으로 발산될 때 나타나는 물질파의 점성계수"(p. 136)가 상승하면서 "내 몸이 파동으로 향해 가려는 진화의 조짐"(p. 143)을 드러내기 시작한다. 이 과정에서 '나'는 "다음 세기의 도래를 앞당기기 위하여" 찾아온 외계 생명체인 "우주의 그루비 샤먼"(p. 140)과 조우하게 되고, 더 이상 시를 쓰지 않는 대신 "샘플링들의 조합과 배치로만"(p. 147) 이루어진 "몇 곡의 일렉트로니카 작품들을 마무리"(p. 148)한다. 이 작업은 창조나 모방이 아니라 "미디 데이터들의 총체적 이합집산"(p. 145)인 "가합(假合)의 정보장 형성에 동참하는 일"(p. 144)로 나타난다. '나'의 변화는 시인에서 테크노 DJ로의 전향이기 전에, "창작 세계의 표현 주체"(p. 146)로부터 '텍스트의 망' 자체로의 전면적 이행을 보여주고 있다.

「다음 세기 그루브」가 그려낸 진화의 과정은 다른 소설 「리핑」에서는 '뇌의 리핑Ripping' 작업으로 불린 바 있다. 리핑이란 "뇌 안에 저장된 개별적 자아의 내용물들이 음원 파일 같은 고밀도 디지털 음파로 옮겨진 뒤 광활한 네트워크의 우주에서 자유로이 호환되거나 접속"(p. 18)하게 하는 일을 말하는데, 「리핑」에서 이 작업은 글쓰기의 과정, 특히 끊임없이 들려오는 다른 누군가의 목소리와 더불어 글을 쓰는 과정으로 형상화된다. 리핑을 받고 있는 '나'의 '헤드폰' 속에서 강박적으로 흘러나오는 "계속 쓰면서 듣게"(p. 9, 15, 16)라는 기이한 목소리와, "……글을 쓰면서 자네의 개별적인 실체 같은 건 없어졌다고 봐야지. 궁극적으로 뇌의 리핑이 겨냥하고 있는 것도 실은 그 지점과 꽤 가깝고 말일세"(p. 33)라는 토보강 박사의 말(뒤늦게 밝혀진, 그 목소리의 발화자)은 무척 인상적이다. 「다음 세기 그루브」에는 「리핑」의 이 같은 목소리가 겹쳐 울리고 있는 듯하다.

실제로 「다음 세기 그루브」에서 '나'의 진화는 수많은 다른 목소리들과의 교차와 혼성을 거치며 점진적으로 진행돼간다. 화자인 '나'의 발화는 불교의 유식철학, 물리학의 양자역학, 서양

철학의 탈주체 담론, 고전과 현대 음악론 등의 온갖 이질적인 말들에 뒤덮인 채 그것들과 뒤얽혀 있다. 이런 상황은 '나'의 발화를 수차례 중단시키며 텍스트를 마음대로 가로지르는 라디오 음악프로그램 진행자의 과도한 멘트들을 통해 과시적으로 드러난다. '나'의 말을 관통하는 다른 목소리들은 '언어가 자기 자신에게 품고 있는 이질성'(줄리아 크리스테바, 『세미오티케』)을 텍스트로 상연하고, 텍스트의 생산과정 자체를 무대화한다. 그 무대에는 "인간의 말과 사유는 마치 그 수많은 가능성의 망에서 한 부분을 잠깐 동안 자극하기만 하는 듯이 처음부터 언어 안에 위치하지 않을 수 없는데, 어떻게 인간이 언어의 주체일 수 있는가?"[2]라는 또 다른 목소리가 배음으로 깔리고 있다.

그런데 더욱 흥미로운 것은 「다음 세기 그루브」에서 '나'의 진화 과정이 '무병'을 앓고 '신 내림'을 받는 상황과 중첩되어 있다는 점이다. 이는 글쓰기의 광대한 네트워크에 접속하는 일이 "접신(接神)이라는 이름으로 우주와 맞닿게 되는 탈존의 관문"(p. 141)일 수 있으며, "나의 완전한 반납과 체념을 위해 앓아야 할 몰아(沒我)의 진통"(p. 142)을 동반함을 암시한다. 무병이란 달리 말하면 "나의 자리에 불가지의 신령이나 유혼이 들어"서는 "두렵고 끔찍한 징후의 체험"이며, 그런 뜻에서 "내가 모르는 나의 광적 발현"(p. 141)이기도 하다. "무아지경에서 우

2) 미셸 푸코, 『말과 사물』, 이규현 옮김, 민음사, 2012, p. 443.

주와 교신"(p. 148)하는 엑스타즈extase의 체험은 주체의 괴란(壞亂)이라는 '재난'과 대혼란의 공포일 수도 있는 것이다. 이 소설의 진짜 매력은 ""그루비! 그루비!"라고 외쳐대는 에메랄드빛 외계 생명체들의 후렴 소리"(pp. 147~48)에 홀린 듯 끌려드는 아찔한 쾌감을 '강신굿' 직전의 섬뜩하고 불길한 예감과 잇대어놓은 데 있다. 모순적이고도 분리 불가능한 이 이중성을 동시에 그러안는 것이야말로 서준환 소설이 지닌 독특함, 또는 (독특함이나 개성, 고유성 같은 표현이 이런 글쓰기에 도무지 적합하지 않다면) 그의 소설에서 우리가 경험하게 되는 강렬한 '비개별적 구체성'일 것이다.

주체의 괴란, 또는 파라그람paragramme의 글쓰기

주체의 괴란이라는 "뭔가 다른 재난의 결과"(p. 75)가 좀더 확연히 부각된 소설이 바로 「튜브맨」이다. 이 소설에서 자신에 관한 모든 기억을 잃고 지하철역에서 생활하는 남자인 '나'는, 얼핏 보면 자기 아들의 목을 조르고 집을 나와 떠도는 정신이상자처럼 보인다. 하지만 「튜브맨」에서 좀더 주목해야 할 것은 주문 또는 암호문과도 같은 몇 개의 단어와 문장 들이 강박적으로 되풀이되면서 의미화 연쇄의 선조성linéarité을 파괴하는 텍스트의 작업이다. 맥락 없이 튀어나오는 '난민'이나 '재난' '6중날 1회용 면도기' 같은 말과, "턱 밑의 잔털들은 피로감을 자양분 삼아 살갗 바깥으로 듬성듬성 빠져나오는"(p. 82, 92)과 같은 문장이 그 대표적인 예들이다. 정체 모를 웅성거림처럼 반복되는 이런 말들은, '나'의 재킷 안주머니에서 나온 "휘갈겨 쓴 필체"(p. 96)의 알 수 없는 전화번호나, 일본어같이 들리는 "낯선 사내 둘"(p. 95)의 뜻 모를 말들과 같이, 통사적 질서와 형태론적 구조의 파열을 알리는 언어적 표식이다. 소설 후반부에서, 지하철역사 위의 건물이 붕괴하면서 "승강장 한쪽 천장이 두 쪽으로 갈라"져 "와르르 무너져 내"(p. 93)리는 장면은 이 질서의 와해를 가시화한 '텍스트 자체의 재현'이라 말할 수 있다.

한편 승강장이 붕괴된 뒤에 '나'는 '같지만 다른' 상황들(지하철 선로를 따라 걷다가 벽 사이의 틈에 나 있는 곁문으로 들어가는 일 등)을 반복적으로 거치며, 기억을 잃고 나서 처음 정신을 차렸던 어느 커피숍으로 되돌아간다. 거기서 놀랍게도 '나'는, 자기 자신과 자기의 일행(테이블 건너편에 자기와 함께 앉아 있다가 계산을 하고 먼저 나갔다는)으로 분리되고 복수화된다. 처음 커피숍을 나가기 전에 먼저 떠난 일행을 궁금해하며 자신이 앉아 있던 그 자리에서, 다시 돌아온 '나'는 그때의 자신과 마찬가지로 "면도기로 공들여 턱 밑을 긁어내리"(p. 97)는 낯선 자기 자신을 보게 되는 것이다. 이렇게 내가 모르는 또 다른 '나'의 출현으로 괴란을 일으킨 주체는, 다시 "어느 커피숍 안"에서 문득 "정신을 차"(p. 70)리고 "새로 태어"(p. 73)나기를 반복할 것이다.

「튜브맨」은 서준환 소설에서, 파괴하면서 생성하는 텍스트의 열광적인 순환이 주체에서 비주체로의 격렬한 왕복운동과 동시에 일어나는 양상을 인상적으로 보여준다. 이는 언어에 의해 갈라진 틈에서 카오스가 증대하면, 그 카오스를 다시 언어구분하며 코스모스를 생성하는 랑가주의 쉼 없는 운동과도 닮아 있다. 「튜브맨」에 나타난 '반복강박'은 또한, 이 책 전체에 흩뿌려진 특정 어휘(난민, 재난, 프랑신, 데카르트, 안드로이드, 오픈형 헤드폰, 이어 쓰기 등등)와 문장들〔"난민은 〔……〕 어떻게 해서든 이 세상에 살아남아야 한다는 강박을 앞세울 수밖에 없다"(p. 20) 등〕이 어떻게 차이를 생산하며 거듭 되돌아오는지를 단적으로 예시한다. 이 무한한 회귀의 움직임은 텍스트의 이면에 또 다른 텍스트가 일렁거리게 만들어서 심층언어가 지닌 다성성과 가역성을 회복하는 파라그람의 작업과 다르지 않다. 서준환 소설은 이처럼 언어의 선조적 연속을 파라그라마틱한 공간으로 변환하면서, 텍스트의 망이 펼쳐지는 유동적인 극장을 연출한다. 그것은 실체를 주장하는 모든 일자(一者)와의 투쟁이자, 진리를 탕진하는 향락jouissance의 무대이다.

이렇게 이 글 또한 처음의 자리로 되돌아왔다. 모든 실재성을 휩쓸어가는 글쓰기(읽기-쓰기의 연속체)의 출렁거림에 몸을 맡긴 채…… 문득 눈을 떴을 때, '나'는 다른 사람인 것 같았다.

작가의 말

依言離言 因言遣言(말에 의하여 말을 떠나고 말로 말미암아 말을 버린다)

글 쓰는 이로서 나는 아무 할 말도 없는 사람이다. 내 글은 어떤 '할 말'에서 시작하지 않고 아무 할 말도 없다는 데서 끝난다. 누구도 결백하지 않다.

해설을 써준 박진, 작가 프로필을 그려준 허남준 화백, 난민 친구 문상주, 김태환 선생, 김형중 형, 정영문 선배, 함성호 선배, 고등과학원 인디트랜스 멤버 여러분, 스마토나 판다, 그리고 문학과지성사와 편집부 조은혜 씨께 감사드린다.

2016년 11월

서준환

수록 작품 발표 지면

리핑Ripping 『문예중앙』 2015년 봄호

파라노이드 안드로이드 『현대문학』 2012년 9월호

튜브맨 〈고등과학원 인디트랜스 세미나〉 2014년 10월

다음 세기 그루브 『문학과사회』 2011년 가을호

전자인간 장본인 〈문장웹진〉 2012년 5월호

창백한 백색 그늘 『망상 해수욕장 유실물 보관소』, 뿔, 2011

모노 노벨레 이어 하기 미발표작